UM CONTO DE FEITIÇARIA...

Tradução	***Sérgio Motta***
Preparação	***Tainá Fabrin***
Revisão	***Guilherme Summa*** ***Rafael Bisoffi***
Arte, lettering e adaptação de capa	***Francine C. Silva***
Diagramação	***Renato Klisman***
Design original de capa	***Sasha Illingworth***
Lettering original	***David Coulson***
Tipografia	***Bulmer MT Std***
Impressão	***GrafiLar***

Dados Internacionais de Catalogação na Publicação (CIP)
Angélica Ilacqua CRB-8/7057

C642u Colfer, Chris

Um conto de feitiçaria... / Chris Colfer ; tradução de Sérgio Motta. -- São Paulo : Inside Books, 2023.

320 p. (Coleção Um Conto de Magia... ; vol. 3)

Bibliografia

ISBN 978-65-85086-20-2

Título original: *A Tale of Sorcery...*

1. Ficção norte-americana 2. Literatura fantástica I. Título II. Motta, Sérgio III. Série

23-3257 CDD 813

CHRIS COLFER
ILUSTRADO POR BRANDON DORMAN

UM CONTO DE FEITIÇARIA...

São Paulo
2023

Para todas as pessoas que lutam
para cuidar de nosso planeta
e de todos *os seus habitantes.*
Obrigado.

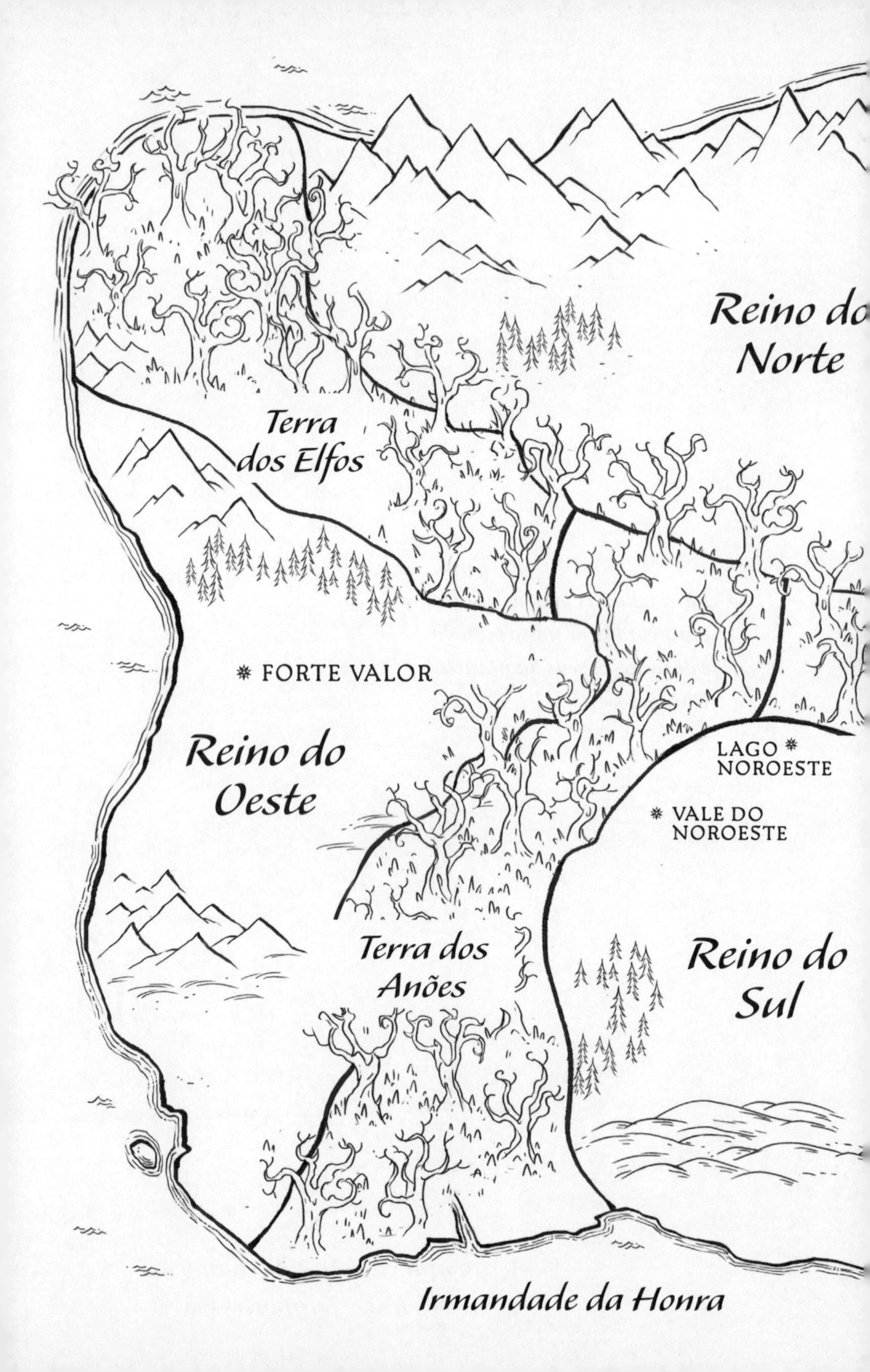
Reino do
Norte
Terra
dos Elfos
FORTE VALOR
Reino do
Oeste
LAGO
NOROESTE
VALE DO
NOROESTE
Terra dos
Anões
Reino do
Sul
Irmandade da Honra

Terra dos Goblins
MONTE TINZEL
VILAREJO DAS MACIEIRAS
MÃO DE FERRO
Reino do Leste
Terra dos Trolls
Terra das Fadas
PLANÍCIES DO NORDESTE
VIA DAS COLINAS
Academia de Magia Memorial Celeste Tempora

Prólogo

Criaturas das profundezas

A mulher foi despertada pelo som de passos. Ainda estava escuro quando seus olhos se abriram e preguiçosamente se dirigiram para a porta do quarto. No entanto, a perturbação não vinha do corredor além dos aposentos dela, mas de trás de um mural colorido na parede. Ela imediatamente se sentou na cama grande, bem acordada. Apenas *uma pessoa* além dela sabia sobre aquela entrada secreta do quarto, e a presença dessa pessoa só podia significar *uma coisa*.

Uma batida frenética veio de dentro da parede.

– Senhora? – perguntou uma voz rouca. – Você está acordada?

– Sim, entre – disse a mulher.

A porta secreta se abriu e um homem coberto de sujeira espiou dentro do quarto. Seus olhos fundos estavam arregalados de empolgação, mas seu corpo estava rígido de medo.

– O que foi? – a mulher perguntou impaciente.

O homem balançou a cabeça lentamente, ainda sem acreditar na notícia que estava prestes a compartilhar.

– *Nós encontramos* – disse ele sem fôlego.

A mulher arremessou os lençóis e ficou de pé em um salto. Vestiu um roupão por cima da camisola, calçou um par de chinelos e entrou pela porta secreta. O homem escoltou-a por um corredor escondido que serpenteava entre as paredes de sua espaçosa residência. O corredor levava a uma escada de aço em espiral que descia, passando pelos andares abaixo, até penetrar no chão além do porão.

A dupla desceu os degraus em um ritmo febril, fazendo com que as escadas balançassem e rangessem. No fim, eles entraram em um enorme túnel feito por mãos humanas, o qual ziguezagueava pela terra como a raiz oca de uma árvore gigantesca. Ele se estendia por quilômetros e quilômetros no subsolo, atingindo profundidades que a humanidade nunca deveria alcançar.

O túnel foi uma conquista extraordinária e levou séculos para ser construído. Se não tivesse sido envolto em completo sigilo, teria sido considerado uma maravilha do mundo. Mas, uma vez que alguém entrasse no túnel, pouquíssimos tinham permissão para *sair* dele. As paredes de terra estavam alinhadas com os túmulos de todas as almas infelizes que morreram enquanto cavavam e das pessoas que ameaçaram expor o projeto.

O homem e a mulher passaram horas caminhando, cada vez mais para o fundo do túnel, nunca parando para descansar nem por um momento. A lanterna do homem mal iluminava o chão abaixo de seus pés enquanto caminhavam por um tubo infinito de escuridão. Quanto mais avançavam, mais o calor aumentava, e as roupas deles ficaram molhadas de suor. Um cheiro de fumaça de terra queimada encheu o ar, tornando difícil respirar. A pressão também aumentou, fazendo seus tímpanos latejarem e seus narizes sangrarem. Mas, ainda assim, a dupla insistiu em continuar, determinada demais para parar.

Bum-bum... Bum-bum... Bum-bum...

A oito quilômetros abaixo da superfície, um ruído fraco ecoou mais adiante deles.

Bum-BUM... Bum-BUM... Bum-BUM...

O som aumentava a cada passo que davam. Batia em um ritmo consistente, como se estivessem se aproximando do coração pulsante da terra.

BUM-BUM... BUM-BUM... BUM-BUM...

Eventualmente, eles viram uma luz brilhante que cintilou com a batida estrondosa. Contra a luz, a mulher podia perceber as silhuetas de pessoas enfileiradas. Seus corpos magros estavam acorrentados, e elas seguravam pás e picaretas com as mãos trêmulas. Esses prisioneiros que se tornaram escravos eram a última geração de escavadores de que o túnel precisaria, porque tinham acabado de fazer uma das maiores descobertas da história registrada.

Os escavadores estavam paralisados em choque enquanto olhavam, mas a mulher passou por eles e admirou com determinação o que estava diante dela.

Era um par de portas duplas que tinha mais de sessenta metros de altura e trinta metros de largura. As portas eram feitas de ferro que brilhava em vermelho-vivo com o calor atrás delas. Algo muito grande – e muito quente – estava tentando escapar pelas portas, mas as maçanetas estavam presas por uma corrente monstruosa. À medida que as portas eram empurradas, chamas e magma jorravam por entre as rachaduras, oferecendo vislumbres de um mundo de fogo e caos além delas.

– Finalmente! – a mulher ofegou. – Encontramos os *portões do submundo*!

– Senhora? – seu acompanhante, exausto e suado, a chamou com um tremor nervoso em sua voz rouca. – O que fazemos agora?

Os olhos da mulher se arregalaram e um sorriso diabólico cresceu em seu rosto. Ela estava esperando não apenas *uma*, mas *várias* vidas por este momento.

– *Abram* – ela ordenou.

Capítulo Um

O Império da Honra

Fazia quase um ano desde o último nascer do sol do Reino do Sul. Os cidadãos nunca esqueceriam a tarde horripilante em que o Príncipe "Sete" Gallante marchou com o Exército da Honra Eterna pelos campos do reino e tomou Via das Colinas de assalto. Lá, o príncipe sentou-se no trono do falecido avô no Castelo Campeon e se declarou, não o novo rei do Reino do Sul, mas o Imperador de um novo *Império da Honra*.

Infelizmente, não havia nada que alguém no Reino do Sul pudesse fazer para detê-lo. Estava dentro dos direitos legais do príncipe mudar seu reino recém-herdado como ele quisesse. Mas nem mesmo seus seguidores mais leais podiam prever os horrores que ele tinha em mente, e logo começaram a se ressentir do monstro que ajudaram a criar.

O primeiro ato do imperador foi dissolver as forças armadas do Reino do Sul e substituí-las pelo Exército da Honra Eterna sob seu comando. O segundo ato foi despojar os Juízes de todo poder e dar as posições deles aos membros do clã da devotada Irmandade da Honra. Terceiro, o imperador erradicou a constituição do Reino do Sul e criou uma nova baseada nos princípios da opressiva *Filosofia da Honra*.

Sob as novas leis, todas as escolas e igrejas foram proibidas; a única coisa que os cidadãos podiam estudar ou adorar era o próprio Imperador. Todos os mercados e lojas foram fechados; comida e suprimentos eram apenas distribuídos conforme a vontade do Imperador. Todas as criaturas falantes – elfos, anões, trolls, goblins e ogros – foram exiladas para seus respectivos territórios e proibidas de retornar. As fronteiras foram permanentemente fechadas e qualquer comunicação com o mundo exterior foi estritamente proibida.

O Imperador também colocou toda a população do reino sob rigorosos toques de recolher e restrições sociais. Ninguém tinha permissão para ficar ao ar livre desde o anoitecer até o amanhecer; os cidadãos precisavam de permissão para viajar para fora das suas respectivas cidades; e era ilegal que as pessoas se reunissem com qualquer outra fora familiares próximos. Além disso, todas as formas de expressão criativa, como arte, música e teatro, foram proibidas. As únicas roupas que os cidadãos podiam usar em público eram os uniformes pretos monótonos que o Imperador fornecia. Residências particulares eram rotineiramente revistadas em busca de dinheiro, joias, armas e outros objetos de valor, que eram levados como "doações" ao Império.

Os soldados revividos do Imperador patrulhavam as ruas dia e noite para se certificar de que as novas leis estavam sendo seguidas, e os cadáveres ambulantes não tinham vergonha de fazer de exemplo grotesco as pessoas que desobedeciam. Assim, os cidadãos ficavam em suas casas para evitar problemas, enquanto rezavam para que algo – ou *alguém* – os libertasse desse novo pesadelo.

No entanto, a mudança mais severa na constituição foi a lei sobre a magia. O Império sentenciou pessoas à morte simplesmente por *simpatizar* com a comunidade mágica. O amplo decreto deu ao Imperador o direito de aprisionar qualquer um que ele achasse que *poderia* estar apoiando seus inimigos mágicos.

Nos meses que se seguiram à sucessão do Imperador, o Exército da Honra Eterna reuniu mais de cem "simpatizantes da magia", e eles foram rapidamente sentenciados à forca sem qualquer prova ou julgamento. Estranhamente, embora os veredictos tenham sido apressados, as execuções reais foram suspensas. O Imperador nunca deu uma indicação do que estava esperando, mas secretamente estava guardando as execuções para uma ocasião *estratégica*.

Em suas primeiras semanas de poder, o Imperador demoliu a Universidade de Direito na praça da cidade de Via das Colinas e construiu um enorme coliseu em seu lugar. O coliseu se erguia sobre os demais prédios da capital – tinha assentos suficientes para milhares de pessoas – e foi construído propositalmente com apenas *duas* passagens, dificultando a entrada *e* a saída. O projeto foi concluído apenas duas semanas antes do aniversário de um ano do Império da Honra. Na noite de sua inauguração, o Imperador ordenou que todos os cidadãos de Via das Colinas fossem ao coliseu para testemunhar as execuções adiadas dos "simpatizantes da magia".

A Irmandade da Honra – vestida da cabeça aos pés com os uniformes prateados fantasmagóricos e com suas armas brilhantes de pedra de sangue – conduziu os cidadãos cansados, famintos e desanimados para o coliseu. O Imperador já estava lá quando seu povo chegou, em um camarote particular no topo. Ele irradiava luz carmesim graças ao seu traje, capa e a coroa – todos feitos de pedra de sangue. A coroa se enrolava nas laterais do rosto como os chifres de um carneiro.

O Imperador nem sequer olhou para baixo enquanto os cidadãos do reino ocupavam os assentos; ele só tinha olhos para a região *ao redor* do coliseu. Ele segurava um par de binóculos firmemente contra os olhos, examinando cada centímetro do horizonte e cada pedaço do céu noturno.

– Vossa Alteza. – O Alto Comandante do Imperador curvou-se ao entrar no camarote privativo. – Os cidadãos já estão acomodados e os soldados estão em posição, senhor.

– E os arqueiros? – Sete perguntou.

– Distribuídos por todo o coliseu e em todos os telhados da capital.

– E as entradas?

– Completamente cercadas, senhor – disse o Alto Comandante. – Estou confiante de que criamos a estrutura mais segura do mundo.

– Segura o suficiente contra *ela*, Alto Comandante? – Sete pressionou.

– Se ela encontrar uma forma de entrar, não sairá viva.

Sete sorriu sob seus binóculos, mas não os abaixou.

– Ótimo – disse ele. – Vamos começar.

O Alto Comandante hesitou.

– Senhor, você tem certeza de que ela vai aparecer? Dadas as medidas extras de segurança, seria extremamente arriscado para...

– Confie em mim, Alto Comandante, *ela morderá a isca*! – Sete disse. – Agora prossiga. Já esperei tempo demais por este momento.

Com isso, o Alto Comandante girou nos calcanhares e encarou o centro do coliseu. Ao sinal dele, dois membros do clã começaram a girar uma alavanca e uma pesada porta gradeada se abriu. Outros membros do clã entraram pela porta, escoltando mais de uma centena de prisioneiros de uma masmorra subterrânea. As mãos e os pés dos "simpatizantes da magia" estavam envoltos em correntes grossas, e eles mal conseguiam avançar enquanto os homens do clã os empurravam para dentro da arena.

Embora os cidadãos quisessem gritar ao ver diversos amigos e familiares acorrentados, permaneceram o mais quietos possível. Ainda assim, protestos escaparam dos lábios de alguns e ecoaram pelo tranquilo coliseu.

– Comece com a família Perene – Sete ordenou por cima do ombro.

Cinco membros do clã arrancaram os cinco membros da família Perene da longa fila de prisioneiros. O Juiz Perene e a esposa; seus filhos, Brooks e Barrie; e a esposa de Barrie, Penny, foram todos arrastados pelos degraus até uma alta forca de madeira e colocados em fila atrás de um único laço. Os cidadãos ficaram impressionados com quão estoicos os Perenes permaneceram – alguns deles até pareciam *ansiosos* para estar lá. A Sra. Perene olhou para o laço com um sorriso largo e assustador; Penny estava tão agitada que mal se continha quieta; e Brooks fez um sinal de positivo para as pessoas na multidão.

– Como você ousa nos tratar como criminosos! – o Juiz Perene gritou. – Pelo amor de Deus, eu sou um *Juiz do Reino do Sul*! Dediquei minha vida a preservar a lei!

– Não, você *era* um Juiz – Sete zombou. – E logo você será nada.

– Vamos começar com o ex-Juiz, meu senhor? – perguntou o Alto Comandante.

– Não, pendure o irmão mais novo primeiro – Sete instruiu. – Se isso não chamar a atenção da Fada Madrinha, nada chamará.

Os membros do clã empurraram Barrie para frente e amarraram o laço firmemente ao redor de seu pescoço.

– Ah, a-ai de mim! – Penny chorou. – Eu não posso a-a-acreditar que estou prestes a testemunhar a m-morte do meu marido! Que mundo c-c-cruel!

– Não se preocupe, Jenny… *quero dizer, Penny*! – Barrie mal podia falar com a corda ao redor de sua garganta. – Tudo vai acabar em breve.

– P-p-por favor, dê a ele um pouco de m-misericórdia! – a esposa dele implorou.

– Acho que, de certa forma, enforcá-lo é bastante misericordioso – disse Brooks. – É muito mais rápido do que ser queimado, afogado, crucificado ou fervido. E não é tão caótico quanto decapitar, empalar, puxar e esquartejar, esmagar por pedras…

– *Shh! Brooks!* – O Juiz Perene sussurrou. – *Cale a boca! Não é hora de falar asneiras!*

– *Ah, desculpe!* – Brooks sussurrou de volta. – *Eu não percebi que disse isso em voz alta.*

– Bem, *eu* concordo com o meu filho! – a Sra. Perene anunciou teatralmente, certificando-se de que todos no coliseu pudessem ouvi-la. – Você chama isso de execução pública? Já estive em festas de chá que eram mais ameaçadoras! Vamos, Imperador, você pode fazer melhor que isso! Onde está o sangue? Onde está o suspense? Onde está o *terror absoluto*?

A Sra. Perene olhou para o Imperador com olhos grandes e alegres, como se o estivesse *desafiando* a ordenar uma morte mais horrível para o filho dela. O Juiz Perene grunhiu e fez uma carranca de reprovação para os membros da própria família.

– Pessoal! Todos nós concordamos em seguir o roteiro! Não estraguem tudo!

– Você não pode esperar que uma mãe fique calada em um momento como esse! – a Sra. Perene proclamou. – Quero o melhor para meu filho... e isso inclui sua execução!

O Juiz Perene estremeceu e bateu com a palma da mão aberta na testa.

– Se eu soubesse que você ia agir assim, *Sra. Perene*, eu nunca teria pedido você em casamento! – ele resmungou. – Todos calem a boca! Eu vou negociar de agora em diante!

Os cidadãos nas arquibancadas acharam peculiar a discussão familiar. Olhares confusos foram trocados por todo o coliseu – até mesmo a Irmandade da Honra estava franzindo a testa sob as máscaras. O Imperador, por outro lado, não estava prestando atenção nos Perenes. Ele tinha *outras* preocupações.

– Algo está errado... – Sete murmurou para si mesmo. – Ela já deveria estar por aqui... Seu irmão favorito está a segundos da morte, e ela ainda não foi avistada por ninguém...

O coração do Imperador estava acelerado pela ansiedade. Ele examinou febrilmente o horizonte com seus binóculos, imaginando que teria perdido alguma coisa.

– Enforquem-no quando eu contar até três! – o Alto Comandante ordenou para os carrascos.

Não, tem algo de errado... Sete pensou. *Ela preferiria* morrer *a deixar sua família perecer...*

– *UM!*

Então, onde ela está? Por que ela não apareceu no meio da arena para resgatá-los? O que ela está esperando?

– *DOIS!*

– A não ser que... – Sete disse quando foi acometido por um pensamento perturbador. – *Ela já esteja aqui!*

– *TRÊS!*

O Imperador virou-se para a forca. O chão se abriu sob os pés de Barrie, e o corpo caiu direto na plataforma de madeira. A multidão horrorizada perdeu o ar; no entanto, o pescoço do prisioneiro não se partiu como esperavam. Em vez disso, o pescoço de Barrie Perene começou a se esticar e esticar como um elástico até que ambos os pés tocaram o chão. Todos os cidadãos em toda a arena berraram, alguns até desmaiaram.

– ESSE NÃO É BARRIE PERENE! – Sete gritou do camarote.

– A farsa foi descoberta! – o Juiz Perene disse a sua família. – *Está na hora de irmos!*

De repente, as correntes em volta dos corpos dos Perene evaporaram no ar. Cada membro da família arrancou a pele de seus rostos e os cabelos das cabeças – eles estavam usando disfarces encantados o tempo todo! À medida que as perucas e máscaras eram removidas, as verdadeiras identidades dos impostores eram reveladas. O Juiz Perene era uma jovem rechonchuda com penas brancas no cabelo, a Sra. Perene era uma boneca enorme com olhos de botão e carne de pano, Brooks era uma planta ambulante com pele de clorofila e folhas brotando do couro cabeludo, e Penny tinha asas, olhos esbugalhados, e um ferrão como um inseto gigante.

Como se o crânio dele fosse feito de barro, a cabeça de Barrie escorregou completamente para fora do laço, e, quando ele tirou o disfarce, havia se transformado em uma jovem com bigodes e rabo de cangambá.

– FOMOS ENGANADOS POR *BRUXAS*! – Sete vociferou.

Se isso não bastasse para chocar a arena lotada, os cinco membros do clã na arena abruptamente removeram os uniformes prateados e cinco jovens muito coloridos apareceram. O primeiro era um menino de terno dourado metálico com fogo queimando na cabeça e nos ombros. A segunda era uma garota de cabelos escuros encaracolados que usava um manto feito de esmeraldas reluzentes. A terceira tinha uma colmeia laranja brilhante na cabeça e um vestido feito de pedaços de favo de mel pingando constantemente. A quarta era uma menina em um maiô de safira; seu cabelo escorria pelo corpo como uma cachoeira em fluxo contínuo. E, finalmente, a quinta era uma bela jovem em um terninho brilhante, empunhando uma varinha de cristal.

– É O CONSELHO DAS FADAS! – Sete rugiu. – MATEM-NOS! MATEM-NOS TODOS!

Os arqueiros por todo o coliseu miraram suas bestas para os recém--chegados. Brystal Perene apontou a varinha para Malhadia, Brotinho, Belha e Pi, e vassouras apareceram nas mãos delas. As bruxas subiram nas vassouras e voaram em círculos ao redor da arena. Os cidadãos e membros do clã se abaixaram para se proteger enquanto as bruxas voavam a poucos centímetros acima das suas cabeças. O movimento desconcertou os arqueiros e eles não sabiam onde ou em quem atirar primeiro.

– TOLOS! NÃO DEIXEM QUE DISTRAIAM VOCÊS! – Sete comandou. – ATIREM NA FADA MADRINHA! ELA É A PRIORIDADE!

– Áureo! Horizona! Preciso de um pouco de vapor! – disse Brystal.

Um jato de fogo irrompeu das palmas estendidas de Áureo e um gêiser de água esguichou dos dedos indicadores de Horizona. O fogo colidiu com a água, criando uma enorme nuvem de vapor. Brystal acenou com a varinha, e um vento forte soprou o vapor ao redor do centro do coliseu, tirando as fadas e os prisioneiros da vista dos arqueiros.

– POR QUE VOCÊS NÃO ESTÃO ATIRANDO?! – Sete gritou.

– Senhor, os arqueiros não podem ver para onde disparar! E ainda temos homens lá embaixo! – disse o Alto Comandante.

– EU NÃO ME IMPORTO COM QUEM OU O QUE ATINGEM! APENAS DISPAREM! – Sete ordenou.

Os arqueiros dispararam suas flechas de pedra de sangue, que zuniram pelo centro do coliseu, quase acertando Brystal e seus amigos. Os membros do clã que estavam no meio do fogo cruzado tentaram usar os prisioneiros como escudos humanos. Brystal acenou a varinha novamente, e os covardes homens do clã foram pegos na nuvem de vapor, girando em torno das fadas como se estivessem presos em um poderoso tornado. Os arqueiros abaixaram as bestas, com medo de atingir os companheiros do clã.

O Imperador urrou de raiva pela incompetência da Irmandade. Ele correu para o outro lado do camarote e chamou os soldados revividos que patrulhavam as entradas.

– GUARDAS! VENHAM AQUI E ATAQUEM ESSES PAGÃOS! NEM UMA ÚNICA BRUXA OU FADA SAIRÁ VIVA DESTE COLISEU!

– Smeralda! Rápido! Liberte o resto dos prisioneiros das correntes! – Brystal instruiu.

Enquanto o Exército da Honra Eterna corria para dentro, Smeralda foi até cada prisioneiro e transformou suas correntes em uma pedra frágil de talco que se desintegrou, libertando as mãos e pés deles.

– Lucy! Tangerin! Bloqueiem as entradas antes que os soldados entrem! – disse Brystal.

As meninas correram para as entradas em lados opostos do coliseu. Lucy bateu no chão com um punho e uma rachadura gigante ziguezagueou pela terra até alcançar a primeira entrada como um relâmpago, fazendo com que a porta implodisse antes que os soldados revividos pudessem passar por ela. Tangerin enviou seu enxame de abelhas para a segunda entrada e as abelhas encharcaram os soldados que se aproximavam com mel, grudando-os no chão e nas paredes. Logo a entrada estava bloqueada por esqueletos pegajosos.

– As entradas estão bloqueadas, mas isso significa que as saídas também estão! – Lucy anunciou. – Como vamos sair com os prisioneiros em segurança?

– Deixe isso comigo! – disse Brystal.

Brystal apontou a varinha para os prisioneiros e o corpo de cada um foi cercado por uma bolha gigante. Para espanto dos prisioneiros, as bolhas subiram no ar, levando-os para o céu noturno. Uma vez que todos flutuaram para fora do coliseu, Brystal apontou a varinha para Smeralda, Áureo, Tangerin, Horizona e Lucy, e então acenou em torno de si mesma. Ela e seus amigos se juntaram aos prisioneiros em suas próprias bolhas, enquanto Malhadia, Brotinho, Belha e Pi seguiram em suas vassouras.

Após a partida das fadas, a nuvem de vapor na arena desapareceu lentamente e os rodopiantes membros do clã caíram no chão. Os cidadãos aplaudiram os fugitivos, mas logo se calaram, lembrando que tais demonstrações de simpatia eram ilegais. O Imperador ficou tão furioso ao ver as fadas e bruxas flutuando com os prisioneiros que começou a espumar pela boca.

– ALTO COMANDANTE, ALERTE OS ARQUEIROS DA CIDADE! – ele pediu. – SE VOCÊ DEIXAR AS FADAS FUGIREM, EU CORTAREI SUA CABEÇA E A COLOCAREI EM UMA BANDEJA!

– Sim, meu senhor! – disse o Alto Comandante.

Ele soprou um chifre para notificar os arqueiros posicionados nos telhados da capital, que foram rápidos em obedecer, disparando centenas e centenas de flechas de pedra de sangue enquanto os fugitivos flutuavam pela cidade. As bolhas foram furadas pelas flechas, o que fez muitas delas estourarem e os prisioneiros caírem do céu. Brystal acenava a varinha e restaurava as bolhas, mas não conseguiu acompanhar.

– Malhadia! Brotinho! Belha! Pi! Me ajudem a pegá-los! – disse Brystal.

As bruxas imediatamente mergulharam no ar e apanharam os prisioneiros em queda momentos antes de atingirem o chão. Infelizmente, o ataque implacável dos arqueiros não mostrou sinais de desaceleração, e as bruxas rapidamente ficaram sem espaço nas vassouras.

– ISSO! – Sete comemorou enquanto observava as bolhas estourarem. – Eles nunca vão conseguir sair da capital! Todos vão cair como moscas!

– Smeralda! – Brystal chamou por cima do ombro. – Chame reforços!

Smeralda assentiu e pressionou um pequeno apito de esmeralda contra os lábios. Ela o soprou com todas as forças, e um tom agudo ecoou pelo céu.

– Senhor, olhe! – disse o Alto Comandante. – Algo está se aproximando da capital!

O Imperador olhou para longe e cada milímetro de celebração foi drenado de seu ânimo. Uma enorme sombra apareceu no horizonte, movendo-se pelo ar como um véu apanhado pelo vento. À medida que a sombra se aproximava cada vez mais, o Imperador percebeu que não era apenas um objeto, mas *milhares* se movendo juntos. Ele ergueu os binóculos para olhar mais de perto e descobriu que *um enorme bando de grifos* havia entrado na cidade!

As criaturas mágicas voaram entre os prédios de Via das Colinas e atacaram os arqueiros por toda a capital. Eles derrubaram os membros do clã de cima dos telhados com golpes das asas, arrancaram bestas das mãos dos homens com os bicos e quebraram inúmeras flechas de pedra de sangue com as garras. Os arqueiros foram pegos completamente desprevenidos pelas feras majestosas e muitos abandonaram seus postos. Enquanto os grifos atacavam os membros do clã, as fadas, bruxas e prisioneiros se afastavam de Via das Colinas. Uma vez que estavam fora do alcance dos arqueiros, as criaturas mágicas se juntaram à procissão de bolhas, e todas voaram em segurança para o horizonte.

– NÃÃÃÃÃOOOOOO! – Sete rugiu tão alto que a cidade inteira podia ouvi-lo. – COMO ISSO É POSSÍVEL?! COMO DEIXAMOS QUE ESCAPASSEM?! *DE NOVO!*

O Alto Comandante engoliu em seco e deu um passo cauteloso para trás.

– Minhas mais sinceras desculpas, meu senhor – disse ele. – Achei que nosso plano era infalível!

Os binóculos do Imperador começaram a ranger sob o aperto forte, mas, de repente, ele ficou completamente imóvel e em silêncio. A fúria dele foi interrompida por algo estranho que havia visto no céu.

– Espere um segundo – disse Sete. – Para onde foi a Fada Madrinha? Ela e a bruxa gorda não estão com os outros!

O Imperador esquadrinhou o horizonte várias vezes, mas Brystal e Lucy haviam desaparecido.

– Suas ordens, meu senhor? – pediu o Alto Comandante.

– Reúna seus homens e vasculhe a cidade imediatamente! – Sete exigiu. – *Elas ainda estão aqui!*

As bolhas de Brystal e Lucy desceram na praça da cidade de Via das Colinas e estouraram com o impacto. Assim que elas pousaram, Brystal saiu correndo e Lucy a seguiu.

– Bem, o resgate foi um sucesso, mas a performance foi um *fracasso*! – Lucy reclamou. – Acho que é isso que ganho por escalar amadores. Não há nada pior no mundo artístico do que um novato que pensa que pode improvisar.

Brystal parou abruptamente e olhou em volta como se estivesse perdida. *Ela mal reconhecia a cidade em que crescera.* Todos os prédios estavam cobertos de bandeiras prateadas com o rosto do Imperador ou o símbolo do lobo branco da Irmandade da Honra; todas as portas e janelas estavam fechadas com tábuas ou acorrentadas; e todas as estátuas e tributos a governantes passados foram removidos ou demolidos. As ruas também estavam cobertas de grandes pilhas de cinzas, embora Brystal não pudesse dizer o que havia sido queimado. Uma névoa enfumaçada ainda pairava no ar, tornando difícil ver mais do que alguns metros em cada direção.

– Brystal, o que há de errado? – Lucy perguntou. – Por que paramos aqui?

– Tudo parece tão diferente que não consigo mais dizer qual prédio é qual – disse ela.

– Existe um mapa da cidade em algum lugar?

– Não, mas talvez eu possa fazer um.

Brystal fechou os olhos e visualizou a Via das Colinas de sua infância. Ela acenou um braço em um grande círculo, e milhares de pequenas luzes emanaram da ponta de sua varinha, como se ela estivesse borrifando as ruas em uma névoa brilhante. No entanto, as luzes não grudavam nos prédios como estavam, mas recriavam a cidade como Brystal se lembrava. Depois que ela abriu os olhos e descobriu seu paradeiro, as luzes desapareceram.

– A biblioteca fica ali! – ela disse. – Me siga! Não temos muito tempo!

Brystal agarrou a mão de Lucy e a puxou em direção a um prédio com uma cúpula de vidro, na extremidade da praça da cidade. Assim como os outros prédios, a biblioteca estava coberta de bandeiras prateadas, mas diferentemente dos demais, os degraus da frente da biblioteca eram cercados por uma alta cerca de metal. Uma placa aparafusada na cerca dizia:

AVISO!

Sob a Seção Dois da Constituição
da Honra do Imperador, este edifício
está oficialmente fechado ao público.
O acesso não autorizado é proibido.
Invasores serão condenados à morte.

O aviso fez o sangue de Brystal ferver. Ela explodiu a cerca com a varinha, então seguiu apressadamente com Lucy até os degraus da frente e chutou as portas duplas, abrindo-as. Assim que elas entraram no prédio escuro, o estômago de Brystal se revirou. *A biblioteca estava completamente irreconhecível!* Todos os móveis foram derrubados, e as almofadas dos assentos foram rasgadas. O grande globo prateado que outrora ficava majestosamente no centro do primeiro andar agora jazia em pedaços sobre o tapete. E o mais horrível de tudo: todas as estantes da biblioteca de três andares estavam *vazias*.

– Bom, não tem muito para se ver aqui – disse Lucy.

– Não, isso não está certo – observou Brystal. – Este lugar costumava estar *cheio* de livros!

– O que você acha que aconteceu com eles? – Lucy perguntou.

– Sete deve tê-los escondido em algum lugar – respondeu ela. – Vamos dar uma olhada ao redor e ver se deixaram alguma coisa para trás.

Brystal e Lucy vagaram pelos corredores da espaçosa biblioteca como ratos em um labirinto de vários níveis. Infelizmente, nem uma única página sobreviveu ao expurgo do Imperador. Até a câmara secreta dos Juízes, que Brystal descobrira quando trabalhava como faxineira, estava completamente vazia. Derrotada, Brystal vagou até uma janela no terceiro andar. O olhar dela se desviou para a praça da cidade do lado de fora e todo o seu corpo ficou tenso. De repente, ela percebeu *o que* estava sob todas as cinzas nas ruas.

– Sete não escondeu os livros... *ele os queimou*! – Brystal disse incrédula.

– Estou confusa – confessou Lucy. – Por que Sete queimaria um monte de livros?

Brystal suspirou e balançou a cabeça.

– Porque a leitura inspira o *pensamento*, o pensamento inspira as *ideias*, as ideias inspiram a *mudança*, e nada ameaça mais um tirano do que a *mudança*.

Lucy gemeu e cerrou os punhos com as duas mãos.

– *Deus, eu ODEIO esse cara!* – ela declarou. – Quando eu acho que não é possível detestar alguém ainda mais, ele sempre prova que estou errada!

– Felizmente, os livros podem ser substituídos – disse Brystal. – Bem... a *maioria* dos livros pode ser substituída.

Lucy engoliu em seco.

– Você acha que *ele* foi destruído com os outros?

– Honestamente, duvido que *ele* estivesse aqui para começar. Um livro como esse definitivamente teria chamado a minha atenção quando eu era faxineira, e não me lembro de ter visto nada nem remotamente parecido, nem mesmo na coleção particular dos Juízes.

– Mas esta é a única biblioteca que não pesquisamos. Se não está *aqui*, então onde está?

Brystal ficou quieta enquanto se fazia a mesma pergunta. No entanto, sua linha de pensamento foi interrompida por uma estranha luz vermelha que começou a brilhar ao redor delas. Ela e Lucy se viraram e viram o Imperador da Honra parado no fim do corredor. As roupas de pedra de sangue dele irradiavam luz carmesim através da biblioteca escura, e sua carranca inabalável irradiava puro ódio.

– *Sete.*

A princípio, Brystal ficou feliz em ver o Imperador. Parte dela queria acreditar que Sete era o jovem príncipe arrojado que a havia arrebatado – não o jovem perigoso que tentou matá-la.

– Suponho que sua verdadeira família esteja viva e bem – Sete disse com escárnio.

– Eles estão sãos e salvos há meses – declarou Brystal.

A boca do Imperador se curvou em um sorriso sinistro, mas o ódio nunca desapareceu dos seus olhos.

– Eu tenho que dar crédito onde o crédito é devido – disse ele. – Foi uma *façanha* e tanto que você fez no coliseu. Infelizmente, sua farsa mais impressionante será a última.

O Imperador estalou os dedos e o Alto Comandante e a Irmandade da Honra se juntaram a ele. Os membros do clã encurralaram Brystal e Lucy contra uma parede bem no fim do corredor. Brystal queria desesperadamente balançar a sua varinha e derrubar os homens pela biblioteca, mas ela sabia que sua magia era inútil contra as armas de pedra de sangue. Com os guardas a postos, o Imperador caminhou em direção às meninas e olhou Brystal bem nos olhos.

– Me diga, Brystal, exatamente quantas vidas você tem? – Sete perguntou. – Pensando bem, que seja uma surpresa. Estou disposto a matá-la quantas vezes forem necessárias.

– Me matar não vai garantir sua vitória – disse Brystal. – Não importa quantas leis você aplique, quantas mentiras você conte ou quantos livros você queime... seu dia *chegará*. Seu povo é muito mais inteligente e mais forte do que você pensa. Com ou sem mim, é apenas uma questão de tempo antes que eles se cansem da sua tirania e se levantem contra você.

– E é aí que você está errada – replicou ele. – Veja, uma resistência bem-sucedida exige *coragem*, exige *inteligência*, exige *resiliência*... e as pessoas não *nascem* com essas qualidades. Não, não, não. A bravura precisa ser *inspirada*, o brilhantismo precisa ser *mostrado*, a ousadia precisa ser *incentivada*... mas se você destruir tudo o que *nutre* uma sociedade, a sociedade nunca ganhará as ferramentas para destruir você. E nada vai abater meu povo mais do que ver *a cabeça da grande Fada Madrinha em uma lança*!

– ABATE *ISSO*, FAGULHA DE INCÊNDIO! – gritou Lucy.

VAP!

Lucy empurrou a estante mais próxima com toda sua força e *BAM!* A estante caiu diretamente em cima do Imperador, prendendo-o ao chão. Ele gemeu e lutou para se libertar, mas a estante era muito pesada.

– É *assim* que se improvisa – elogiou Lucy. – Desculpe, Brystal, você não queria continuar conversando com ele, não é?

– Eu só estou com inveja por não ter pensado nisso primeiro – disse Brystal.

– NÃO FIQUEM PARADOS AÍ! MATEM ELAS! – Sete gritou para seus homens.

Os homens do clã atacaram Brystal e Lucy com as espadas e lanças levantadas. Lucy bateu no chão com o punho e enviou uma onda gigante pelo tapete. A ondulação fez todas as estantes no corredor começarem a balançar até que, uma a uma, caíram sobre os membros do clã.

– Boa! – Brystal disse a Lucy.

– Obrigada – respondeu ela. – Eu fiz a mesma coisa para escapar de uma destilaria uma vez, mas isso é história para outra hora! Vamos sair daqui!

Brystal e Lucy correram pelo corredor, saltando sobre as estantes e os homens do clã presos embaixo delas. Infelizmente, a ondulação de Lucy foi muito mais poderosa do que pretendia. Quando ela e Brystal correram para o próximo corredor, as estantes começaram a desabar ao redor das duas!

– Lucy, faça isso parar! – pediu Brystal.

– Você sabe que não posso parar nada que começo! – disse Lucy. – Minha mágica é como comer besteira!

Sem tempo para pensar, a única coisa que as meninas podiam fazer era correr enquanto as estantes tombavam atrás delas pelo terceiro andar como um gigantesco jogo de dominó! Quando chegaram às escadas, as estantes começaram a cair sobre as grades e despencaram nos andares mais baixos, provocando efeitos dominó semelhantes em *todos* os corredores da biblioteca. Quando Brystal e Lucy chegaram ao térreo, todas as estantes da biblioteca haviam sido derrubadas.

Lucy soltou uma risada nervosa enquanto olhava os destroços.

– Aposto que você está feliz por não ser mais a faxineira – ela disse.

As meninas correram para a saída, mas assim que chegaram às portas duplas, pararam abruptamente – *a biblioteca estava cercada pelo Exército da Honra Eterna*! Brystal e Lucy estavam presas! Uma vez que as meninas foram vistas, os soldados mortos avançaram porta adentro.

– Nossa, esses caras são como baratas! Eles continuam vindo e vindo! – disse Lucy. – Como vamos passar por eles?

Brystal olhou ao redor da biblioteca, procurando uma fuga rápida, e seus olhos pousaram na cúpula de vidro no teto.

– Rápido! Segure na minha cintura! – ela disse.

– Por quê? – Lucy perguntou.

– É a minha vez de *improvisar*!

Lucy envolveu os braços ao redor da cintura de Brystal tão firmemente quanto conseguiu. Brystal levantou a mão em direção ao teto e uma luz brilhante explodiu da ponta de sua varinha. A luz envolveu Brystal e Lucy e, de repente, elas atravessaram o domo como uma estrela cadente. A cúpula se estilhaçou, e o vidro caiu sobre os soldados esqueletos.

No terceiro andar, o Alto Comandante e a Irmandade da Honra começaram a rastejar para fora das pesadas estantes. Uma vez que estavam livres, os membros do clã correram para o Imperador e ajudaram a empurrar a estante de seu corpo.

– Meu senhor, você está ferido? – perguntou o Alto Comandante.

– Estou bem! – o Imperador disse enquanto se levantava. – Onde está a Fada Madrinha?

– Ela e sua cúmplice escaparam da biblioteca, senhor.

– Elas *O QUÊ*?!

A notícia deixou o Imperador furioso. Ele agarrou o Alto Comandante pelos ombros e o empurrou pela janela mais próxima.

– *O Alto Comandante foi demitido!* – Sete disse, e então apontou para o membro do clã mais próximo. – Você! Você é o novo Alto Comandante! Se me decepcionar, terá o mesmo destino! Está entendido?

Os olhos do membro do clã se arregalaram sob a máscara prateada e ele mergulhou em uma reverência rápida.

– Estou a seu serviço, meu senhor – declarou ele com um tremor nervoso em sua voz.

– Ótimo – disse Sete. – Agora, a Fada Madrinha está tramando algo… eu posso sentir isso em meus ossos! Temos que descobrir o que ela está planejando!

– O que ela estava fazendo na biblioteca, senhor?

– Não é óbvio? – Sete disse. – Ela estava procurando um *livro*.

– Mas que *tipo* de livro, senhor?

O Imperador olhou pela janela quebrada como se pudesse encontrar a resposta na desolada praça da cidade, mas nada lhe ocorreu.

– Eu não sei – disse ele. – Mas, seja o que for, precisamos encontrá-lo antes que *ela* encontre.

Capítulo Dois

Contagem regressiva

Tique... taque... tique... taque...

Brystal sempre odiou o som do tique-taque do relógio. Fosse quando ela estava contando as horas antes que pudesse escapar da Escola para Futuras Esposas e Mães, ou quando contava os minutos que ainda tinha para ler secretamente livros na Biblioteca de Via das Colinas, Brystal não achava que um relógio pudesse soar mais sinistro do que já era. Mas ela estava completamente errada.

Tique... taque... tique... taque...

Brystal olhou para o relógio de bolso de prata preso à cintura. Para outra pessoa, o relógio teria mostrado que faltavam alguns minutos para o meio-dia. E, para essa outra pessoa, o tique-taque suave do relógio mal seria perceptível. Mas, para Brystal, as engrenagens suaves eram *ensurdecedoras.* O relógio não estava contando as horas do dia, mas os dias de vida de Brystal.

Duas semanas...

Isso é tudo que você tem...

Para localizar o antigo livro de feitiços...

Para destruir a Imortal...

E você ainda não encontrou nenhum deles ainda.

Tique... taque... tique... taque...

Você não está mais perto agora do que estava há um ano...

Você tem que aceitar a verdade...

Você está sem tempo...

Em treze dias...

Você *vai* morrer.

A maldição na mente de Brystal raramente vinha à tona nos últimos tempos. Ela havia se tornado tão boa em ignorar os pensamentos perturbadores que mal os notava. Mesmo quando ocasionalmente chamavam a atenção dela, Brystal adorava colocá-los em seu lugar. Para ela, os pensamentos perturbadores não eram mais uma maldição poderosa – eram velhos amigos com quem ela gostava de discutir. Ela pensou:

Vocês podem estar certos...

Mas quem não está com o tempo limitado?

Quem não tem os dias contados?

Saber quando minha vida termina significa que posso aproveitar ao máximo o tempo que me resta...

E não vou perder um segundo dele.

Brystal fechou o relógio e o enfiou no bolso do terninho. Ela estava de pé, olhando pelas janelas do seu escritório na Academia de Magia, apreciando a vista das colinas verdes, do oceano azul cintilante e do brilhante castelo dourado ao redor dela. Brystal fazia questão de admirar a Terra das Fadas sempre que podia, sabendo que cada oportunidade poderia ser a última. No entanto, ela não se deixou demorar muito – com morte ou sem morte, ela tinha muito trabalho a fazer.

Felizmente, Brystal não carregou sozinha o fardo de encontrar o antigo livro de feitiços e a Imortal. Pela primeira vez, em vez de poupar seus amigos da verdade, Brystal *confidenciou* a eles. Eles sabiam tudo sobre o acordo dela com a Morte, sabiam que Brystal tinha apenas um ano para encontrar a Imortal e destruí-la com um antigo livro de feitiços, ou a vida dela terminaria. E, antes que Brystal pudesse *pedir* a ajuda dos amigos, eles foram direto ao trabalho.

Nos últimos onze meses e duas semanas, o escritório de Brystal se transformou no centro de uma investigação complexa. As fadas cobriram cada superfície da mobília de vidro com pilhas de mapas e livros de endereços de todas as bibliotecas, livrarias e colecionadores de livros conhecidos do mundo. Enquanto trabalhavam incansavelmente na localização do antigo livro de feitiços, as bruxas trabalhavam diligentemente na identificação da Imortal. Todas as paredes do escritório estavam cheias de certidões de nascimento, certidões de óbito e retratos de senhoras muito, muito idosas.

Após a viagem de Brystal e Lucy à Biblioteca de Via das Colinas, todas as bibliotecas foram oficialmente revistadas, então as fadas concentraram seus esforços em entrar em contato com livrarias e renomados colecionadores de livros. Elas escreviam sob pseudônimos para manter a missão em segredo, perguntando aos vendedores e colecionadores sobre quaisquer *publicações mais antigas* que pudessem ter em seu poder. Todas as manhãs, Horêncio, o cavaleiro, colocava um pesado saco de malha no escritório, e as fadas vasculhavam as cartas, esperando uma pista positiva.

– Acabei de receber uma carta da livraria Traças de papel em Monte Tinzel! – anunciou Smeralda. – Acho que a livraria fechou há algum tempo e virou uma cafeteria. *Droga, é a quarta deste mês.* Eles dizem que doaram seus livros para o orfanato local, mas nenhum deles tinha mais de uma década ou duas.

– O colecionador de livros de Forte Valor finalmente me escreveu de volta! – disse Tangerin. – O Sr. Corcundo diz que ficaria feliz em nos mostrar sua coleção de livros antigos *e* também a coleção de guaxinins de taxidermia. A segunda parte é um pouco preocupante, mas a primeira é promissora!

– Eu tenho uma atualização do Reino do Leste! – acrescentou Áureo. – A Livraria Marcapágina na região de Mão de Ferro diz que se especializa em livros antigos de todo o mundo. Eles ainda têm alguns títulos que remontam ao reinado do Rei Campeon I! Devemos ir e conferir!

Junto com o correio, Horêncio também entregava todas as manhãs uma pilha de jornais de várias cidades do mundo. As bruxas vasculharam os obituários para ajudá-las a eliminar potenciais suspeitas de ser a Imortal.

– Outra bateu as botas! – Lucy proclamou. – Feirinia Feirante oficialmente bateu as botas na semana passada aos cento e doze anos de idade. Ela deixa quatro filhos, quinze netos e sete ex-maridos muito mais jovens... *uau, mandou bem, Feirinia*! Suas últimas palavras foram: "Ah, aí está você, Deus. Achei que você tivesse esquecido de mim".

– Tenho uma notícia triste também – Pi disse. – Pela Peruque faleceu aos cento e três anos. Ela foi sepultada ontem no Cemitério Eterno de Monte Tinzel. Diz que ela morreu pacificamente enquanto o marido dormia... aparentemente, Pela tinha insônia. Droga, eu estava realmente esperando que fosse ela.

– Parece que Brisella do Parc também não está mais conosco – emendou Brotinho. – Ela faleceu poucos dias antes de seu centésimo quinto aniversário. Brisella deixa seus amados felinos Senhor Bigodes, Ronroninho, Patinhas de neve, Doutor Bola de Pelos, Pezinho de Anjo e Rabugento II. A causa da morte dela ainda é desconhecida porque os gatos comeram o cadáver.

– *Incrível* – Malhadia disse com um largo sorriso. – Se importa se eu ficar com esse?

Malhadia cortou o obituário do jornal e o colou em um álbum de recortes no qual mantinha obituários horríveis. Enquanto Malhadia salvava o recorte, Belha voou pelo escritório e desenhou um grande "X" nos retratos que pertenciam a Feirinia Feirante, Pela Peruque e Brisella do Parc.

– Estamos ficando sem s-s-suspeitos centenários – constatou Belha.

– *Supostos* centenários – disse Malhadia. – Eu continuo dizendo a vocês, não importa o que os jornais digam, esses obituários podem ser falsos! A única maneira de sabermos com certeza é se desenterrarmos essas mulheres e nos certificarmos de que elas estão realmente mortas!

Pi engoliu em seco e levantou a mão.

– Brystal, posso ser transferida para a busca pelo antigo livro de feitiços? A investigação da Imortal está dando uma guinada.

– Eu odeio defendê-la, mas Malhadia tem razão – disse Smeralda. – Quem sabe quantas vezes a Imortal teve que fingir sua morte para evitar suspeitas? Se vamos localizá-la, teremos que pensar fora da caixa. Não é como se a mulher mais velha do mundo fosse simplesmente entrar pela porta.

De repente, as portas do escritório se abriram e a Sra. Vee entrou.

– *Olá, olá, olá!* – a governanta alegre cantou. – Achei que vocês poderiam estar com fome, então preparei um suflê de amora! Vocês não vão acreditar, mas um dos prisioneiros que vocês resgataram do Império da Honra ontem é um confeiteiro premiado! Quanta sorte, não? Trocamos receitas a manhã toda. Malhadia, Brotinho e Belha, de acordo com seus pedidos de dieta, polvilhei algumas pernas de aranha em seus suflês para que se lembrem de casa. Mas não é a primeira vez que coloco um inseto na comida de alguém! HA-HA!

Os olhos de Horizona se arregalaram e ela apontou um dedo acusador para a governanta.

– Ai, meu Deus! *A Sra. Vee é a Imortal!* – ela declarou. – Por que não pensamos nisso antes?! Ela é a pessoa mais velha que conhecemos! Até as piadas dela são anciãs!

A Sra. Vee revirou os olhos e colocou a bandeja de suflês de amora na mesa de chá.

– Mais uma vez, Horizona, estou *ultrajada* por sua opinião forte sobre mim – disse a governanta. – Se eu fosse a Imortal, você acha que eu ficaria *assim*?

– O que você quer dizer, Sra. Vee? – perguntou Tangerin.

– Imagino que a melhor parte de ser imortal é que você *não envelhece* – ela explicou. – Caso contrário, por que alguém iria querer viver para sempre? Eu não gostaria de passar a eternidade ficando cada vez mais velha, e cada vez mais fraca. Eu nem gosto de uvas-passas na salada, certamente não gostaria de ver uma no espelho! HA-HA!

As fadas e bruxas congelaram e se entreolharam com pavor coletivo.

– É claro! – Pi disse, e ansiosamente puxou as próprias orelhas. – Este tempo todo estávamos procurando por uma velha! Mas a Imortal pode ter *qualquer idade*! Isso significa que ela poderia ser *qualquer uma*!

– Isso é como e-e-encontrar uma agulha em uma m-montanha de feno! – sentenciou Belha. – Como va-v-vamos rastreá-la, e-então?

– Todo mundo se acalme! – disse Malhadia. – Há uma solução muito simples para isso. Teremos que desenterrar todas as mulheres que já viveram. Eu ficaria mais do que feliz em liderar a operação.

As fadas e bruxas perambulavam pelo escritório, gemendo e grunhindo em desespero. Estranhamente, a pessoa que a revelação mais afetou era a que parecia menos afetada. Brystal permaneceu surpreendentemente calma, como se o progresso fosse tão trivial quanto uma previsão do tempo.

– Nós vamos ter que expandir a busca, isso é tudo – ela disse com um encolher de ombros. – Agora vamos voltar ao antigo livro de feitiços. Tangerin, quero que você e Horizona visitem o colecionador de livros em Forte Valor o mais rápido possível. Tragam de volta qualquer coisa que se assemelhe ao que estamos procurando. E Áureo, quero que você e Smeralda vão imediatamente para o Reino do Leste e deem uma olhada na Livraria Marcapágina. Certifiquem-se de que todos se vistam como civis e escondam sua magia... não queremos espalhar que o Conselho das Fadas está procurando um livro antigo.

Smeralda cruzou os braços e lançou a Brystal um olhar severo, como se estivesse lendo sua mente – e, para desgosto de Brystal, Smeralda normalmente conseguia.

– É apenas minha imaginação, ou você está mais interessada em encontrar o antigo livro de feitiços do que a Imortal? – perguntou Smeralda.

Brystal suspirou.

– Neste ponto, acho que encontrar o livro é um melhor uso do nosso tempo.

– Mas nós precisamos de *ambos* para salvá-la da Morte – Smeralda enfatizou. – Espero que sua maldição não esteja tentando confundir você.

– Isso não é a maldição falando, eu prometo – ela disse. – Tenho apenas duas semanas de vida e quero ser mais produtiva e prática possível. Encontrar a Imortal só vai *me* salvar, mas encontrar o antigo livro de feitiços salvará *o mundo inteiro*. Qualquer que seja o feitiço poderoso o suficiente para destruir a Imortal também é poderoso o suficiente para destruir o Exército da Honra Eterna... isso colocaria um fim ao reinado de terror de Sete e da Irmandade da Honra, de uma vez por todas! Morrerei muito mais feliz sabendo que vocês têm as ferramentas para finalmente derrotá-los.

– Isso é muito nobre de sua parte, mas, como você disse, ainda temos *duas semanas inteiras* – destacou Smeralda. – Mesmo que nossas chances de encontrar a Imortal sejam pequenas, ainda temos que nos esforçar ao máximo, caso contrário, sempre nos arrependeremos de não fazer mais para salvá-la.

As fadas e as bruxas concordaram com as observações de Smeralda. Brystal foi tocada pela devoção delas.

– Tudo bem então – ela disse. – Não vou desistir ainda.

Lucy limpou a garganta.

– Será que posso dar minha opinião a respeito desse assunto? Se vocês estão procurando algo prático e produtivo para fazer com seu tempo, há uma *muito prática* e *muito produtiva* fonte de informação que *ainda* não consultamos – disse ela, erguendo as sobrancelhas com impaciência. – Se tem alguém que sabe como encontrar a Imortal ou o livro de feitiços antigo, é Madame Tempora.

Brystal respirou fundo e olhou para o chão.

– Eu sei, eu sei – disse ela. – É que... pedir ajuda a ela significa que eu tenho que dizer a verdade sobre *tudo*. E ela ficou tão feliz em ouvir sobre a legalização da magia... eu não posso imaginar quão impotente ela vai se sentir sabendo sobre o Exército da Honra Eterna e meu acordo com a Morte. Parece cruel incomodá-la.

Lucy colocou as mãos nos quadris.

– Brystal, a mulher está congelada em um bloco de gelo no meio do nada. Ela não está exatamente *vivendo uma vidona*.

Brystal virou-se para o globo encantado ao lado de sua mesa e olhou para as luzes cintilantes acima das Montanhas do Norte. Sem o conhecimento dos outros, Brystal tinha uma razão muito específica para não procurar a ajuda de Madame Tempora, mas não tinha nada a ver com fazer Madame Tempora se sentir *impotente*. Infelizmente, Brystal adiara a reunião o máximo que pôde.

– Você está certa, eu deveria falar com ela enquanto ainda tenho uma chance – disse ela. – Então todos nós temos nossas atribuições. Áureo e Smeralda viajarão para o Reino do Leste; Tangerin e Horizona visitarão o colecionador de livros em Forte Valor; e Malhadia, Brotinho, Belha e Pi começarão a procurar mulheres que pareçam *muito, muito conservadas para sua idade*. Enquanto isso, Lucy e eu iremos para o norte.

Capítulo Três

A Gélida Verdade

Brystal e Lucy se vestiram com suas roupas mais quentes e partiram para as Montanhas do Norte naquela tarde. Elas saíram da Academia de Magia em uma bolha gigante, sobrevoando as Terras dos Trolls e dos Goblins, e estavam descendo para o frio Reino do Norte ao anoitecer. A bolha pousou com segurança em uma encosta diretamente abaixo das luzes cintilantes do norte e as meninas procuraram a caverna de Madame Tempora no terreno nevado. Felizmente, o tempo estava bom esta noite e a entrada era fácil de detectar.

Fazia mais de um ano desde que Brystal visitara Madame Tempora pela última vez, mas, enquanto ela e Lucy percorriam o longo túnel de entrada e emergiam na caverna espaçosa, tudo parecia estranhamente familiar, como se o ar frio tivesse congelado *o próprio tempo*.

Brystal acenou com a varinha e cobriu todas as estalactites acima delas com luzes cintilantes que iluminavam a caverna como dezenas de candelabros. As meninas foram para o fundo da caverna onde a terrível Rainha da Neve estava congelada em uma parede de gelo. Cada centímetro da aparência monstruosa da bruxa – desde a pele rachada e congelada até os dentes irregulares e podres – era tão aterrorizante quanto elas se lembravam, se não mais.

– Bem, esta é uma surpresa agradável – disse uma voz suave atrás delas.

Brystal e Lucy se viraram e descobriram o espírito de uma bela mulher. Ela usava um elegante vestido cor de ameixa que combinava com a cor dos olhos brilhantes e o seu cabelo escuro estava penteado sob um elaborado chapéu com penas e fitas. O sorriso da mulher era tão caloroso que Brystal poderia jurar que a temperatura subiu alguns graus.

– Olá, Madame Tempora – cumprimentou Brystal. – É maravilhoso ver você de novo.

– Santas claras em neve... *você está fantástica*! – Lucy declarou. – O isolamento fez maravilhas! Se eu estivesse desavisada, até pediria o contato do seu cirurgião mágico.

Madame Tempora riu.

– É bom ver você também, Lucy – disse ela. – Suponho que Brystal lhe disse a verdade sobre por que estou aqui.

– Na verdade, os outros sabem também – confessou Brystal.

– Não consigo imaginar a decepção que causei – disse Madame Tempora e balançou a cabeça sombriamente. – Descobrir que eu menti é uma coisa, mas saber que eu estava por trás da Rainha da Neve o tempo todo é indefensável. Estou profundamente arrependida e espero que vocês possam me perdoar.

– *Perdoar você?* Madame Tempora, estou aqui para fazer um contrato de cessão de direitos de reprodução! – disse Lucy.

– Como disse? – ela perguntou.

– Quero dizer, sua história de vida é um sucesso teatral esperando para acontecer – disse Lucy. – Pense nisso! A Rainha da Neve cresceu dentro de você como um parasita, alimentando-se de uma vida inteira de desgosto e raiva reprimidos… *esse é o papel dos sonhos de todo ator*! E como você soltou a Rainha da Neve em um mundo que odiava magia apenas para provar o quanto o mundo precisava de magia… *cara, que reviravolta genial no terceiro ato*! E agora você está presa em uma caverna gelada, com um espírito separado de seu antigo corpo, forçada a reviver seus erros repetidamente até o fim dos tempos… *já sinto o cheiro dos prêmios*! Esta peça vai durar mais do que o musical *Galos*!

Madame Tempora não sabia o que dizer. Ela nunca pensou que suas tragédias pessoais pudessem ser tão *lucrativas*.

– Estou feliz que você ache minha vida tão divertida, Lucy – replicou ela.

– Da próxima vez, eu trago os papéis para você assinar – disse Lucy. – Hoje, temos problemas muito maiores para lidar. Vá em frente, Brystal.

Lucy deu um tapinha agressivo nas costas de Brystal que a empurrou para frente. O corpo de Brystal imediatamente ficou tenso e ela olhou para o chão nevado para evitar fazer contato visual. Antes de dizer qualquer coisa, Brystal já se arrependia do que falaria.

– Madame Tempora, você se lembra da nossa última conversa? – ela perguntou.

– Como eu poderia esquecer? – Madame Tempora perguntou. – Você me contou as maravilhosas notícias sobre a legalização da magia… Você estava preocupada com o fato de sua amiga Pi ingressar em uma escola de bruxaria… Você mencionou que estava se sentindo triste e não sabia explicar por quê… E me contou sobre o infeliz retorno da Irmandade da Honra.

Brystal assentiu timidamente e concentrou toda a atenção dela na neve sob os sapatos.

– Certo – ela disse. – Bem, tem algumas *atualizações*.

– Boas atualizações? – a fada perguntou.

Brystal e Lucy trocaram um olhar desencorajador e o sorriso brilhante de Madame Tempora desapareceu.

– Veja como um curativo, Brystal – disse Lucy. – Quanto mais rápido arrancar, melhor!

Brystal respirou fundo, endireitou a postura e começou seu resumo do ano anterior. Ela começou dizendo a Madame Tempora que seus pensamentos perturbadores foram causados por uma *maldição*, mas felizmente, ela aprendeu a lidar com isso. Brystal disse que ela havia sido amaldiçoada pela Mestra Mara, a fundadora da Escola de Bruxaria Corvista, e contou como a bruxa estava usando a escola como fachada para criar uma *Besta das Sombras* para aumentar os próprios poderes. Em seguida, Brystal explicou que a Mestra Mara havia se unido à Irmandade da Honra e, juntos, eles usaram a Besta das Sombras para trazer de volta o invencível Exército da Honra Eterna. E, finalmente, Brystal teve a infeliz tarefa de dizer a Madame Tempora que a Irmandade da Honra havia conquistado o Reino do Sul e o transformado em um Império da Honra opressivo.

– Minha nossa – Madame Tempora ofegou. – Mesmo nos meus piores pesadelos, nunca sonhei com algo tão terrível.

– Mas espere, há *mais uma coisa* – disse Lucy.

Claramente, Madame Tempora não conseguia imaginar como as coisas poderiam ser piores. Apenas o pensamento de contar a próxima parte fez Brystal se sentir fisicamente doente. Ela fechou os olhos e cerrou os punhos, como se estivesse espremendo a informação de seu corpo.

– A certa altura, a maldição me convenceu a me render à Irmandade da Honra – disse ela. – Eles me levaram para a fortaleza deles e... e... e...

– *E eles a mataram!* – exclamou Lucy.

Madame Tempora balançou a cabeça como se os ouvidos dela a estivessem traindo.

– Você disse que a Irmandade da Honra *a matou*? – ela perguntou.

Brystal e Lucy assentiram.

– Mas como isso é possível? Você está bem na minha frente!

– Eles me cobriram com correntes feitas de pedra de sangue – lembrou Brystal. – Tentei lutar contra elas, mas as correntes me deixaram cada vez mais fraca, e acabei indo para o outro lado. Viajei para um grande campo cinza flutuando em algum lugar entre o mundo dos vivos e o grande desconhecido. Havia estrelas, planetas e galáxias ao meu redor que eu podia *sentir* e *ouvir* tão facilmente quanto podia os *enxergar*. O campo estava coberto com centenas de lindas árvores brancas. Cada árvore tinha o nome de uma pessoa diferente e um relógio de prata que contava o tempo que lhe restava na terra. Era tudo tão estranho e assustador, mas ao mesmo tempo lindo e pacífico.

Até então, Madame Tempora estava olhando de um lado para o outro para as meninas como se elas estivessem contando uma piada mórbida, mas depois do relato detalhado de Brystal sobre a vida após a morte, sua expressão ficou muito séria.

– Como você voltou à vida? – ela perguntou, quase com medo de ouvir a resposta.

– Ah, aperte o cinto, Madame Tempora – Lucy avisou. – Esta parte faz com que a reviravolta do seu terceiro ato pareça apenas um sorteio durante o intervalo da peça!

A postura de Brystal era de desânimo.

– Eu fiz um acordo com a Morte.

– *Com a Morte?* – Madame Tempora ofegou. – Você está dizendo que a Morte é uma *pessoa*?

– Sim – disse Brystal. – Ela parecia exatamente como eu sempre imaginei... e, ainda assim, eu não tinha medo dela. É difícil de explicar.

– E que tipo de acordo você fez com ela? – Madame Tempora pressionou.

– Aparentemente, vários séculos atrás, uma mulher enganou a Morte para presenteá-la com a imortalidade. Desde então, essa mulher... essa *Imortal*... vagueia pelo mundo, zombando de tudo que a vida e a morte representam. A Morte disse que, se eu concordasse em encontrar e destruir a Imortal, ela me devolveria minha vida. Mas a única maneira de destruí-la é usando um feitiço de um antigo livro. Ela também disse que eu poderia usar o mesmo feitiço para aniquilar o Exército da Honra Eterna. Uma vez que eu soube disso, eu não poderia recusar o acordo.

– *Mas* – disse Lucy.

Brystal grunhiu – *quem estava contando a história?*

– *Mas* a Morte só me deu um ano para completar a missão. Ela disse que se eu não encontrar o antigo livro de feitiços e destruir a Imortal em doze meses, ela vai tirar minha vida de volta.

– Quanto tempo você ainda tem? – Madame Tempora perguntou.

Brystal estremeceu; ela sabia que essa seria a parte mais difícil de ouvir.

– Duas semanas.

Madame Tempora era apenas um espírito, mas a notícia foi tão chocante que até *ela* precisou se sentar. Os joelhos dela se dobraram e seu corpo caiu no ar, como se ela tivesse afundado em um assento invisível.

– Por que você não me contou antes? – a fada perguntou.

– Para constar, eu disse a ela que esta caverna deveria ter sido nossa primeira parada – disse Lucy. – Brystal não queria sobrecarregar você com mais problemas. Ela achava que você já estava ocupada demais com... bem, você sabe... *a culpa de assassinar involuntariamente milhares de pessoas inocentes e danificar enormes quantidades de propriedades como a Rainha da Neve.* Uau, agora que digo isso em voz alta, de repente entendo por que ela estava relutante.

Madame Tempora estudou o rosto de Brystal com um olhar desconfiado. *Ainda havia algo que Brystal não estava dizendo a ela.*

– Lucy está certa, eu não queria incomodá-la – disse Brystal, e então mudou rapidamente de assunto. – Esperamos que você possa nos ajudar a encontrar o antigo livro de feitiços. Procuramos em todas as bibliotecas e em quase todas as livrarias do mundo e, até agora, não encontramos vestígios disso em lugar nenhum. Madame Tempora, *você* já ouviu falar de um feitiço poderoso o suficiente para destruir uma Imortal? Ou em que livro está?

Madame Tempora se levantou e calmamente andou pela caverna gelada. A mão translúcida dela esfregou o queixo também translúcido enquanto ela ia cada vez mais fundo em seus pensamentos. Enquanto procurava uma resposta na memória, as garotas perceberam que uma ideia em particular continuava ocorrendo-lhe. Não importava quantas vezes Madame Tempora afastava a ideia, ela voltava de novo e de novo como um animal de estimação faminto. Finalmente, ela não teve escolha a não ser reconhecê-la.

– Na verdade, eu *ouvi falar* de um livro que se encaixa nessa descrição – disse Madame Tempora. – Acredito que a Morte estava se referindo ao Livro da Feitiçaria.

Ouvir o título causou arrepios na espinha de Brystal e Lucy. Ambas se eriçaram, ansiosas para aprender mais.

– O que é o Livro da Feitiçaria? – Lucy perguntou.

– "Feitiçaria" não é apenas outra palavra para descrever a magia? – Brystal perguntou.

– Tradicionalmente, *feitiçaria* é usada para descrever as práticas mais antigas de magia – explicou Madame Tempora. – E, de acordo com a lenda, o Livro da Feitiçaria é o livro de feitiços mais poderoso já criado. Dizem que, nos tempos antigos, um grupo de feiticeiros e feiticeiras, bons e maus, reuniu-se e catalogou seus maiores encantamentos em um manuscrito. O livro tem o poder de controlar todos os elementos do universo. Existem feitiços para tirar a vida dos vivos, feitiços para dar vida aos moribundos e até feitiços para ressuscitar os mortos. O livro pode conceder dons extraordinários aos fracos e tirar habilidades dos fortes, pode levar alguém através do espaço e do tempo e pode convocar um coro de anjos do céu ou um exército de demônios das profundezas do inferno. Naturalmente, se um livro como esse caísse em mãos erradas, poderia trazer o fim à existência como a conhecemos. Então os feiticeiros e feiticeiras esconderam o Livro da Feitiçaria bem longe, no único lugar que seria seguro.

– Onde? – Brystal e Lucy perguntaram em uníssono.

– O Templo do Conhecimento – Madame Tempora disse.

Brystal e Lucy ficaram fascinadas, mas nenhuma delas tinha ouvido falar de tal lugar.

– Madame Tempora, eu viajei para todos os cantos dos reinos e nunca vi um Templo do Conhecimento antes – declarou Brystal.

– Isso porque não faz parte do *mundo conhecido* – disse ela. – A localização é magicamente escondida de todos os mapas e globos para proteger os objetos dentro dela. Assim como o Livro da Feitiçaria, o templo contém um cofre que abriga *outros* objetos extraordinários com capacidades notáveis.

– É difícil entrar no templo? – Lucy perguntou.

– Extremamente – Madame Tempora disse. – A lenda diz que o templo também é protegido por uma tribo de *guardiões improváveis* que dedicaram suas vidas para mantê-lo a salvo de intrusos. Mesmo se passarem por eles, vocês devem sobreviver a uma série de testes físicos, mentais e emocionais esperando dentro do templo. E, finalmente, antes de entrar no cofre, vocês devem ficar cara a cara com a criatura mais mortal e perigosa que já percorreu a terra.

– Ah, isso é tudo? – Lucy indagou com uma risada nervosa. – Parece um clube de jazz que eu entrei uma vez. Talvez haja um segurança que possamos subornar.

Brystal apreciou a tentativa de Lucy de aliviar a situação, mas apenas o *pensamento* de encontrar e sobreviver ao Templo do Conhecimento a fez se sentir tonta.

– Temos que voltar para a academia e contar aos outros – disse Brystal. – Quanto mais cedo começarmos a procurar o Templo do Conhecimento, melhor para nós.

Brystal saiu do túnel sem se despedir de Madame Tempora. Lucy limpou a garganta para chamar a atenção dela.

– Você não está esquecendo de nada? – ela perguntou.

– O quê? – Brystal rebateu.

Lucy revirou os olhos.

– O Livro da Feitiçaria e o Templo do Conhecimento são um ótimo começo, mas precisamos encontrar a Imortal também, caso contrário você está frita! – ela a lembrou. – Madame Tempora, você tem alguma ideia de quem é a Imortal?

A fada ficou quieta novamente enquanto pensava sobre isso, mas, infelizmente, nada lhe veio à mente.

– Sinto muito – lamentou Madame Tempora. – Mas talvez eu possa dar orientação sobre *como* encontrá-la?

– Fantástico! Estamos ouvindo! – disse Lucy.

– Primeiro, suspeito que a Imortal ganharia muita atenção se ficasse em um lugar por muito tempo, então eu procuraria mulheres que viveram em muitas partes diferentes do mundo – recomendou ela. – Segundo, eu também suspeito que a Imortal não gostaria de passar a eternidade *trabalhando*, então aposto que ela encontrou uma forma de permanecer rica. Fiquem de olho nas mulheres das classes altas. Terceiro, alguém com tanta experiência de vida certamente deixará uma impressão em outra pessoa. Eu consultaria os anciãos de cada aldeia; talvez eles tenham lembranças antigas *e* recentes da mesma pessoa.

– Viajada, rica e selvagem… entendido!

Lucy se agarrou a cada palavra do conselho de Madame Tempora e começou a anotar suas sugestões. Brystal ficou em silêncio e fingiu ouvir, mas, mentalmente, ela estava focada apenas em encontrar o Templo do Conhecimento. Eventualmente, ela ficou tão obcecada com isso que sua fachada atenta se dissolveu completamente e seus olhos dispararam ao redor da caverna.

– Você não está ouvindo uma palavra do que estou dizendo.

A voz veio do nada e assustou Brystal. Ela olhou por cima do ombro e viu Madame Tempora parada bem atrás dela. Mas estranhamente, quando ela olhou para trás, Madame Tempora ainda estava falando com Lucy também.

– Como você está em dois lugares ao mesmo tempo? – Brystal perguntou.

– Você ficaria surpresa com as coisas que um espírito pode fazer sem o peso de um corpo – disse Madame Tempora. – Agora, por que você não está ouvindo meu conselho sobre a Imortal?

– Eu *estou* ouvindo – disse Brystal.

Madame Tempora ergueu uma sobrancelha para ela.

– Brystal, você é a melhor aluna que eu já tive... sei muito bem quando você está interessada em um assunto e quando não está.

Brystal podia sentir seu batimento cardíaco começando a aumentar.

– Eu... eu... eu só acho que encontrar o Livro da Feitiçaria é um uso melhor do nosso tempo – disse ela. – Encontrar o livro nos ajudará a salvar *o mundo* da Irmandade da Honra, mas destruir a Imortal só *me* salvará. E quais são as chances de realmente encontrá-la em duas semanas?

– Ah, entendo – disse Madame Tempora. – Você não *quer* encontrá-la.

– Claro que eu quero encontrá-la! – Brystal mentiu. – O que faz você pensar que eu não quero?

– Porque você sempre realiza o que deseja, apesar de parecer impossível – disse Madame Tempora. – Então há apenas uma explicação lógica para você não estar focando na Imortal: você não *quer* encontrá-la. E não vou deixar você sair desta caverna até que me diga por quê.

Brystal respirou fundo e soltou um longo suspiro. Este era o momento que ela passara o ano anterior tentando evitar e ele finalmente chegou. Brystal sabia que era inútil esconder a verdade.

– Não adianta procurar a Imortal – ela disse. – Mesmo se a encontrássemos, eu nunca poderia continuar com isso... eu não poderia *matar* alguém.

– Então você vai se deixar *morrer*?

– Eu não quero morrer, mas não posso justificar tirar a vida de alguém para salvar a minha... especialmente uma mulher cujo único crime é *viver*.

– É por *isso* que você esperou tanto tempo para me ver? – ela perguntou.

Brystal assentiu.

– Eu sabia que isso partiria seu coração.

– Mas e seus amigos? Eles devem estar subindo pelas paredes.

– Eu não contei a eles ainda – disse Brystal. – Confie em mim, passei meses angustiada com isso, mas não vejo outra opção. Mesmo se eu destruísse a Imortal, eu não poderia viver comigo mesma depois. Prefiro morrer duas vezes a matar uma vez. Não há nada que você possa fazer para me ajudar.

Brystal esperava que Madame Tempora contestasse apaixonadamente e continuasse a discussão pelo maior tempo possível, mas, surpreendentemente, a fada não tentou fazê-la mudar de ideia. Em vez disso, Madame Tempora olhou para o fundo da caverna, encarando sombriamente a Rainha da Neve.

– Não, você está certa… – ela disse suavemente. – Eu não desejaria esse tipo de culpa para ninguém… É muito pior do que a morte…

Até então, Brystal nunca tinha percebido quanta dor Madame Tempora estava sentindo. Ficar presa em uma caverna com o corpo congelado da Rainha da Neve era uma lembrança constante de todos os erros que ela cometera e das pessoas que ela machucara. Brystal podia notar o tremendo preço que isso custara à alma de Madame Tempora. Antes que ela pudesse pensar em algo reconfortante para dizer, Madame Tempora desapareceu do lado de Brystal. Ao mesmo tempo, a outra Madame Tempora encerrou a conversa com Lucy.

– Por último, mas não menos importante, eu procuraria mulheres que possuem muitas antiguidades – sugeriu a fada. – A coleção da Imortal pode ser lembranças disfarçadas.

– Isso é melhor do que perseguir velhinhas e obituários! Obrigada por todas as dicas, Madame Tempora! – disse Lucy. – Ok, Brystal, *agora* vamos embora.

– Vou ver vocês de novo? – Madame Tempora perguntou.

Brystal sabia que esta poderia ser a última vez que ela veria Madame Tempora, mas ela não teve coragem de dizer a ela. Dizer um último adeus a Madame Tempora era doloroso demais para suportar.

– Vou tentar voltar assim que puder – disse ela.

– Por favor – suplicou a fada. – Boa sorte, meninas. Estou aqui sempre que precisarem de mim.

Brystal e Lucy saíram da caverna e Madame Tempora acenou alegremente quando saíram, mas uma vez que estavam fora de vista, sua expressão alegre se esvaiu. A situação de Brystal fez Madame Tempora se sentir mais impotente e presa do que nunca. Os olhos angustiados dela se voltaram para a Rainha da Neve mais uma vez, mas, agora, a visão da bruxa terrível deu à fada uma ideia surpreendentemente esperançosa.

Talvez Brystal estivesse errada – talvez houvesse *algo* que Madame Tempora pudesse fazer para ajudá-la...

Capítulo Quatro

A Mensagem

O Reino do Leste era o orgulhoso líder global da fabricação de metais. Sob a liderança da amada Rainha Endústria, o país combinou engenhosamente os minerais naturais do rico solo do reino com o calor natural de seus muitos vulcões ativos e criou as fábricas de aço, ferro e cobre mais produtivas do mundo. A capital do reino, Mão de Ferro, era uma prova do próspero comércio. A cidade era uma metrópole movimentada de prédios altos, passarelas de vários níveis e ruas lotadas – e cada centímetro da cidade movimentada, das pontas das torres aos pavimentos das alamedas, era feito dos metais preciosos do reino.

Infelizmente, a fumaça interminável das fábricas significava que o reino vivia em uma constante névoa de poluição, mas os cidadãos achavam que uma *tossezinha* era um preço pequeno a pagar por uma economia em expansão.

No dia seguinte ao comando de Brystal para irem ao Reino do Leste, Smeralda e Áureo chegaram a Mão de Ferro em um barco de passageiros no fim da tarde. Enquanto o barco descia o Rio do Leste que serpenteava pelo centro da capital, a dupla ficou maravilhada com as estruturas imponentes ao redor deles. Visitaram Mão de Ferro muitas vezes no passado, com o Conselho das Fadas, mas a cidade enérgica nunca deixou de surpreendê-los. Havia algo em Mão de Ferro que os fazia sentir como se estivessem no centro do mundo.

– Ok, lembre-se da nossa história – disse Smeralda. – Eu sou Zafira Prantina e você é Aurélio dos Justos. Somos alunos do Liceu do Lago do Oeste em Forte Valor. Estamos hospedados com minha prima, Ruby, e planejamos visitar o Museu de História Não Natural e ver os Goblins Tenores no Teatro da Velha Solteirona.

– Puxa, nós realmente precisamos de uma história *tão* elaborada? – Áureo perguntou.

– Provavelmente não, mas é divertido estar disfarçada – disse ela com um sorriso brincalhão.

Smeralda verificou seu reflexo em um pequeno espelho de mão. Ela estava usando um chapéu verde-escuro de aba larga, um casaco comprido de gola alta e um par de óculos escuros esmeralda grossos. Na verdade, o disfarce de Smeralda era tão extravagante que ela *chamava a atenção* dos outros passageiros do barco. Áureo, por outro lado, optou por trajes comuns com apenas uma camisa branca simples, um colete de estopa e calças pretas. Ele extinguiu as chamas da cabeça e ombros e expôs seu cabelo loiro curto pela primeira vez em anos.

Enquanto Smeralda fazia pequenos ajustes na aparência dela, Áureo notou que ela ainda estava usando a pulseira de diamantes que costumava usar.

– *Sme, você esqueceu de tirar suas joias* – ele sussurrou.

– Não, eu não esqueci – disse Smeralda. – Só porque Zafira é uma civil não significa que ela não pode ter estilo.

Áureo riu. Ele enfiou a mão no bolso do colete e tirou uma de suas gravatas-borboleta douradas.

– Você me ajudaria com isso? – ele pediu. – Acho que um pouco de cor cairia bem para o Aurélio.

Poucos minutos depois, o barco atracou em um cais de aço, e Smeralda e Áureo partiram com os outros passageiros. Desdobraram um grande mapa da capital e procuraram a localização da Livraria Marcapágina. Todas as ruas de Mão de Ferro se cruzavam como uma grade gigante, e eles encontraram a livraria na esquina da Rua das Indústrias com a Avenida Lucrativa. Eles seguiram o mapa até o cruzamento – evitando por pouco ser atropelados por carruagens em alta velocidade e pedestres insistentes ao longo do caminho – e finalmente chegaram à livraria. Uma placa pendurada sobre a entrada dizia:

LIVRARIA
MARCAPÁGINA
ESPECIALIZADA EM PUBLICAÇÕES
ANTIGAS E USADAS
PROPRIEDADE FAMILIAR DESDE 289

Smeralda e Áureo não precisavam da placa para saber que a livraria existia há séculos. A Livraria Marcapágina era o único imóvel em Mão de Ferro construído com toras. Ele se destacava na cidade metálica como um polegar de madeira machucado.

A dupla correu pela rua e empurrou as pesadas portas de madeira da loja. Ao entrarem, foram recebidos pelo cheiro almiscarado de papel velho e couro, que era uma boa mudança em relação ao ar poluído do lado de fora. No entanto, a primeira visão que tiveram da livraria foi tudo menos um alívio. A loja era tão grande que eles não podiam ver onde terminava. As prateleiras pareciam continuar infinitamente, sem uma parede do fundo à vista. Livros antigos não apenas enchiam as prateleiras até a capacidade máxima, mas também estavam empilhados no chão e em todas as superfícies disponíveis.

Quando a porta se fechou atrás deles, um sino amarrado à maçaneta anunciou a presença de clientes. O lojista idoso ergueu a cabeça sobre uma pilha de livros no balcão da frente. Ele era um homem bonito com cabelo branco brilhante que estava bem penteado para trás. Usava um terno azul com uma gravata rosa que combinava com seus óculos redondos.

– Ora, olá – cumprimentou o lojista. – Posso ajudar vocês?

– Olá, senhor – Smeralda disse com uma reverência superficial. – Meu nome é Zafira Prantina e este é meu amigo Aurélio dos Justos. Somos estudantes civis do Liceu do Lago do Oeste em Forte Valor e viemos à cidade para visitar o Museu de História Não Natural e ver os Goblins Tenores se apresentarem.

O lojista lançou um olhar curioso a eles.

– Bom saber – disse ele. – Vocês estão perdidos?

– Ah, não, estamos aqui para ver seus livros – respondeu Smeralda.

O lojista ficou agradavelmente surpreso.

– Nesse caso, bem-vindos, senhorita Prantina e senhor dos Justos – disse ele. – Peço perdão pela forma que os recepcionei. As pessoas da idade de vocês raramente se interessam por livros antigos... diabos, as pessoas da *minha* idade raramente se interessam por livros antigos. Meu nome é Sr. Páginas, da *Marcapágina*. Posso ajudá-los a encontrar algo em particular?

Smeralda olhou para ele sem expressão – ela ainda não tinha pensado *nessa* parte do disfarce.

– Estamos procurando um *presente* – Áureo decidiu. – Veja, a prima de Zafira, Ruby, está nos deixando ficar com ela durante nossa visita. Achamos que um livro antigo seria a maneira perfeita de agradecê-la.

– Então você veio ao lugar certo – declarou o Sr. Páginas. – Sintam-se à vontade para olhar e me avisem se algo aparecer. Essa é a magia dos livros antigos… às vezes são *eles* que encontram quem os lerá.

– Tomara que sim – Áureo disse com uma risada desajeitada.

Smeralda o puxou de lado para sussurrar no ouvido dele.

– *Vou começar pelos fundos, você começa na frente, e vamos nos encontrar no meio* – disse ela.

– *Fechado* – sussurrou Áureo.

Smeralda se afastou para encontrar os fundos da loja – onde quer que fosse –, e Áureo começou a procurar nas prateleiras da frente. Enquanto Áureo examinava os livros antigos, ele teve a estranha sensação de estar sendo observado. Ele olhou para cima e viu o Sr. Páginas olhando para ele através das pilhas de livros no balcão. O lojista observou Áureo com um sorriso amigável, como se houvesse algo de divertido nele.

– O que é tão engraçado? – Áureo perguntou.

– Desculpe, não quero ficar olhando – disse Páginas. – Você acabou de me lembrar de alguém.

Áureo ficou paranoico. *Ele teria entregado seu disfarce sem perceber?*

– Quem seria? – ele perguntou.

– Eu mesmo – disse o lojista com uma risada leve. – Eu costumava ter uma gravata-borboleta assim quando tinha a sua idade… uma de cada cor, na verdade. As gravatas-borboleta eram, bem, *como nos reconhecíamos* naquela época.

Áureo estava confuso.

– Reconhecia *o quê*? – ele questionou.

– Ah, nada – disse o Sr. Páginas, e afastou a ideia com um abano da mão. – Era uma época diferente.

Áureo teve a sensação de que o lojista estava tentando insinuar algo – como se tivessem mais em comum do que apenas gravatas-borboleta –, mas o Sr. Páginas não fez alusão a nada mais. Áureo não sabia o que dizer, então ele apenas sorriu e continuou procurando nos livros.

Algumas horas depois, Áureo vasculhou milhares e milhares de títulos. Seus dedos estavam cobertos de cortes de papel depois de pesquisar os mistérios, fantasias, aventuras e autobiografias. Por fim, ele chegou a uma seção de romances.

As histórias de amor estavam repletas de ilustrações de jovens amantes – alguns trágicos, outros cômicos e outros impróprios para seus olhos adolescentes. As imagens tornaram-se irritantemente previsíveis depois de um tempo. Cada uma apresentava *um* jovem e *uma* jovem que compartilhavam a mesma expressão sonhadora e olhares inocentes. Isso fez Áureo rir no começo, mas, quanto mais ele folheava os romances, mais e mais solitário ele se sentia. Havia centenas e centenas de histórias de amor na loja, mas nenhuma retratava o tipo de amor com o qual *ele* se identificava.

– Temo que eles não escrevam histórias de amor para pessoas como nós.

Áureo olhou para cima e viu o Sr. Páginas parado atrás dele.

– Como é? – ele perguntou.

O lojista soltou um suspiro triste.

– As coisas mudaram muito ao longo dos anos, mas o mundo ainda não está pronto para nós – disse ele. – Mas isso não significa que devemos desistir da luta.

– Eu não entendo – comentou Áureo. – O que você quer dizer *com pessoas como nós*?

– Quantos anos você tem, filho? – o Sr. Páginas perguntou.

– Quatorze.

Um sorriso agridoce surgiu no rosto do lojista.

– Você vai aprender em breve – disse ele. – Eu também não tinha certeza quando tinha a sua idade.

Áureo levou um momento para perceber a que o lojista estava se referindo e, assim que ele entendeu, o rosto dele ficou pálido e o estômago gelou. Aparentemente, Áureo *tinha* estragado seu disfarce, mas não era o disfarce que ele pensava.

– Bem, infelizmente tenho que fechar agora – declarou o Sr. Páginas. – A loja estará aberta novamente amanhã às oito horas, se você e sua amiga quiserem voltar.

– Obrigado por me avisar – disse ele.

Áureo saiu correndo da loja com a urgência de escapar de um tigre, mas na realidade ele estava tentando escapar da verdade. Lá fora, o barulho do tráfego era ensurdecedor. As pessoas brigavam por espaço nas passarelas, carruagens lutavam pelo domínio das vias e artistas de rua competiam por trocados, mas Áureo não ouviu nada disso. Ele estava perdido na própria cabeça, com um pensamento angustiante se repetindo. *Como ele sabia? Como ele sabia?*

– Quem diria que haveria tantos livros antigos em um só lugar? – Smeralda disse enquanto saía. – Por quais seções você passou?

– Hum... – Áureo lutou para se lembrar; seu estado de espírito atual tornava difícil pensar em qualquer outra coisa. – Mistério, fantasia, aventura, autobiografia e romances.

– Sorte sua – disse Smeralda. – Eu estava presa na seção médica e de autoajuda. Você sabe como os conselhos médicos eram equivocados nos tempos antigos? Eles achavam que sanguessugas e ovelhas sacrificadas eram as respostas para tudo! É um milagre que algum de nossos ancestrais tenha sobrevivido. Acho que teremos que voltar amanhã e terminar de procurar.

– Devemos voltar para a academia para dormir? – Áureo perguntou, desesperado para ficar o mais longe possível da livraria.

– Seria mais fácil se ficássemos na cidade esta noite – disse ela. – Vamos encontrar a estalagem mais próxima e voltar na primeira hora da manhã.

Smeralda e Áureo procuraram no mapa o hotel mais próximo e encontraram na rua uma taverna chamada Camas, Cobres e Canecas. Dizer que a taverna estava em ruínas era dizer o mínimo – o prédio estava adiando há cinco décadas uma reforma –, mas Smeralda tinha certeza de que ninguém suspeitaria de membros do Conselho das Fadas hospedados em um lugar como aquele. Eles tentaram reservar dois quartos para a noite, mas o taverneiro insistiu que a estalagem tinha uma política de não permitir menores sem adultos. Então Smeralda deslizou um punhado de joias pelo balcão.

– *Agora* podemos reservar dois quartos? – ela perguntou.

O taverneiro de repente mudou de ideia e ficou mais do que feliz em acomodá-los. Guiou a dupla pelo bar, através de um depósito, e desceu um lance de escadas precárias até o porão, onde os últimos quartos disponíveis estavam localizados.

– O banheiro fica no corredor – disse o taverneiro enquanto entregava as chaves. – Fiquem longe de problemas, e, se alguém perguntar, vocês dois são apenas *baixinhos*.

O "quarto" de Áureo era do tamanho de um armário. Tinha quatro paredes de metal cobertas com papel de parede descascado, sem janela e uma cama irregular com penas saindo do colchão. No entanto, Áureo não poderia se importar menos com o cômodo monótono. Mentalmente, ele ainda estava na Livraria Marcapágina, revivendo a conversa com o Sr. Páginas.

Como um completo estranho poderia saber tanto sobre ele? Como seu maior segredo poderia ter sido detectado tão facilmente? Era mais do que apenas a gravata-borboleta? Havia algo na maneira como ele falava ou andava que tornava isso óbvio? E se o Sr. Páginas tivesse descoberto, seus amigos começariam a descobrir também? Eles ainda gostariam de ser amigos dele depois que descobrissem a verdade? Ele ainda seria bem-vindo na academia?

As perguntas intermináveis eram torturantes e repetidas na mente dele em ciclos. Ele não conseguia parar de pensar nas frases que o Sr. Páginas tinha usado, como, "Era assim que nos reconhecíamos naquela época", "Eles não escrevem histórias de amor para pessoas como nós" e "O mundo ainda não está pronto para nós".

De fato, não estava. Áureo sabia muito bem como o mundo tratava pessoas como ele – ele via isso todos os dias crescendo em sua pequena aldeia. E foi ainda pior do que a discriminação contra a *magia*.

Sempre começava com um *boato*. O boato inspiraria *piadas*, as piadas se transformavam em *insultos*, os insultos viravam *assédio* e, enfim, o assédio levava a *prisões* ou *desaparecimentos*. O pai de Áureo deve ter ficado desconfiado sobre ele porque havia avisado Áureo das consequências desde criança e, ocasionalmente, até tentava arrancar a verdade dele.

Ao contrário da magia, *isso* era algo que Áureo poderia facilmente esconder. Então ele aprendeu a esconder a verdade – convencido de que, se a empurrasse fundo o suficiente, não poderia machucá-lo.

Talvez ele tenha ficado muito confortável ao longo dos anos – talvez a aceitação da magia o fez esquecer as partes dele que *não eram* aceitas. Infelizmente, o dia tinha sido um lembrete brutal e Áureo nunca se sentiu tão vulnerável na vida. A ideia de voltar à livraria na manhã seguinte – e a ideia de ver o Sr. Páginas novamente – fez Áureo sentir-se mal do estômago.

Felizmente, Áureo teve uma distração temporária de suas preocupações por uma batida na porta. Smeralda entrou e deu uma boa olhada no quarto dele.

– Vim ver se o seu quarto era melhor que o meu – disse ela. – É como comparar maçãs podres com laranjas podres.

Smeralda esperava que Áureo risse, mas ele nem sequer sorriu.

– Você está bem? – ela perguntou. – Você não parece você mesmo.

– Eu vou ficar bem – disse Áureo. – Tem muita coisa na minha cabeça.

Smeralda fechou a porta e se esticou no colchão encaroçado ao lado dele.

– Bom, eu posso ser uma boa distração – disse ela. – Um daqueles artistas de rua deixou a música ruim que ele tocava presa na minha cabeça. No que *você* está pensando?

– Eu não quero falar sobre isso – disse ele.

– Vamos, Áureo – ela implorou. – É impossível dormir neste lugar. Podemos conversar ou jogar "Adivinhe o que morreu nas paredes". A escolha é sua.

Áureo grunhiu.

– Se você quer saber, eu estive pensando sobre *o amor* – disse ele.

Smeralda cerrou os dentes.

– Aaaaaaah – soltou ela. – Acho que sei do que se trata.

– Você sabe? – Áureo perguntou em pânico.

– Sim – disse ela com um aceno confiante. – Ouça, estou muito lisonjeada... e também te acho incrível... mas sempre pensei em você como um *irmão*.

Áureo lançou um olhar incrédulo para Smeralda.

– *O quê?!* – ele exclamou.

– Eu suspeitava que você tinha sentimentos por mim e eu não pretendia te rejeitar de forma tão direta, mas não quero tornar as coisas estranhas entre nós.

Áureo acenou com as mãos para frente e para trás como se estivesse tentando parar uma carruagem em alta velocidade.

– Ei, ei, ei! – ele disse. – Sme, eu não tenho uma queda por *você*!

– Por que não? – ela perguntou com uma carranca. – O que há de errado *comigo*?

– *Nada! Eu não quis dizer isso! Você é incrível, inteligente e talentosa e...*

Smeralda caiu na gargalhada.

– Relaxe, estou apenas brincando com você! – Ela riu. – Você é um dos meus melhores amigos! Eu sei que não sou seu tipo... nenhuma *garota* é. Mas você deveria ter visto a cara que você fez quando eu...

De repente, o rosto de Áureo ficou vermelho-vivo e as mãos dele começaram a tremer. A princípio, Smeralda não sabia qual era o problema, mas quando os olhos horrorizados de Áureo se encheram de lágrimas, ela rapidamente percebeu o que estava errado. Ela se sentou na cama e cobriu a boca.

– Áureo, eu sinto muito! – ela disse. – Eu não sabia que era um segredo.

– Há quanto tempo você sabe? – ele perguntou.

– Acho que sempre soube – ela respondeu com um encolher de ombros.

– E você não achava... *repugnante*?

Smeralda deu um tapa no braço dele.

– Claro que não! Como você pode perguntar uma coisa dessas?

Áureo soltou um suspiro profundo.

– Porque *eu* me achava repugnante – ele confessou. – Ou, pelo menos, foi assim que *disseram* que eu deveria me sentir.

– Bem, isso é simplesmente idiota – disse ela. – Você não poderia ser repugnante nem se tentasse. E o problema está em quem fez você se sentir assim. Quando *você* descobriu?

– Parte de mim também sempre soube – confessou ele. – Era como a magia. Eu estava com medo do que as pessoas iriam pensar... eu estava com medo do que poderiam fazer comigo... então tentei esconder isso. Suponho que também não era muito bom em me esconder.

– Não há nada que você precise esconder de mim... ou das outras fadas, aliás – disse Smeralda. – Somos uma família, Áureo. Nós nos preocupamos muito mais com *quem* você é do que *o que* você é. Além disso, se a academia pode aceitar a *Malhadia*, podemos aceitar qualquer um.

Áureo soltou uma risada suave e lágrimas escorreram pelas bochechas dele.

– Gostaria que todos vissem dessa forma – disse ele. – O mundo avançou de muitas maneiras, mas ainda está tão travado quando se trata de pessoas como eu. E o mundo pode ser um lugar muito solitário quando você não tem permissão para amar.

Smeralda enxugou as lágrimas dele com a manga do casaco e pegou as duas mãos do amigo.

– Você quer saber *como* eu sabia a verdade sobre você? – ela perguntou com um sorriso brincalhão. – No momento em que te conheci, você me lembrou meu tio, Chorão, o Anão.

Áureo não sabia dizer se isso era uma coisa boa.

– *Chorão,* o Anão? – ele perguntou.

Smeralda assentiu.

– Claro, *Chorão* não era o nome verdadeiro dele – ela disse. – Todo mundo o chamava assim porque ele sempre estava tão triste. Ele costumava ficar deprimido pelas minas, dia e noite, e nunca tinha uma coisa boa a dizer sobre nada. Mas então, um dia, tudo isso mudou.

– O que aconteceu com ele? – Áureo perguntou.

– Tio Chorão conheceu meu tio Simpatia e, de repente, tivemos que mudar o nome dele para Sorriso – disse Smeralda. – Infelizmente, esse tipo de coisa, o amor que Sorriso e Simpatia compartilhavam, não foi aceito nas minas. *Anões são terrivelmente antiquados.* Então Sorriso e Simpatia fugiram e começaram uma mina que *aceitaria* anões como eles. Acho que essa é uma das razões pelas quais meu pai foi tão duro como diamante para que eu fosse morar com Madame Tempora. Assim como meu tio, ele sabia que eu nunca seria feliz vivendo na mina para sempre... ele sabia que, uma hora ou outra, eu precisaria encontrar alguém como *eu* para amar.

Áureo coçou a cabeça.

– Você está dizendo que eu deveria fugir e começar uma mina? – ele perguntou.

Smeralda riu.

– Não, estou dizendo que o mundo pode ser retrógrado e teimoso, mas você ainda pode encontrar um mundo que te ame e aceite exatamente como você é – disse ela. – A Academia de Magia é a prova viva disso. E um dia, quando estiver pronto, você *vai* encontrar alguém para amar. Pode demorar um pouco mais do que para algumas pessoas, e você pode ter que procurar um pouco mais, mas eu prometo, para cada Chorão há um Simpatia.

Áureo deu a Smeralda o primeiro sorriso da noite. Aparentemente, havia *histórias* de amor para pessoas como ele, só que ainda não haviam sido publicadas.

– Obrigado, Sme – disse ele. – Você é o máximo.

– Eu sei – disse Smeralda, e soltou um grande bocejo. – Pensando bem, talvez devêssemos tentar descansar um pouco. Só temos cerca de *dez mil* livros a mais para pesquisar amanhã.

Smeralda o beijou na testa e voltou para o quarto dela. Áureo se enrolou no colchão irregular e ficou o mais confortável que pôde. Depois da longa e emocionante noite, Áureo nunca esteve tão ansioso para cair no sono e deixar o mundo real para trás.

Pelo menos nos sonhos dele, Áureo era livre para ser ele mesmo e amar quem quisesse.

· • ★ • ·

Áureo acordou no meio da noite com o cheiro de fumaça. Isso não era motivo para alarme – ele estava acostumado a acordar com o cheiro de fumaça na Academia de Magia. Às vezes, durante a noite, se ele estava tendo um sonho particularmente agitado, Áureo produzia fogo enquanto dormia, e era por isso que o seu quarto, semelhante a um forno, era tão adequado para ele.

No entanto, dois pensamentos estranhos cruzaram a mente de Áureo quando os olhos sonolentos dele se abriram. Primeiro, ele não tinha um pesadelo ardente há anos, as habilidades dele estavam inteiramente sob seu controle, mesmo enquanto dormia. E segundo, *ele não estava na academia*!

Áureo sentou-se ereto na cama encaroçada da estalagem. *O quarto inteiro estava pegando fogo!* Áureo tentou extinguir as chamas com magia, mas as chamas não se extinguiram! Pelo contrário, o fogo só ficava cada vez mais alto, cada vez mais forte quanto mais ele tentava detê-lo. O que quer que estivesse acontecendo, *as chamas não vinham dele*!

O fogo não foi a única surpresa desesperadora quando Áureo acordou. Como se alguém tivesse escrito no papel de parede com uma estaca de metal quente, uma mensagem foi gravada na parede enquanto ele dormia:

NÓS SABEMOS O QUE VOCÊ É!

– SMERALDA! – Áureo gritou. – VENHA RÁPIDO! ALGO ESTÁ ACONTECENDO!

Sua voz em pânico atravessou a parede e, um momento depois, ele ouviu os passos frenéticos de Smeralda pelo corredor. Ela irrompeu pela porta e não podia acreditar nos próprios olhos.

– Áureo, o que você está fazendo?! – ela exclamou.

– Eu não estou fazendo nada! – ele gritou. – O fogo não está vindo de mim!

O fogo aumentou e se espalhou tão rapidamente que o quarto inteiro foi consumido em questão de segundos. Smeralda teve que pular para trás no corredor para evitar ser chamuscada. As paredes de metal ficaram laranja brilhante com o calor e começaram a deformar, fazendo com que o teto implodisse pedaço por pedaço.

– Áureo! Você tem que parar com isso antes que alguém se machuque! – Smeralda gritou do corredor.

Áureo olhou ao redor do quarto em absoluto terror – em todos os seus anos, ele nunca tinha visto fogo *assim* antes.

– Não sou eu! – ele gritou. – Eu juro que não sou eu!

Capítulo Cinco

O alquimista

Havia acabado de amanhecer no Império da Honra, e o jovem Imperador já estava bem acordado. Ele andava para cima e para baixo na sala do trono de seu Palácio da Honra – anteriormente conhecido como o Castelo dos Campeon –, murmurando insultos às figuras imaginárias em sua cabeça.

Mesmo com um fogaréu alto na grande lareira, a sala do trono estava congelando e o Imperador podia ver sua respiração enquanto falava consigo mesmo. O Imperador queimou os retratos dos antigos reis e parentes falecidos para se aquecer. Um mapa dos quatro reinos e cinco territórios havia sido pintado sobre o piso de mármore. Peões coloridos foram colocados em todo o mapa para representar os diferentes líderes e o tamanho de seus exércitos.

Sete não dormia há dois dias; na verdade, ele *raramente* dormia. O desejo de matar a Fada Madrinha permanecia com ele dia e noite como uma mancha em sua consciência. Depois de tudo que tinha feito, ele não podia acreditar que ela *ainda estava viva*. A frustração era insuportável e o consumia como uma doença. Sete sempre foi um jovem atraente, mas o último ano o envelhecera significativamente. O rosto bonito estava adornado com rugas e bolsas pesadas sob os olhos injetados de sangue. O porte alto e musculoso se transformou em uma estrutura esquelética. E com apenas dezessete anos, o cabelo escuro de Sete começou a ficar grisalho nas entradas da cabeça.

Por que ela estava na biblioteca?, Sete repetia a pergunta para si mesmo várias vezes. *O que ela estava procurando? Que tipo de livro ela poderia precisar?*

Houve uma batida na porta e o Alto Comandante entrou com cinco soldados revividos.

– Meu senhor, nós completamos a limpeza – ele disse.

– *Então?* – Sete o pressionou.

– Nós vasculhamos todas as residências do reino e destruímos todos os livros que encontramos, exatamente como você pediu – relatou ele.

– Você encontrou alguma coisa fora do comum? – Sete perguntou.

– Não, senhor – disse o Alto Comandante. – Eram principalmente enciclopédias e álbuns de recortes. Uma mulher tinha uma coleção de cardápios roubados, mas nada que acreditamos ser de algum interesse para *ela*.

Sete rosnou e chutou com raiva os peões que representavam o Conselho das Fadas pelo chão.

– Então, o que quer que ela esteja procurando, não está em *nosso* reino – disse ele.

O Alto Comandante pigarreou nervosamente.

– Meu senhor, quando este Império foi formado, falava-se em *expandir nossas fronteiras* – disse ele. – O Império está ficando sem comida e suprimentos. Se não fizermos algo drástico, muitos começarão a passar fome. Talvez o livro seja a desculpa perfeita para começar a invadir outros territórios.

– Vamos começar as invasões assim que a Fada Madrinha estiver morta! – Sete respirou fundo, tentando acalmar sua raiva. – Ela continua sendo nossa maior ameaça. Devemos *eliminá-la* antes de fazermos outros inimigos. Portanto, me traga a cabeça de Brystal Perene em uma bandeja, e *então* podemos falar sobre conquistar o mundo.

– Isso supondo que ainda resta um mundo para conquistar!

O Imperador e o Alto Comandante trocaram um olhar curioso – o comentário não tinha vindo de nenhum deles. Eles se viraram para o fundo da sala e viram que uma *terceira* pessoa apareceu do nada. Um homem baixo e robusto havia se sentado no trono do Imperador. As pernas desse não eram longas o suficiente para tocar o chão e os pezinhos balançavam sobre a almofada do assento. O homem tinha um rosto largo como um sapo e olhos vesgos atrás de um par de óculos com armação redonda que tinha o formato das engrenagens de um relógio. Ele usava uma longa túnica e um gorro pontudo combinando feito de um material de bronze. O manto e o chapéu dele eram bordados com números e equações matemáticas que Sete nunca tinha visto antes. O estranho também carregava uma bengala de bronze gravada com fórmulas mais complicadas.

– Perdoe-me a intrusão – disse o homem, e pulou do trono. – É absolutamente rude entrar na casa de alguém sem avisar, mas prometo que minha grosseria é justificada.

Apesar de estar completamente sozinho e indefeso, o intruso tinha uma disposição extraordinariamente calma e alegre. Ele mancou em direção ao Imperador e lhe ofereceu um aperto de mão.

– GUARDAS! DETENHAM ESTE INVASOR! – Sete ordenou.

Os soldados revividos correram até ele. O homem bateu a bengala no chão e, de repente, os soldados voaram no ar e foram presos contra o teto por uma força invisível. Alarmados, o Imperador e o Alto Comandante correram para as portas, mas, com outro toque da bengala do homem, elas se fecharam.

– Não se preocupe, não me ofendo com sua hostilidade – disse o homem com uma risada amigável. – *Lutar ou fugir* é uma reação perfeitamente normal à presença inesperada de um estranho. É um dos muitos traços primitivos e previsíveis de nossa natureza humana... embora, na minha opinião, *primitivo* e *previsível* sejam a mesma coisa. Vai levar exatamente doze segundos para seus sentidos superestimulados se acalmarem e seu cérebro retornar a um estado pleno de funcionamento. Eu vou cronometrar para você.

O homem consultou o relógio. Fiel à sua palavra, exatamente doze segundos depois, o medo do Imperador passou e ele foi capaz de formar palavras novamente.

– *Quem é você?* – Sete rugiu.

– Esplêndido, você deixou a fase de *lutar ou fugir* e chegou à parte *questionadora* da nossa conversa – disse ele. – Como a mente processa informações em uma sequência de *quem, como, o que, por que* e *quando*, acho melhor fornecer informações nessa ordem. *Então quem sou eu?* Meu nome é Dr. Estatos. É um prazer conhecê-lo.

Mais uma vez, o homem ofereceu a Sete um aperto de mão, mas o Imperador não aceitou.

– *Como você chegou aqui?* – Sete perguntou imperativamente.

– Ah, o *como*... bem na hora – disse o Dr. Estatos. – Isso pode ser difícil de compreender, sendo você mesmo um homem preso por fechaduras e chaves, mas eu simplesmente me quis aqui, e aqui estou.

– Então você é um deles! – Sete exclamou. – Parte da escória mágica!

– E agora vamos de *o quê* – disse o Dr. Estatos. – Sim, sua suspeita está correta. Eu sou um membro da comunidade mágica. No entanto, não sou o que você consideraria uma fada ou bruxa. Eu sou um *alquimista*.

– O que em nome de Deus é um *alquimista*? – Sete zombou.

– Significa que sou um dedicado servo da *alquimia*, a antiga prática de combinar todas as magias com todas as ciências.

– *Ciência?*

– Sim, é *o estudo das coisas* – disse o Dr. Estatos com uma piscadela condescendente.

As narinas do Imperador se dilataram.

– Eu sei o que é ciência! Estou tentando entender como isso pode estar associado a algo tão vil quanto a magia!

– Pelo contrário, é um casamento lindo – disse o Dr. Estatos. – Examinar as maravilhas da ciência com as vantagens da magia, e as maravilhas da magia com as vantagens da ciência deu aos alquimistas uma compreensão mais profunda de como o universo funciona. Veja, assim como fadas e bruxas, todo alquimista nasce com uma especialidade mágica – exceto que nossas especialidades têm uma *natureza científica*. Por exemplo, nasci com uma habilidade única de manipular as leis da física.

– O que é *física*? – Sete perguntou.

– É o estudo do movimento – explicou. – Por exemplo, *tudo que sobe, deve descer*!

O Dr. Estatos bateu a bengala no chão e os soldados mortos caíram do teto. Com um segundo toque, os soldados foram jogados contra as paredes e mantidos no lugar.

– Acontece que eu sou o diretor do grande Instituto da Alquimia – disse o Dr. Estatos. – Nós estudamos um grande número de disciplinas no instituto. Química, biologia, astrologia, zoologia e geologia, para citar algumas. Embora, para você, provavelmente pareça que estou falando uma língua diferente. Há muitas coisas sobre o instituto que não espero que o homem comum compreenda.

Sete fez uma careta para o alquimista. Ele não conseguia pensar em um insulto maior do que ser chamado de *comum*.

– Por que eu nunca vi ou ouvi falar deste *Instituto da Alquimia*? – ele perguntou.

Um sorriso tímido se estendeu pelo rosto largo do Dr. Estatos.

– Nós gostamos de nos manter isolados – disse ele. – Veja, os alquimistas não estão apenas comprometidos em estudar o planeta, nós também somos seus dedicados *protetores*. O Instituto da Alquimia existe há milhares de anos, mas só interagimos com a humanidade quando absolutamente necessário. E, na noite passada, temo informar que o mundo entrou em seu período mais grave de perigo na história registrada.

– Então *é* por isso que você está aqui! – Sete gritou. – Você veio para impedir a mim e ao meu Império!

O Dr. Estatos riu como se o Imperador fosse uma criança tola.

– Hum... *não* – ele disse. – Os alquimistas não se preocupam com assuntos sociais ou políticos. Não poderíamos nos importar menos com suas aspirações de dominação global. *Boa sorte com isso!* Descobrimos que toda civilização se destrói eventualmente... então por que se preocupar em se envolver? Como eu disse antes, nossa prioridade é *proteger o planeta*. E agora, se não tomarmos medidas imediatas, todas as criaturas vivas na terra podem perecer.

O Dr. Estatos bateu no chão com a bengala e uma sombra negra se moveu através da pintura do mundo abaixo de seus pés. Logo todos os reinos e territórios foram consumidos na escuridão total e os peões se desintegraram em montes de poeira. O alquimista passou a ter toda a atenção do Imperador.

– Que tal *perigo* é esse? – Sete perguntou.

– Na noite passada, o Reino do Leste sofreu uma tragédia horrível – disse o Dr. Estatos. – Mais da metade de Mão de Ferro foi destruída em um grande incêndio. Mas este não era um incêndio comum. Na verdade, temos motivos para acreditar que foi um *ataque*. E achamos que foi apenas o primeiro de muitos outros que virão.

O Imperador e o Alto Comandante se entreolharam com preocupação.

– Então o que você quer comigo? – Sete perguntou.

O Dr. Estatos tirou os óculos e os limpou casualmente enquanto explicava.

– Sempre que ocorre uma crise dessa magnitude, os alquimistas recorrem à diplomacia para uma solução. Convidamos os líderes de cada nação independente para o Instituto da Alquimia para uma reunião conhecida como Conferência dos Reis. Lá, discutimos o assunto em questão e determinamos a melhor maneira de resolvê-lo. Ser o Imperador do Império da Honra faz de você o *Rei do Sul* e, portanto, você é elegível para participar da próxima reunião. Vim para estender formalmente o convite.

– Quando é esta *conferência*? – Sete indagou.

– Hoje – disse o Dr. Estatos. – Hoje, às cinco horas em ponto, o instituto enviará transporte para a casa de todos os líderes mundiais. Cada líder pode trazer dois convidados para ajudar a representar seu território. Eu recomendo que você se sente à mesa.

Sete deu-lhe um olhar desconfiado.

– Como posso confiar em você? – ele perguntou. – Como eu sei que isso não é uma emboscada?

– Tecnicamente falando, você não sabe – disse o Dr. Estatos com um encolher de ombros. – Tudo o que posso lhe dar é minha palavra de que você estará protegido enquanto participa da conferência. No entanto, se eu *tivesse* más intenções, seria muito mais fácil matá-lo aqui e agora e me poupar o trabalho de convidá-lo para minha casa, você não concorda?

O Imperador ergueu uma sobrancelha para o alquimista – ele tinha um bom argumento.

– Tudo bem, então – disse ele. – Vou *considerar* participar.

– Esplêndido – o Dr. Estatos disse com um sorriso largo. – Esperamos vê-lo em breve.

O Dr. Estatos bateu a bengala duas vezes e desapareceu da sala do trono. Sete esfregou as têmporas grisalhas enquanto processava todas as informações que o alquimista havia compartilhado. Mas, estranhamente, o incêndio no Reino do Leste não era o que mais o preocupava. Ele não podia apontar o dedo, mas havia algo *muito* inquietante sobre o Instituto da Alquimia. Quanto mais pensava nisso, mais intimidador soava, e Sete ficou ansioso para ver o Instituto com seus próprios olhos.

– Você estava falando sério sobre participar da reunião, meu senhor? – perguntou o Alto Comandante.

– Na verdade, sim – disse Sete. – Parece que posso ter me enganado. A Fada Madrinha pode *não* ser nossa maior ameaça, afinal.

Capítulo Seis

Uma intervenção necessária

Tique... Taque... Tique... Taque...

Desde o momento em que Brystal e Lucy voltaram das Montanhas do Norte, Brystal não tinha deixado o globo encantado ao lado de sua mesa. Ele lhe mostrava como era o mundo visto do espaço, e ela examinou cada centímetro da terra e do mar, desesperada para encontrar algo novo ou fora do comum.

Tique... Taque... Tique... Taque...

Brystal sabia que o Templo do Conhecimento estava em *algum lugar* entre as montanhas, os vales, os campos e os oceanos diante dela – só não sabia em *qual* lugar. Madame Tempora disse que não fazia parte do *mundo conhecido*, mas o que isso significava? O templo estava em uma área isolada que ainda não havia sido explorada, como a caverna de Madame Tempora? Estava escondido da vista por um poderoso encantamento, como o Desfiladeiro das Estufas? Ou estava à vista de todos, mas disfarçado para se parecer com outra coisa, como a sala secreta dos Juízes na biblioteca de Via das Colinas?

Tique... Taque... Tique... Taque...

E como seu relógio de bolso constantemente a lembrava, a única coisa que Brystal sabia com certeza era que ela estava ficando sem tempo para encontrá-lo. Enquanto Brystal vasculhava o globo, ela nomeou locais onde achava que o Templo do Conhecimento *poderia* estar escondido, e Pi fez anotações em um bloco de papel.

– A Costa Oeste está cheia de enseadas marítimas; pode estar em uma dessas – disse ela. – Além disso, devemos fazer uma busca aérea completa nas Montanhas do Norte, nos Vulcões do Leste e no Vale do Sul, para o caso de haver algo peculiar que eu nunca tenha notado no passado. Vamos também escrever para nossos aliados nas Terras dos Anões, Elfos, Trolls e Goblins e perguntar se eles descobriram algo incomum. Pelo que sabemos, o Templo do Conhecimento pode estar nos fundos de uma mina anã abandonada ou nos subterrâneos de uma colônia de goblins vazia. Quando as fadas voltarem, dividiremos as áreas e começaremos a procurar.

– Entendido – disse Pi. – Vou começar a escrever para nossos aliados.

Enquanto Brystal e Pi trabalhavam na localização do Templo do Conhecimento, Lucy intensificou a busca das bruxas pela Imortal com as sugestões de Madame Tempora. Ela caminhou entre os postos de trabalho das bruxas, gritando ordens como um general de exército.

– Certo, bruxas, é hora de botar a mão na massa, encher nossos caldeirões e transformar nosso circo de horror em um espetáculo itinerante – disse Lucy. – Devemos cessar a Operação Mortas e Madames imediatamente; repito, devemos cessar a Operação Mortas e Madames imediatamente. Obituários e velhinhas são assuntos mortos e enterrados... sem trocadilhos.

– *Sim, senhora!* – as bruxas disseram, e a saudaram.

– Belha, eu quero que você entre em contato com os anciãos de cada vila em cada reino. Pergunte se eles conheceram alguém recentemente que os faça lembrar de outra pessoa que conheceram quando eram muito mais jovens. Brotinho, quero que você ponha as mãos nos registros de propriedade de todas as grandes cidades. Fique de olho em todos os nomes que aparecem mais de uma vez, especialmente por longos períodos. E Malhadia, quero que escreva para todas as grandes lojas de antiguidades. Pergunte sobre suas peças mais antigas e os nomes das pessoas que as venderam.

– *Sim, senhora!* – as bruxas disseram, e se espalharam pelo escritório para iniciar suas tarefas.

Brystal sentiu uma faísca de culpa começar a crescer na boca do estômago. Ela apreciava a devoção de Lucy e das bruxas mais do que palavras poderiam descrever, mas não conseguia dizer a elas que era uma perda de tempo. Elas trabalhavam tão diligentemente que parte de Brystal começou a se preocupar que as bruxas *descobrissem* a Imortal. Ela não podia imaginar como seus amigos ficariam desapontados quando percebessem que tudo foi por nada.

– Não se preocupe, Brystal, vamos encontrar a Imortal com certeza – disse Lucy com um aceno confiante.

– Eu sei que vão – ela respondeu, secretamente esperando o oposto.

Brystal rapidamente olhou pela janela para que Lucy não notasse a culpa nos olhos dela. Ao longe, bem na beira do terreno da academia, Brystal viu a barreira de sebe começar a se abrir. Smeralda estava de volta à Terra das Fadas, montada em um unicórnio.

– Sme e Áureo voltaram do Reino do Leste – Brystal anunciou aos outros. – Bem a tempo. Eles podem ter uma ideia de onde o Templo do Conhecimento está escondido.

Lucy olhou pela janela também.

– Que engraçado, Áureo não está com ela – notou.

Brystal deu uma segunda olhada e percebeu que Smeralda estava sozinha. Ainda mais alarmante, Smeralda estava cavalgando o unicórnio pelos terrenos em um ritmo urgente. Outras fadas por toda a propriedade acenaram quando ela passou, mas Smeralda não respondeu a nenhuma delas. Ela desceu do corcel mágico perto dos degraus da frente da academia e correu para dentro o mais rápido que pôde. Brystal e Lucy se entreolharam pensando exatamente a mesma coisa.

– Algo está errado – elas disseram em uníssono.

Algum tempo depois, as fadas e bruxas puderam ouvir Smeralda subir correndo os degraus flutuantes do saguão de entrada. Ela passou pelas portas duplas do escritório e as fechou. Os olhos dela estavam arregalados de pânico e seu casaco e chapéu de abas estavam queimados, como se ela tivesse sobrevivido a um incêndio terrível.

– Sme, o que aconteceu? – Brystal perguntou. – Por que Áureo não está com você?

À menção do nome dele, Smeralda deslizou para o chão e começou a chorar. Foi chocante para as fadas e bruxas testemunharem aquilo – Smeralda sempre foi a mais calma e serena de todas elas. Não conseguiam se lembrar da última vez que Smeralda estava com os olhos marejados, mas, naquele momento, ela estava *soluçando histericamente*. Brystal e Lucy a ajudaram a se levantar e a sentaram no sofá de vidro.

– Sinto muito... foi uma noite difícil. – Smeralda fungou.

– Sme, o que está acontecendo? Onde está Áureo? – Lucy pressionou.

– Não sei! – Smeralda chorou. – Eu tentei segui-lo! Mas ele continuou correndo sem parar! Até que ficou forte demais!

– O que ficou forte demais? – Brystal perguntou.

– As chamas! – ela respondeu. – Estavam por toda parte!

As fadas e bruxas estavam confusas e procuravam respostas umas nas outras, mas ninguém sabia do que Smeralda estava falando.

– Sme, respire fundo e comece do início – disse Lucy.

Brystal acenou com a varinha na mesa de chá e um copo de água apareceu. Assim que Smeralda tomou um gole e respirou fundo algumas vezes, ela estava pronta para explicar.

– A Livraria Marcapágina era muito maior do que esperávamos – disse Smeralda. – Nós só tivemos tempo de pesquisar cerca de um quarto dos livros ontem, então decidimos passar a noite em Mão de

Ferro e começar de novo na manhã seguinte. Áureo e eu encontramos uma taverna barata na rua e reservamos dois quartos horríveis no porão. Em algum momento no meio da noite, acordei com o som de *gritos*! Áureo estava gritando por socorro! Corri para a suíte dele, e quando cheguei lá, o quarto inteiro estava pegando fogo!

– Mas Áureo não perdia o controle de seus poderes há anos – disse Brystal.

– Eu disse a ele para parar, mas ele continuou dizendo que o fogo não era dele – disse Smeralda. – No começo eu pensei que ele estava apenas envergonhado; sabem como Áureo pode ser duro consigo mesmo. Mas, com o passar do tempo, comecei a acreditar nele. Ele tentou desesperadamente extinguir o fogo, mas ele só ficou cada vez mais forte. Tentei prender as chamas no quarto dele, transformando as paredes em diamante, mas o fogo *queimou tudo*!

– Ele queimou através do *diamante*? – Brotinho perguntou.

– Então o que v-v-você f-fez? – Belha perguntou.

– Áureo e eu corremos pela taverna e alertamos os outros convidados – disse Smeralda. – Quando todos saímos, a taverna era um inferno em chamas! Os pisos começaram a desmoronar um em cima do outro! O fogo se espalhou pelos prédios ao lado da taverna e... e... e...

Smeralda balançou a cabeça em descrença. Claramente, ela ainda estava tentando entender o que tinha visto.

– E o que, Sme? – Pi perguntou.

– *Ele nos seguiu até a rua!* – lembrou Smeralda. – Eu nunca vi fogo se mover assim antes! Não havia nada para espalhá-lo na rua e, no entanto, ele se moveu diretamente em nossa direção! Áureo e eu não sabíamos o que fazer, então corremos, mas o fogo *nos perseguiu*! Enquanto corríamos, o fogo saltava pelas construções à nossa volta, que se incendiavam completamente em questão de segundos, como se fosse *mais quente* que um fogo comum! Por fim, chegamos ao Rio do Leste. Áureo e eu mergulhamos, mas a correnteza era forte e nos separou! Áureo chegou ao outro lado antes de mim, mas o rio não parou o fogo! *As chamas deslizaram pela superfície da água e perseguiram Áureo pelos campos do Reino do Leste!*

– O fogo se alastrou *através da água*? – Brotinho engasgou.

Smeralda assentiu.

– Eu implorei a Áureo para parar... eu implorei para ele voltar... mas ele continuou correndo! Quando saí do rio, todo o campo estava em chamas, metade da cidade havia sido destruída e Áureo havia desaparecido!

As fadas e bruxas ficaram absolutamente estupefatas com a história dramática de Smeralda e não conseguiram formar palavras. O escritório ficou tão quieto que todos podiam ouvir o tique-taque do relógio no bolso de Brystal. Como se localizar o Templo do Conhecimento e encontrar a Imortal não fosse suficiente para sobrecarregá-los, a notícia de Áureo fez suas cabeças girarem e os corações doerem.

– Para onde você acha que ele foi? – Lucy indagou.

– Eu não tenho ideia – disse Smeralda. – Eu nunca o vi tão aterrorizado! O tempo todo ele ficava gritando: *"Não sou eu! Sme, você tem que acreditar em mim!"*.

– Então o que poderia ser? Quem mais poderia criar fogo assim? – Pi perguntou.

Brystal foi até a lareira e olhou para o Mapa da Magia acima dela. Havia milhares de luzes representando as diferentes fadas e bruxas em todo o mundo. Levaria horas antes de determinarem a localização de Áureo.

– Mudança de planos – disse Brystal. – Vamos pausar nossa busca pelo Templo do Conhecimento e pela Imortal e focar todo nosso esforço em Áureo. A última vez que algo assim aconteceu, ele ficou tão envergonhado que quase se afogou em um lago. Temos que encontrá-lo antes que ele faça algo drástico.

Todas as fadas e bruxas concordaram com a cabeça.

– Bem, eu só tenho uma pergunta – Malhadia perguntou à sala.

– Qual? – Brystal perguntou.

– Quem diabos é *esse* cara?

Malhadia apontou para o fundo da sala e todas se viraram para olhar. Para surpresa delas, um homem estranho apareceu do nada. Ele era baixo e robusto e se sentou atrás da mesa de vidro de Brystal. O homem tinha um rosto largo e olhos estrábicos que foram ampliados graças a um par de óculos redondos. Ele usava uma longa túnica e um gorro pontudo feito de um tecido de bronze bordado com diferentes símbolos matemáticos e equações.

– Perdoem-me a intrusão – o homem disse em um tom alegre. – É absolutamente rude entrar em um local de trabalho sem marcar uma hora apropriada, mas prometo que minha grosseria é justificada. Eu ia notificá-las de minha presença assim que chegasse, mas não queria interromper a jovem no meio de sua história.

Lucy cruzou os braços e fez uma careta para ele.

– Como é? – ela desafiou. – Você precisava de ajuda para encontrar o dormitório dos meninos ou algo assim?

– Não se preocupe, não levo para o lado pessoal seus comentários sarcásticos sobre minha altura – disse o homem com uma risada amigável. – Usar o *deboche* como autodefesa é uma reação perfeitamente normal à presença inesperada de um estranho. Por mais intencionalmente mesquinha que sua inteligência possa ser, optar por me desarmar com palavras em vez de força física é um sinal de inteligência e autoconfiança... embora, na minha opinião, não haja nada de *passivo* em *passivo-agressivo*.

O homem se levantou e saiu mancando de trás da mesa, usando uma bengala de bronze para ajudá-lo a andar. Brystal pegou a varinha quando ele se aproximou delas.

– Quem é você? – ela perguntou.

– Esplêndido, já passamos para a parte *questionadora* de nossa discussão – disse o homem. – Como a mente processa informações em uma sequência de *quem, como, o que, por que* e *quando*, acho melhor fornecer informações nessa ordem. Embora, devo admitir, vocês estejam lidando com minha visita muito melhor do que seus pares. Esta é a primeira vez que alguém não chamou os guardas ou mandou os cães me atacarem.

– Vá direto ao ponto, baixinho! – exclamou Lucy.

– Meu nome é Dr. Estatos – disse ele com uma reverência rápida. – É um prazer conhecê-las.

Brystal olhou o curioso homem de cima a baixo.

– Você é uma fada ou um feiticeiro?

– Ah, que eficiência! Você pulou o *como* e está pronta para o *o que* – disse ele. – Embora eu seja realmente um membro da comunidade mágica, não sou uma fada nem um feiticeiro. Eu sou um *alquimista*.

– Um al-que-quê? – Lucy perguntou.

– Um *al-qui-mis-ta* – o Dr. Estatos pronunciou para ela. – Significa que sou um dedicado guardião da *alquimia*, a antiga prática de combinar todas as coisas mágicas com todas as coisas científicas.

Brystal franziu a testa.

– Eu não sabia que tal prática existia – disse ela. – Como alguém combina ciência com magia?

– Ah, é uma parceria maravilhosa – o Dr. Estatos teve o prazer de explicar. – Examinar as maravilhas da ciência com as vantagens da magia e as maravilhas da magia com as vantagens da ciência ajudou os alquimistas a descobrir os segredos do nosso universo. Veja, assim como fadas e bruxas, todo alquimista nasce com uma especialidade mágica... exceto que nossas especialidades têm uma *natureza científica*. Os alquimistas são os membros mais raros da comunidade mágica, e, uma vez que um alquimista é detectado, eles são trazidos para viver no grande Instituto da Alquimia, onde suas habilidades podem ser bem utilizadas.

Brystal não podia acreditar que havia um ramo de magia que ela não conhecia, e a julgar pelos rostos perplexos ao redor dela, as outras também não estavam familiarizadas com a *alquimia*.

– Por que não ouvi falar do Instituto da Alquimia antes? – Brystal perguntou.

– Isso é intencional – disse o Dr. Estatos. – Veja, o Instituto da Alquimia existe há milhares de anos. Nos tempos antigos, era uma instituição muito conhecida e muito respeitada. No entanto, quanto mais a ciência avançava, mais a humanidade se sentia *ameaçada* por ela. Avanços na astronomia provaram que as crenças religiosas estavam erradas sobre a origem do mundo, então os líderes religiosos declararam que a ciência era uma *prática demoníaca*. Avanços na fisiologia provaram que os reis não eram diferentes dos camponeses que os serviam, então os monarcas declararam que a ciência era um *ato de traição*. Com o tempo, o mundo começou a caçar cientistas tão implacavelmente quanto caçava a comunidade mágica. Assim, o instituto mudou-se para um lugar onde a humanidade nunca o encontraria. Os alquimistas vivem lá desde então, conduzindo secretamente experimentos e estudos que aprofundaram nossa compreensão do planeta e dos mundos além dele.

– E por que você veio aqui, afinal? – Brystal perguntou.

– Ah, vejo que já chegamos à parte do *por que*... que engenhoso – disse o Dr. Estatos. – Resumindo, estou aqui para um assunto muito urgente. Veja, nós, alquimistas, não apenas dedicamos a vida ao estudo das maravilhas do planeta, nós também somos os *protetores* dele. Para manter nossa pesquisa segura, só interagimos com a humanidade quando absolutamente necessário. E, desde ontem à noite, temo que o mundo esteja em perigo muito sério.

Lucy gemeu e revirou os olhos.

– Deixe-me adivinhar: *e por apenas cinquenta moedas de ouro por dia, você também pode salvar o ornitorrinco manchado da extinção* – disse ela. – Olha, amigo, acho que você bateu na porta errada. Não somos do tipo que compramos o que qualquer um oferece. Agora, se você não se importar em se retirar, nosso amigo está desaparecido e gostaríamos de encontrá-lo.

O sorriso amigável do Dr. Estatos se transformou em uma carranca séria.

– Na verdade, seu amigo *é* o perigo ao qual me refiro – disse ele.

– O que Áureo tem a ver com isso? – Brystal perguntou.

– Talvez todos nós devêssemos nos sentar? – sugeriu o alquimista. – O que estou prestes a dizer pode ser difícil de ouvir.

O Dr. Estatos apontou para os sofás de vidro, e as fadas e bruxas se sentaram. O alquimista bateu a bengala no chão e uma grande poltrona feita de couro bronze apareceu. Ele afundou na cadeira e casualmente limpou os óculos enquanto falava.

– Agora, temos um grande problema em nossas mãos – começou o alquimista. – Como a jovem lembrou, ontem à noite, uma das maiores cidades do mundo foi destruída por um grande incêndio. E, como ela suspeitou, este não era um fogo *comum*... ele foi criado por alguém com habilidades extraordinárias. E não é coincidência que uma jovem fada com especialidade em *fogo* estivesse na cena do crime.

– O fogo não foi culpa de Áureo! – Smeralda se opôs. – Eu o vi tentar extingui-lo! Ele não podia controlá-lo porque não era sua magia!

– Jovem senhora, eu lhe asseguro, não tenho má vontade em relação ao seu amigo – disse o Dr. Estatos. – Um bom cientista revisa todos os fatos antes de elaborar uma teoria, e os fatos não estão a favor dele. O Instituto da Alquimia tem observado o Sr. dos Fenos desde que suas habilidades surgiram. Ele tem uma longa história de *contratempos mágicos*, para dizer o mínimo. Dois anos atrás, quase interferimos quando, após a morte do pai dele, o Sr. dos Fenos iniciou o maior incêndio florestal da história do Reino do Sul. Felizmente, Madame Tempora o encontrou e conteve temporariamente as habilidades dele antes que mais alguém fosse ferido. Infelizmente, ontem à noite, o Sr. dos Fenos provou mais uma vez que é um perigo para o planeta. Acreditamos que as habilidades do Sr. dos Fenos superaram seu controle e compreensão. Por mais acidentais que as ações dele possam ser, a ameaça permanece.

Se não o impedirmos, guarde minhas palavras, o que aconteceu ontem à noite no Reino do Leste será uma das *muitas* catástrofes que virão.

– Então o que você está planejando fazer? *Matá-lo?* – perguntou Lucy.

As fadas e bruxas ficaram tensas com a ideia, mas o alquimista não negou a possibilidade.

– Isso será decidido por votação – disse o Dr. Estatos. – Sempre que ocorre uma crise dessa magnitude, os alquimistas recorrem à diplomacia para uma solução. Convidamos os líderes de cada nação independente até o Instituto da Alquimia para uma reunião conhecida como Conferência dos Reis. Lá, discutimos o assunto em questão e determinamos a melhor maneira de resolvê-lo. Já que a Fada Madrinha é sua líder atual, ou Rei das Fadas, como a posição era tradicionalmente chamada, vim para convidá-la formalmente para a próxima reunião.

Todos ficaram quietos enquanto esperavam para ver como Brystal reagiria ao convite. Descobrir que havia um lugar como o Instituto da Alquimia – um lugar de experimentos e educação – normalmente a teria emocionado. Mas quanto mais ela pensava sobre os alquimistas e seu segredo, mais irritada Brystal ficava.

– Me explique uma coisa – disse ela. – Se os alquimistas são tão avançados quanto você diz, então onde vocês estavam quando a comunidade mágica estava sendo presa e executada? Certamente há algo que você poderia ter feito para nos ajudar!

– Os alquimistas não se preocupam com assuntos sociais ou políticos – disse o Dr. Estatos. – Achamos que *proteger as pessoas* é uma causa perdida. Os regimes vêm e vão, e as leis mudam com tanta frequência que não faz sentido intervir. Como eu disse antes, nossa prioridade é *proteger o planeta*.

– Então onde você estava quando a Rainha da Neve estava atacando o Norte? Por que você não interveio e salvou o planeta dela?

– O fogo *destrói*, o gelo *preserva* – disse o Dr. Estatos com naturalidade. – A vida pode sobreviver a um mundo frio, mas não pode sobreviver a um mundo queimado. Se a destruição de Áureo se espalhar como prevemos, o céu se encherá de fumaça e cinzas suficientes para bloquear o sol, e então *tudo* na terra perecerá.

Brystal fixou os olhos no Dr. Estatos por um momento intenso. Ela achou as políticas dos alquimistas horrivelmente egoístas e desumanas, mas se eles iriam promover uma discussão que colocasse Áureo em risco, ela não poderia perder.

– Quando é a Conferência dos Reis? – ela perguntou.

– Hoje à noite – disse o Dr. Estatos. – Às cinco horas em ponto, enviaremos transporte para levá-la ao instituto. Eu recomendo que você se junte a nós para que sua voz seja ouvida.

– Tudo bem, eu estarei lá – disse Brystal.

– Esplêndido – disse o Dr. Estatos. – Agora que o Rei das Fadas estará representado, ainda há a questão de quem virá em nome das bruxas. A posição de Brystal dentro da comunidade das fadas é óbvia, mas as bruxas sempre foram menos organizadas que as fadas. Uma de vocês poderia me dizer *qual bruxa é o Rei Bruxo*?

– Você quer dizer que uma de *nós* também está convidada para a reunião? – Malhadia perguntou.

– Para representar todas as bruxas de todos os lugares? – Pi perguntou.

– Correto – disse o alquimista.

– Por que tem que ser um *rei*? – Brotinho perguntou. – Não poderia haver uma Rainha das Bruxas ou Imperatriz das Bruxas ou Soberana das Bruxas ou Embaixadora das Bruxas ou…

– Nós e-e-entendemos, Brotinho – disse Belha. – S-s-sexismo está f-firme e fo-forte.

– Perdoe o termo, é apenas uma formalidade – disse o Dr. Estatos. – Se houver alguma confusão sobre quem detém o título, talvez seja melhor se vocês o colocassem em votação?

As bruxas trocaram sorrisos ansiosos.

– Nesse caso, eu voto em *Lucy*! – Malhadia anunciou.

– Essa é uma ótima ideia! Eu voto em Lucy também! – disse Brotinho.

– E-e-eu também! – disse Belha.

– Quatro votos! – disse Pi.

Lucy virou a cabeça em direção às bruxas.

– Eu não posso ser *o Rei Bruxo*! – ela exclamou. – Eu nem me considero uma bruxa completa! Eu sou magicamente fluida!

– Lucy, faça isso por *Áureo* – disse Smeralda. – Ele vai precisar de todo o apoio que conseguir nessa conferência. E não devemos colocar a vida dele nas mãos de alguém como *Malhadia*.

– Não devemos colocar *nenhuma* vida nas mãos de *Malhadia* – disse Pi.

– *Obrigada!* – Malhadia disse com um sorriso orgulhoso.

Lucy soltou um suspiro relutante.

– Tá boooom – ela grunhiu. – Bem, arranjem uma coroa para mim, porque parece que eu vou para a reunião também.

– Maravilhoso – disse o Dr. Estatos, e ficou de pé. – Cada líder pode trazer dois convidados para ajudá-los a representar seu território. E lembrem-se, o transporte para o Instituto da Alquimia chegará às cinco horas em ponto. Estamos ansiosos para hospedar vocês.

O alquimista bateu com a bengala no chão duas vezes e desapareceu do escritório. Após sua partida, as fadas e bruxas ficaram em completo silêncio – ainda não era meio-dia e o dia já havia sido uma maratona emocional e psicológica.

– Sinto que minha mente foi perfurada e esquartejada – disse Lucy. – Primeiro, a Imortal, depois o Templo do Conhecimento, e agora temos que nos preocupar com Áureo e um Instituto da Alquimia também?

Brystal começou a andar de um lado para o outro e mordeu o lábio enquanto pensava sobre isso.

– Na verdade, o Instituto da Alquimia pode ser *exatamente* o que precisamos – disse ela. – Uma instalação educacional que está escondida da humanidade soa muito familiar, não é?

Lucy ofegou.

– Você acha que o instituto é o Templo do Conhecimento?

– Possivelmente – disse ela. – Mesmo que não seja, talvez alguém lá saiba como encontrá-lo.

De repente, as portas do escritório se abriram, e Tangerin e Horizona entraram, voltando do Reino do Oeste. As meninas usavam bonés de pele de guaxinim combinando e cada uma carregava um guaxinim taxidermizado com um vestido de baile glamouroso.

– Vocês não vão acreditar no que aconteceu conosco! – Tangerin disse com uma risada.

As meninas estavam ansiosas para discutir a viagem delas, mas seus amigos estavam tão preocupados que a chegada de Tangerin e Horizona não foi recebida com o entusiasmo que esperavam.

– Por que essas caras fechadas? – Horizona perguntou. – Aconteceu alguma coisa enquanto estávamos fora?

Capítulo Sete

O Instituto da Alquimia

Faltando cinco minutos para as cinco, as fadas e bruxas estavam nos degraus da entrada da academia, esperando ansiosamente pelo transporte para o Instituto da Alquimia. Brystal pediu a Smeralda e Tangerin que a ajudassem a representar as fadas na Conferência dos Reis. Depois de horas de muito suborno e súplica, Malhadia e Brotinho finalmente convenceram Lucy – contra seu bom senso – a aceitá-las como as convidadas dela. Então a Academia de Magia foi deixada nas mãos de Horizona, Belha, Pi e a Sra. Vee.

A atenção total das fadas e bruxas estava na barreira de cerca viva que rodeava a Terra das Fadas. A qualquer momento, elas sabiam que sua carona para o instituto apareceria, embora não soubessem o que esperar. Elas não apenas estavam curiosas sobre *o que* estava por vir, mas também não tinham ideia de *como* isso entraria na propriedade. Duas paredes adicionais de esmeralda e fogo tinham sido adicionadas à fronteira como proteção extra contra o Exército da Honra Eterna, então entrar no terreno não era uma tarefa fácil.

– O Dr. Estatos disse *como* chegaríamos lá? – perguntou Tangerin.

– Não mencionou essa parte – disse Lucy.

– Ele disse *onde* fica o Instituto da Alquimia? – tentou Tangerin.

– Não mencionou essa parte também – disse Lucy. – Para um homem da ciência, ele foi bastante vago sobre os detalhes.

– Então me deixe ver se entendi – disse Tangerin. – Um completo estranho aparece do nada, diz que Áureo se tornou um perigo para o planeta, então nos convida para um local não revelado para uma conferência que pode ou não ameaçar a vida de Áureo, *e vocês não fizeram pergunta alguma*?!

As fadas e bruxas encolheram os ombros com culpa.

– Foi uma manhã longa – disse Lucy.

– Bem, não me importa onde é ou como chegamos lá, estou apenas animada para ir! – disse Brotinho. – Eu visitei pré-escolas, escolas primárias, escolas de ensino médio, escolas técnicas, escolas de beleza, escolas de comércio, escolas de artes cênicas, academias, faculdades, universidades e escolas profissionalizantes, mas este será meu primeiro *instituto*!

– Não será minha primeira vez com cientistas – disse Malhadia com orgulho. – Sou o que chamam de *estudo de caso*.

Smeralda verificou o relógio de sol esmeralda em seu pulso.

– São cinco horas em ponto – disse ela. – Onde eles estão?

Quando as cinco horas ganharam seu primeiro minuto, as fadas e bruxas começaram a se preocupar com a falta de comunicação. No entanto, a Academia de Magia foi subitamente sombreada por um rápido eclipse, e as meninas perceberam que estavam olhando na direção errada.

As fadas e bruxas olharam para cima e viram uma carruagem flutuante descendo das nuvens em ritmo acelerado. A carruagem era de bronze, com um grande balão preso ao teto, e era puxada no céu por quatro pássaros enormes. À medida que a carruagem descia cada vez mais em direção a elas, as fadas e bruxas ofegaram – os pássaros não eram animais vivos, mas *máquinas*! Em vez de penas, as aves eram cobertas por pequenos pedaços de sucata e, em vez de terem músculos ou ligamentos, moviam-se graças a uma série de engrenagens que giravam dentro de seus corpos ocos. Grandes chaves douradas estavam presas em suas costas como se fossem enormes brinquedos de corda.

A carruagem caiu no chão, arrancando pedaços de grama com o impacto, e os pássaros mecânicos bambolearam em direção aos degraus da frente da academia. A carruagem também era operada por uma série de engrenagens e pistões, e, quando a carruagem parou completamente, as portas se abriram sozinhas e um carrilhão anunciou sua chegada.

As bocas das fadas e bruxas estavam escancaradas enquanto observavam o estranho veículo.

– Hum... o que diabos é *isso*? – Lucy perguntou.

– Eu acho que *isso* é alquimia – disse Brystal.

– A alquimia é segura? – indagou Tangerin.

– Chegou *aqui* inteira – Smeralda disse com um encolher de ombros.

– *Eu quero montar um dos pássaros!* – disse Malhadia.

– *Eu também!* – disse Brotinho.

As bruxas correram para a carruagem e pularam nas costas dos dois pássaros mecânicos bem na frente. Enquanto isso, Brystal, Lucy, Smeralda e Tangerin sentaram-se dentro do veículo. Uma vez que elas estavam sentadas, as portas se fecharam e outra badalada anunciou a partida da carruagem. Os pássaros mecânicos correram para frente e deslizaram de volta para o céu. A decolagem foi muito mais chocante do que as fadas esperavam e elas quase foram jogadas para fora de seus assentos. Malhadia e Brotinho gargalharam com entusiasmo e incitaram os pássaros a irem mais rápido.

Logo a carruagem estava tão alta que a Academia de Magia desapareceu abaixo delas. Os pássaros voaram para o sul sobre o oceano cintilante e subiram até um mar de nuvens brancas e fofas. Quanto mais viajavam, mais curiosas as fadas se tornavam sobre seu destino. Mesmo depois de uma hora de voo, não havia terra à vista. Tudo o que podiam ver do lado de fora das janelas eram nuvens e oceano, e os pássaros nunca mudavam de rumo.

– Para onde essa coisa está nos levando? Para o Polo Sul? – perguntou Tangerin.

– Eu não sabia que *havia* algo tão ao sul – disse Brystal.

– O Instituto da Alquimia deve estar em uma ilha deserta ou algo assim – disse Lucy.

Smeralda engoliu em seco.

– Eu tenho outro palpite – disse ela, e apontou para frente.

Todos se viraram para a janela da frente e suas bocas se abriram novamente. Empoleirado no topo das nuvens no horizonte estava o que parecia ser uma pequena cidade. A cidade era feita de prédios de ouro, prata e bronze que balançavam para cima e para baixo enquanto as nuvens pairavam pelo céu. As construções eram conectadas por caminhos flutuantes que cresciam ou diminuíam continuamente, dependendo de quão longe o vento separava as estruturas.

À medida que a carruagem se aproximava, as fadas e bruxas notaram que os prédios pareciam ferramentas científicas. Havia cúpulas e telhados que pareciam tubos de ensaio e frascos, torres tinham a forma de gigantescos telescópios e microscópios, e torres e postes eram equipados com cata-ventos giratórios e anemômetros. Dezenas de tubos de escape liberavam fogo, fumaça e vapor enquanto vários guindastes e esteiras transportadoras moviam materiais entre diferentes laboratórios. E bem no centro do instituto, colocado no topo do edifício mais alto, havia uma gigantesca esfera armilar dourada – claramente um símbolo orgulhoso da grande engenhosidade do instituto.

As fadas e bruxas ficaram sem palavras enquanto a carruagem descia em direção ao *campus* do Instituto da Alquimia, que era de tirar o fôlego. Brystal não sabia dizer se estava mais chocada que tal lugar existisse, ou chateada por nunca o ter visto até então.

– É notável – disse Brystal com os olhos arregalados. – Absolutamente notável.

– Agora entendo por que os alquimistas são tão secretos – disse Lucy. – Se eu morasse em um lugar como este, *não* gostaria que visitantes estragassem tudo.

A carruagem mergulhou em direção a uma longa pista de pouso bem na frente do *campus* e o veículo parou de forma irregular. Quando as fadas e bruxas saíram da carruagem e desceram dos pássaros, viram o Dr. Estatos esperando na pista de pouso. Ele estava acompanhado por outros doze alquimistas, que estavam em uma fileira apertada atrás dele.

– Bem-vindas ao Instituto da Alquimia – disse o Dr. Estatos. – Espero que vocês tenham tido um voo agradável.

Havia tanto para ver que a saudação amigável do alquimista foi quase ignorada.

– Dr. Estatos, este lugar é incrível – disse Brystal sem fôlego.

– Eu moro aqui desde criança e nunca envelhece – disse o Dr. Estatos, e então se virou para os alquimistas atrás dele. – Permitam-me apresentar meus colegas. Este é o Dr. Vitatos, chefe de Biologia; Dr. Compostos, chefe de Química; Dr. Calculatos, chefe de Matemática; Dr. Anatomatos, chefe de Fisiologia; Dra. Climatos, chefe de Geografia; Dr. Estrelatos, chefe de Astronomia; Dr. Floratos, chefe de Botânica; Dr. Tornatos, chefe de Meteorologia; Dr. Sociatos, chefe de Antropologia; Dr. Rochatos, chefe de Geologia; Dr. Animatos, chefe de Zoologia; e, por último, mas não menos importante, Dr. Larvatos, chefe de Entomologia.

Todos os alquimistas estavam vestidos com longas túnicas e gorros pontudos feitos de tecidos de ouro, prata e bronze. A única exceção era o Dr. Larvatos, chefe de Entomologia, que usava um ninho de vespas na cabeça com vespas de verdade zumbindo ao redor. Assim como o Dr. Estatos, as vestimentas dos outros alquimistas eram bordadas com símbolos e equações pertencentes às suas respectivas ciências. Ao contrário do Dr. Estatos, a maioria de seus colegas eram homens muito jovens e atraentes – alguns pareciam apenas alguns anos mais velhos que Brystal. A Dra. Climatos, chefe de Geografia, era a única mulher entre os alquimistas. Seu cabelo curto prateado combinava com a roupa e ela usava pequenos compassos como brincos.

Depois de uma olhada nas vespas, Tangerin se apaixonou imediatamente pelo Dr. Larvatos. Ela foi diretamente para o lado do jovem alquimista com um salto brincalhão em seu passo.

– Ora, olá, gentil senhor – disse ela. – Eu sou Tangerin Turka... *Senhorita* Tangerin Turka.

Ela piscou os olhos e ofereceu a mão ao Dr. Larvatos. O alquimista ficou tão fascinado com as abelhas voando dentro e fora do cabelo laranja dela que não percebeu o gesto.

– Eu nunca vi uma colônia eussocial residindo em cabelo humano antes – disse Larvatos. – Posso levar uma de suas abelhas para examinar?

– Talvez você possa me levar para almoçar primeiro – disse ela com uma piscadela de flerte.

Smeralda limpou a garganta.

– Tangerin, lembre-se do motivo pelo qual estamos aqui – disse ela.

– Falando nisso, onde estão os outros representantes? – Brystal perguntou.

– Vocês são as primeiras a chegar – disse o Dr. Estatos. – Imagino que os outros não estavam tão interessados em embarcar em nossas carruagens mecânicas quanto vocês... a precaução humana pode ser *tão* inconveniente quando há um cronograma a seguir. Imagino que teremos algum tempo para matar enquanto esperamos que os outros se juntem a nós. As senhoritas gostariam de conhecer o instituto enquanto isso?

– Com certeza! – Malhadia exclamou.

– Achei que você nunca fosse perguntar! – disse Brotinho.

As fadas e bruxas seguiram os alquimistas por um caminho sinuoso em direção ao *campus*. À medida que avançavam, eles passaram por uma engrenagem gigante que girava ao redor do caminho como um arco giratório. No equipamento, foi gravada uma mensagem de boas-vindas:

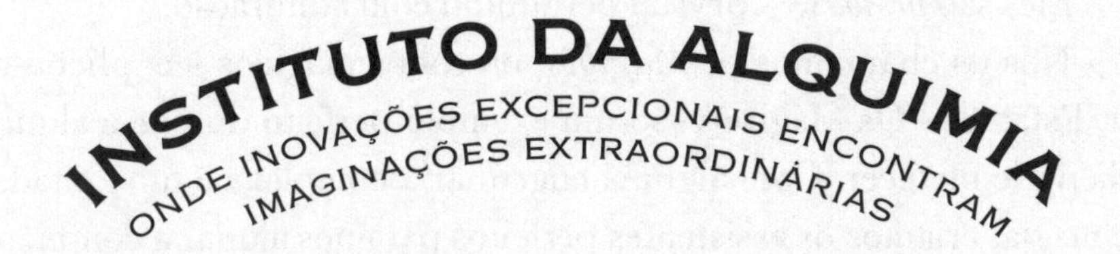

Na primeira parada da excursão, o Dr. Estatos conduziu as fadas e bruxas até um prédio de bronze no centro do *campus*. A entrada tinha a fórmula $E = mc^2$ gravada e dava para uma sala muito alta com quatro paredes brancas e sem janelas.

Assim que as fadas e bruxas entraram, elas tiveram que constantemente se abaixar e desviar de vários objetos coloridos arremessados pelo ar. Milhares de bolas vermelhas brilhantes saltavam de parede a parede, centenas de ioiôs amarelos caíam repetidamente do teto alto e depois rolavam para cima, e toneladas de pequenos clipes de papel eram impelidos de canto a canto por ímãs de tamanhos diferentes.

Enquanto o Dr. Estatos caminhava pela sala, ele milagrosamente evitou colidir com qualquer um dos objetos em movimento, como se estivesse protegido por um escudo mágico. O alquimista bateu a bengala no chão e todas as bolas, ioiôs e clipes de papel congelaram no lugar.

– Este é o Departamento de Física, onde estudamos as leis do movimento – disse o Dr. Estatos. – Seja por gravidade, propulsão ou cargas magnéticas, entender *por que* e *como* algo se move é um dos princípios mais fundamentais da ciência.

Além de todos os objetos coloridos, a sala também estava repleta de uma equipe muito peculiar de trabalhadores. Uma dúzia de pessoas baixas com cabeças retangulares largas vagavam pelo departamento, tomando notas e medindo as bolas congeladas, ioiôs e clipes de papel. No entanto, assim como os pássaros que puxavam a carruagem flutuante, os trabalhadores eram feitos inteiramente de *metal*! Eles se moviam pelo departamento graças a engrenagens girando dentro de seus torsos ocos e molas sob os pés.

– Eles são *pessoas*? – Brystal perguntou com admiração.

– Nós os chamamos de *Magibôs*, ou robôs mágicos – explicou o Dr. Estatos. – Os Magibôs são um exemplo perfeito do que a alquimia pode oferecer. Com alguma engenharia complexa e uma pitada de magia, criamos os assistentes perfeitos para nos ajudar a conduzir nossa pesquisa. Os Magibôs são motivados inteiramente pelo trabalho e não precisam de comida ou sono para funcionar, apenas um pouco de óleo e um leve polimento de vez em quando. Vocês verão muitos deles trabalhando em todo o instituto.

O alquimista bateu sua bengala no chão e todas as bolas, ioiôs e clipes de papel começaram a zumbir pela sala mais uma vez.

Depois de sua visita ao Departamento de Física, o Dr. Compostos levou as fadas e bruxas ao Departamento de Química ao lado. O departamento estava coberto de longos tubos de vidro que se estendiam, davam voltas e ziguezagueavam por um laboratório espaçoso. As meninas ficaram tontas enquanto observavam gases e substâncias químicas vibrantes movendo-se pelos tubos em velocidades diferentes. O chão estava dividido em ladrilhos quadrados, e cada um estava rotulado com uma abreviação como *He*, *Ti* ou *Ca*. As meninas notaram que cada um dos ladrilhos continha um sólido, líquido ou gás diferente abaixo de seus pés.

– O que há dentro dos azulejos? – perguntou Smeralda.

– Cada ladrilho contém um elemento da tabela periódica – disse o Dr. Compostos. – Pense nos elementos como pequenos tijolos. E tudo no universo conhecido, desde o oxigênio que respiramos até as rochas no fundo do oceano, é feito de uma combinação desses tijolos.

– Aaaaaaah, o que é aquele lindo elemento? – perguntou Tangerin.

Ela apontou para um elemento que era mais parecido com um *brilho* do que com um sólido, líquido ou gás.

– Isso é *Ma*... significa *magia* – disse o Dr. Compostos.

– Magia é um elemento? – Brystal perguntou.

O alquimista assentiu.

– É diferente de qualquer outro elemento da tabela periódica. Seus átomos não são feitos de elétrons, prótons e nêutrons tradicionais, mas de uma partícula que chamamos de *magtron*. Os magtrons podem se transformar em quantos elétrons, prótons e nêutrons quiserem. O que significa que *Ma* pode se transformar em qualquer elemento que desejar. Encontramos *Ma* no sangue de pessoas e animais mágicos, mas até agora não conseguimos recriá-lo.

– Ah – disse Lucy. – É como o *talento*.

Em seguida, as fadas e bruxas passaram pelo Departamento de Biologia. As meninas ficaram muito surpresas ao ver que o departamento era como uma prisão gigante. Três andares de celas de prisão estavam enroladas em torno de um microscópio enorme, e cada uma das celas continha uma criatura muito feia e de formato estranho. Algumas das criaturas eram redondas e viscosas, outras tinham caudas longas ou milhares de pelos ondulantes.

– Esta é uma *prisão de monstros*? – Malhadia perguntou com um sorriso esperançoso.

– É uma instalação de contenção para micro-organismos magicamente ampliados – disse o Dr. Vitatos.

– Você poderia simplificar isso? – Brotinho perguntou.

– Células por células – ele esclareceu. – É muito mais fácil examinar micro-organismos quando eles não são tão micro, então nós os tornamos maiores com magia. A maioria dessas células é humana, algumas são animais, mas também temos alguns encrenqueiros como vírus e bactérias.

Um micro-organismo roxo que parecia um ouriço-do-mar gigante começou a rosnar para Lucy.

– Que tipo de micro-organismo é esse? – ela perguntou.

– Essa é Carole, o resfriado comum – disse o Dr. Vitatos. – Fiquem longe dela; ela morde.

Depois de Biologia, o Dr. Larvatos deu às meninas um passeio pelo Departamento de Entomologia. Quatro das cinco paredes continham colônias de formigas, abelhas, cupins e vespas. A quinta parede era uma tela gigante com milhares de insetos exóticos presos a ela – mas quando as meninas olharam mais de perto, elas perceberam que os insetos não estavam presos, eles tinham apenas sido treinados para ficar muito, muito quietos. As vigas estavam cobertas de teias de aranha e abrigavam milhares de espécies de aranhas. Um milhão de mariposas voavam em torno de uma grande lanterna que iluminava o departamento como um candelabro esvoaçante.

No meio do departamento, uma enorme lupa era usada como mesa, e o Dr. Larvatos convidou as fadas e bruxas a puxarem uma cadeira.

– A maioria das pessoas se assusta com insetos, mas eles são essenciais para nossa sobrevivência – disse Larvatos. – Sem abelhas e borboletas, não haveria nada para polinizar as plantas. Sem minhocas e centopeias, não haveria nada para arejar o solo. E sem predadores como libélulas e aranhas, a terra seria invadida por pragas. *Ah, não, Forma e Pina estão brigando de novo! Com licença!*

O alquimista rapidamente pegou uma formiga-rainha e um cupim-rainha que haviam escapado de suas colônias.

– *Todos* os seus insetos têm nomes? – perguntou Tangerin.

– Cada um – o Dr. Larvatos se orgulhava de relatar. – E todos eles têm hábitos e personalidades diferentes!

O alquimista pegou um punhado de insetos da tela e os colocou sob a lupa gigante para as meninas verem.

– Esta é Joana, a joaninha, ela *adora* romances. Este é Gafo, o gafanhoto, *obcecado* por jogos de azar. Esta é Beto, o besouro de esterco – ele tem TOC *frenético*. Este é Pernão, o pernilongo, ele é um *excelente* dançarino de sapateado. E esta é Loura, a louva-a-deus... ela é *muito* conservadora, então não mencionem política perto dela.

TAH!

Smeralda de repente deu um tapa em um mosquito que havia pousado na lateral do pescoço dela. Os olhos do Dr. Larvatos se arregalaram de horror.

– *Aquele era Mosco!* – ele exclamou. – *Ele estava quase terminando a faculdade de medicina!*

– Opa – disse Smeralda, e enxugou os restos mortais dele nas calças. – Desculpe, Mosco.

Depois que as fadas e bruxas foram expulsas de Entomologia, o Dr. Animatos as escoltou para o Departamento de Zoologia. O departamento era um aviário gigantesco – não apenas para pássaros, mas para todos os animais de que as meninas já tinham ouvido falar. Águias sobrevoavam árvores, macacos balançavam em trepadeiras, leões rondavam campos e elefantes se banhavam em riachos; todos ambientes artificiais. Havia também enormes aquários que eram grandes o suficiente para acomodar uma baleia-azul e uma lula-gigante – e os inimigos naturais trocavam olhares de reprovação de lados opostos do departamento.

O departamento também abrigava animais que as meninas *não* reconheciam. Elas viram um lobo andando ereto como um ser humano, um golfinho correndo em quatro patas enquanto corria para buscar uma vara, e um tigre com polegares opositores que lentamente – *muito lentamente* – subia em uma árvore.

– Embora tenhamos muito orgulho de estudar espécies preexistentes, a magia nos permitiu criar nossas próprias espécies híbridas – disse o Dr. Animatos. – Aqui temos um *cachofinho*, ali está *loburso*, e este é um *tigre-preguiça*.

– Um *tigre-preguiça*? – Malhadia perguntou.

– Sim, ele é muito perigoso, mas muito preguiçoso para se importar – disse o Dr. Animatos.

– Como você impede os animais de predarem uns aos outros? – perguntou Brystal.

– Isso é simples. Nós apenas mantemos os animais alimentados e eles não atacam.

– Engraçado, fazemos a mesma coisa com Lucy – brincou Tangerin.

– *Ei!* – disse Lucy.

Quando as garotas terminaram de dar uma olhada no Departamento de Zoologia, o Dr. Floratos as guiou pelo caminho até uma enorme estufa de cinco andares. O Departamento de Botânica continha todas as plantas imagináveis, desde os vegetais que Brystal costumava cultivar no jardim de sua família até as dioneias que as fadas tinham visto em Desfiladeiro das Estufas. Os Magibôs regavam e podavam as plantas, mas, estranhamente, também tocavam pianos, violinos e tubas para as plantas.

– Por que os Magibôs estão tocando instrumentos? – Brystal perguntou.

– Descobrimos que as plantas crescem mais rápido e mais fortes quando expostas à música clássica – explicou Floratos.

Em um canto da estufa, um dos Magibôs estava em um pequeno palco recitando piadas em um megafone.

– Como se chama a hortaliça que não enxerga? – ele disse em uma voz monótona e sem vida.

– *Como?* – os outros Magibôs responderam.

– A-celga.

– *Ha. Ha. Ha. Ha. Ha.*

A risada sem vida dos Magibôs ecoou pela estufa. As fadas e bruxas estremeceram com o terrível trocadilho.

– Qual o motivo das piadas ruins? – Lucy perguntou.

– Também descobrimos que algumas plantas prosperam em comédia de baixa qualidade – explicou o Dr. Floratos.

– Isso explica a horta saudável da Sra. Vee – Smeralda disse.

As fadas e bruxas deixaram o Departamento de Botânica o mais rápido que puderam e o Dr. Anatomatos as escoltou até um prédio de nove andares que tinha a forma de uma pessoa. O caminho serpenteava ao redor do Departamento de Fisiologia, e eles entraram pelo topo do prédio, ou melhor, pela *boca*. Uma vez dentro, as fadas e bruxas ficaram chocadas ao ver que o interior do departamento era uma réplica anatomicamente correta do corpo humano. Eles embarcaram em um pequeno barco que navegou pela garganta do prédio e através de seu sistema digestivo como um pedaço de comida. Enquanto flutuavam pelo departamento, o Dr. Anatomatos apontou as diferentes partes do corpo ao redor deles.

– Aqui temos a vesícula biliar, acima de nós está o fígado, atrás de nós estão os rins e logo à frente está o pâncreas – disse o Dr. Anatomatos. – Cada parte do corpo é na verdade uma sala dedicada ao estudo daquele órgão, músculo ou glândula em particular. Agora, segurem-se! Estamos prestes a entrar no intestino grosso e é um passeio ventoso!

– Mal posso esperar para ver como esse passeio termina... se é que me entendem! – Malhadia disse com um sorriso ansioso.

– *Por favor, que seja numa loja de presentes* – sussurrou Tangerin para os outros.

Enquanto continuavam a visita ao Instituto da Alquimia, as fadas e bruxas achavam cada departamento mais maravilhoso que o anterior. O Departamento de Meteorologia estava localizado em uma torre com termômetros embutidos em todas as portas e um telhado em forma de guarda-chuva maciço. Um tipo diferente de tempestade estava contido em cada um dos andares da torre. Enquanto os Magibôs monitoravam os padrões climáticos, os pobres robôs eram lançados por poderosos tornados, encharcados por furacões tropicais, congelados por nevascas geladas e eletrocutados por relâmpagos.

Dentro do Departamento de Matemática, dezenas de Magibôs estavam sentados em mesas fazendo equações complicadas à mão e passando as contas em ábacos. As paredes eram feitas de lousas e cada centímetro delas estava coberta por uma equação sem fim que o Dr. Calculatos chamava de "*pi*". A equação começava como *3,14159265* e continuava por milhares e milhares de dígitos. Um pedaço de giz flutuante continuava adicionando números ao final e, à medida que a equação crescia, as paredes da lousa cresciam magicamente com ela.

O Departamento de Antropologia era uma enorme caverna coberta de impressões de mãos e obras de arte dos tempos antigos. O departamento também exibia vários fósseis que foram magicamente reanimados. Crânios falantes contavam aos Magibôs tudo sobre *quando* eles viviam e de *onde* eles vieram, trilobites lutavam para se libertar das pedras em que estavam presos e ferramentas pré-históricas reconstruíam estruturas antigas a partir dos escombros. Esqueletos de homens das cavernas lutavam contra esqueletos de dinossauros e mamutes lanudos enquanto os Magibôs tomavam notas das interações.

O Departamento de Geografia foi projetado como um salão de baile formal. Tinha cortinas feitas de mapas e bandeiras, um lustre reluzente feito de grandes bússolas e uma grande escadaria feita de pilhas de atlas. Um lindo globo prateado estava posicionado bem no centro do departamento e, à medida que diferentes locais eram indicados com um alfinete mágico, o espaçoso piso suba e afundava para criar um modelo em miniatura do terreno marcado.

No entanto, a parte mais surpreendente do passeio foi o que as fadas e bruxas aprenderam no Departamento de Astrologia. O departamento estava sob uma cúpula gigantesca e equipado com um telescópio dourado de seis andares. Hologramas mágicos de planetas distantes, estrelas e galáxias flutuavam no ar ao redor deles – os hologramas eram tão realistas que as meninas usavam umas às outras como escudos para se proteger de cometas inesperados e chuvas de meteoros.

– Existem oito planetas orbitando nossa estrela, mais de cem bilhões de estrelas em nossa galáxia e cerca de cento e vinte bilhões de galáxias em nosso universo – disse o Dr. Estrelatos com entusiasmo às meninas. – Isso significa que pode haver mais de setecentos quintilhões de planetas por aí! E alguns iguais aos nossos!

– Você está dizendo que pode haver *vida* em outros planetas? – perguntou Smeralda.

– Não apenas em outros planetas – disse Estrelatos. – Embora não possamos provar, as evidências sugerem que há um *infinito* de multiversos e dimensões também!

A ideia deu arrepios em Brystal, mas ela não ficou totalmente surpresa. Isso a lembrou de sua visita ao campo cinza entre a vida e o grande desconhecido. Mesmo um número na casa dos *quintilhões* parecia pequeno demais para descrever todos os planetas, estrelas e galáxias que ela tinha visto. Era muito para apenas *um* universo aguentar.

– Uau, outras *dimensões* – ela disse para si mesma. – Agora *isso é* algo que eu adoraria ver.

Depois de Astronomia, o Dr. Rochatos os levou ao Departamento de Geologia. Infelizmente, a parada final do passeio foi a mais frustrante. O Departamento de Geologia era uma sala estreita com algumas pilhas de pedras – e *apenas* algumas pilhas de pedras.

– Bem, *isso* é decepcionante – disse Lucy.

– Vai acontecer alguma coisa? – perguntou Tangerin.

– Nem *toda* ciência pode ser divertida – disse o Dr. Rochatos. – Na verdade, alguns podem dizer que a geologia está entre uma rocha e a dureza da vida. – O alquimista deu um tapa no joelho e uivou de tanto rir. – Entenderam? Porque a geologia está *literalmente* entre uma rocha e a dureza da vida!

As fadas e bruxas suspiraram coletivamente com a piada ruim.

– E eu achava que *pedras* eram um público resistente – disse o Dr. Rochatos, e riu novamente.

– Tem certeza de que *botânica* não é sua vocação? – perguntou Smeralda.

Felizmente, as fadas e bruxas foram salvas do humor questionável do alquimista quando uma campainha soou por todo o instituto.

As fadas e bruxas não sabiam o que o sino significava, mas todos os alquimistas foram para fora. Todos olharam para a frente do instituto e, ao longe, puderam ver que mais carruagens flutuantes se aproximavam.

– Esplêndido, os outros representantes estão começando a chegar – disse o Dr. Estatos. – Senhoritas, por favor, nos deem licença enquanto cumprimentamos nossos convidados. Dr. Rochatos, você poderia gentilmente escoltar as fadas e bruxas para a câmara de conferências? Começaremos a Conferência dos Reis assim que todos estiverem aqui.

O Dr. Estatos e os alquimistas se dirigiram para a pista de pouso, e o Dr. Rochatos levou as meninas para o centro do *campus*. Enquanto caminhavam, Lucy puxou Brystal de lado para dar uma palavra em particular.

– *Então, o que você acha?* – Lucy sussurrou. – *Este é o Templo do Conhecimento?*

– *Eu não tenho certeza* – Brystal sussurrou de volta. – *Por um lado, certamente há muito conhecimento aqui, mas, por outro, não se encaixa nas outras partes da lenda. Não havia guerreiros improváveis o protegendo e todos os departamentos eram fáceis de entrar.*

– Talvez a lenda seja propaganda enganosa para manter as pessoas afastadas? – Lucy sugeriu.

– É possível – disse Brystal. – Se tudo correr bem na conferência, vou perguntar à Dra. Climatos se ela já ouviu falar do Templo do Conhecimento antes.

– Você acha que ela vai te dar uma resposta honesta? – Lucy perguntou.

– Provavelmente não, mas geralmente posso dizer quando alguém está mentindo para mim – disse Brystal. – Se ela não nos der a informação voluntariamente, teremos que entrar furtivamente no Departamento de Geografia após a conferência e encontrá-la nós mesmas.

Enquanto as fadas e bruxas se dirigiam para as câmaras de conferência, as carruagens flutuantes começaram a pousar e os passageiros que desciam chamaram a atenção das meninas.

O primeiro a chegar foi o Rei Branco do Reino do Norte. As fadas o reconheceram instantaneamente por seu cabelo preto e boa aparência. Mesmo que o Rei Branco estivesse no trono por mais de dois anos, ele ainda preferia usar o uniforme de um cavaleiro.

A próxima chegada foi o Rei Guerrear do Reino do Oeste. Um chapéu de penas detestável cobria a cabeça careca dele e o bigode estava tão espesso que cobria sua boca. Tanto o Rei Branco quanto o Rei Guerrear trouxeram dois cavaleiros armados como convidados.

Os reis foram seguidos pela Rainha Endústria do Reino do Leste. A rainha idosa usava um vestido feito de tecido metálico – uma homenagem ao produto mais valioso de seu reino –, e o seu cabelo estava penteado sob um cocar prateado que lembrava as mandíbulas de uma chave inglesa. O rosto dela estava pálido e enrugado e ela andava devagar com a ajuda de uma bengala. A Rainha Endústria trouxe um cavaleiro e sua neta, a Princesa Proxima, como convidados. A princesa usava um vestido e penteado muito parecidos com os da avó e, embora houvesse várias décadas entre elas, compartilhavam uma forte semelhança familiar.

A quarta chegada foi o Goblin Ancião, líder da Terra dos Goblins. Goblins eram conhecidos por sua pele verde brilhante, orelhas pontudas e unhas afiadas – e o Goblin Ancião não era exceção. Ele viajava com dois guerreiros goblins, um homem e uma mulher. A goblin fêmea tinha cerca de dois metros e meio de altura e era muito musculosa. Ela tinha cabelo rosa bagunçado, usava armadura e couraças feitas de calotas e carregava um cajado alto.

Pouco depois que os goblins chegaram, a quinta carruagem pousou e o Chefe Troll saiu. O líder da Terra dos Trolls também viajava com dois guardas para sua proteção. Os trolls eram mais difíceis de distinguir do que os goblins. Todos os três eram baixos e peludos, com narizes grandes, dentes grandes, pés grandes e chifres minúsculos.

A sexta carruagem pousou no instituto e o Rei Elfino, líder da Terra dos Elfos, emergiu. Ao contrário de outros elfos, que eram tradicionalmente pequenos e esbeltos, a família real era alta e de ombros largos. O rei tinha longos cabelos escuros e usava uma grande coroa feita de galhos de árvores e um terno xadrez preto e branco. Infelizmente, os elfos eram famosos por suas limitadas habilidades de alfaiataria, e as mangas do rei e as pernas das calças eram assimétricas. O Rei Elfino viajava apenas com um convidado – seu filho mais velho, o Príncipe Elfon. O príncipe era a cara do pai, mas usava uma coroa muito menor feita de paus.

Em seguida, as fadas ficaram emocionadas ao ver que o pai adotivo de Smeralda, o Sr. Ardósio, havia sido escolhido para representar os anões. Ele chegou na sétima carruagem com dois anões de sua mina. Parecia que todos os três tinham acabado de sair do trabalho porque estavam cobertos de sujeira e empunhavam picaretas.

A oitava carruagem pousou imediatamente após os anões e trouxe um único ogro para o instituto. O ogro mal cabia dentro da carruagem e teve problemas para se espremer pela porta. Ele tinha cerca de três metros de altura, uma pele marrom esburacada e seu nariz grande estava perfurado com um osso. O ogro era o único representante que as fadas nunca haviam conhecido antes. Ele parecia tão confuso quanto elas sobre estarem lá.

Assim como as fadas e bruxas, todos os representantes ficaram sem palavras quando viram pela primeira vez o Instituto da Alquimia. Eles ficaram imóveis, seus olhos correndo de departamento em departamento, e nem notaram os colegas parados ao lado deles.

Brystal ficou aliviada ao ver todos os líderes juntos. Apesar de terem tido suas diferenças no passado – especialmente com os trolls e goblins –, as fadas mantinham boas relações com os representantes. Na verdade, Brystal era a razão pela qual os elfos, trolls, goblins e anões tinham territórios para chamar de seus. Ela estava confiante de que a Conferência dos Reis correria bem e eles chegariam a uma conclusão que não colocaria a vida de Áureo em risco.

Infelizmente, Brystal rapidamente percebeu que seu alívio era prematuro quando uma *nona* carruagem apareceu no céu. A carruagem pousou na pista ao lado das outras e a porta foi aberta com um chute antes que o veículo parasse completamente. Para desgosto das fadas e bruxas, o Imperador da Honra saiu, acompanhado por seu Alto Comandante e o maior esqueleto do Exército da Honra Eterna.

– O que *ele* está fazendo aqui?! – Lucy perguntou.

– Ele foi convidado como o restante de vocês – disse o Dr. Rochatos.

– Como vocês puderam convidar *ele*? – questionou Smeralda. – Ele é um monstro!

– Independentemente de suas táticas cruéis, o Imperador da Honra *ainda* é o líder do Sul – disse o Dr. Rochatos. – O principal objetivo da Conferência dos Reis é a *diplomacia*, e não seria muito diplomático excluir alguém só porque discordamos dele.

Ao contrário dos outros líderes, Sete olhava para o instituto da mesma forma que olhava para tudo – como se fosse algo a *conquistar*. A mera visão de seu rosto presunçoso fez o sangue de Brystal ferver.

– Tenho a sensação de que esta conferência não será nada *diplomática* – disse ela.

Capítulo Oito

A Conferência dos Reis

A conferência acontecia em uma grande sala circular no topo do edifício mais alto do instituto. De lá, os convidados tinham uma vista magnífica do *campus* ao redor, da grande esfera armilar girando diretamente acima deles, e do oceano infinito brilhando abaixo. No entanto, a bela vista não foi suficiente para aliviar a tensão entre os representantes. O maravilhoso e majestoso Instituto da Alquimia não era páreo para o ressentimento coletivo dos convidados em relação ao Imperador da Honra, e, desde o momento em que ele chegou, Sete tinha sido o centro das atenções. Se os representantes perdessem o autocontrole por um milésimo de segundo, atacariam o Imperador no local. Até a velha Rainha Endústria parecia estar pronta para dar alguns socos.

Brystal, Lucy e os outros representantes estavam sentados em uma enorme mesa redonda enquanto os agregados estavam em pé ao lado deles. O Dr. Estatos ocupava a décima segunda cadeira à mesa e os outros alquimistas formavam um grupo apertado atrás dele.

– Antes de começarmos, quero agradecer a todos por se juntarem a nós hoje – disse o Dr. Estatos.

Lucy bateu com as duas mãos na mesa com raiva e olhou para Sete.

– Como você pôde convidar esse monstro para vir aqui?! – ela gritou. – Ele não se importa em *proteger* o planeta! Ele está planejando conquistar o mundo com um exército de soldados mortos!

A sala explodiu em concordância, ecoando as preocupações de Lucy. Um sorriso sarcástico cresceu no rosto do Imperador da Honra enquanto ele observava os outros se oporem à sua presença. Ele se recostou na cadeira e descansou os pés na mesa, aproveitando cada momento da interrupção. O Dr. Estatos levantou a mão para silenciar a sala.

– Eu entendo sua frustração – disse o alquimista. – No entanto, a crise atual é muito mais importante do que qualquer conflito entre nós. Confio que todos vocês resolverão suas diferenças no seu devido tempo, mas agora temos que trabalhar juntos para salvar o único planeta que temos.

Os representantes afundaram em seus assentos amargamente e ficaram quietos.

– Então, existem outras preocupações que devemos abordar antes de começarmos? – o Dr. Estatos perguntou.

O ogro ergueu a mão timidamente.

– Eu tenho uma pergunta – disse ele. – *O que estou fazendo aqui?* Eu nunca ocupei um cargo ou me sentei em um trono na minha vida... eu nem possuo móveis!

– Você foi o único ogro que concordou em vir – disse o alquimista.

O ogro deu de ombros.

– Certo – disse ele. – Por favor, prossiga.

O Dr. Estatos bateu com a bengala no chão e as cortinas se fecharam sozinhas, envolvendo a sala de conferências na escuridão. O alquimista acenou para a Dra. Climatos e ela rolou um mapa sobre a mesa. Uma vez que o mapa foi exposto, uma imagem tridimensional brilhante do mundo surgiu do pergaminho. A imagem se aproximou do Reino do Leste, e logo uma miniatura de Mão de Ferro apareceu do outro lado da mesa. Os líderes ficaram maravilhados com o diorama mágico.

– Para situações como essa, acredito que é melhor começar com os *fatos* – disse o Dr. Estatos. – Uma vez que todos os fatos são apresentados, podemos chegar a *conclusões prováveis* para preencher eventuais lacunas ou responder a quaisquer perguntas restantes. E quando estivermos todos de pleno acordo, podemos apresentar diferentes *resoluções* para abordar o assunto e depois votar na melhor.

O plano do alquimista parecia muito razoável e os representantes assentiram.

– Agora, aqui estão os fatos – começou o Dr. Estatos. – Ontem à noite, exatamente dez minutos depois da meia-noite, um incêndio começou no porão da taverna Camas, Cobres e Canecas, no centro de Mão de Ferro. O fogo se espalhou rapidamente pela cidade e continuou no interior do leste. Mais de cem quarteirões e mais de trezentos mil acres foram destruídos em questão de *minutos*.

Enquanto o Dr. Estatos narrava os fatos, um incêndio percorreu o diorama de Mão de Ferro, destruindo tudo em seu caminho. A Rainha Endústria estremeceu com a reconstituição.

– Foi a maior tragédia na história do meu reino – disse ela. – O incêndio estava a apenas duas ruas do Palácio do Leste. Se não tivesse virado para o oeste e atravessado o rio, a Princesa Proxima e eu teríamos sido queimadas vivas.

– O fogo também se moveu mais rápido e estava mais quente do que qualquer incêndio que já registramos – continuou o Dr. Estatos. – Em uma escala de um a dez, sendo um, uma vela acesa e dez, uma erupção vulcânica, o calor emitido pelo fogo da noite passada foi de *quinze*. Neste momento, não temos certeza do *que* ou *quem* causou o incêndio anormal. *Mas* sabemos que Áureo dos Fenos, uma fada com especialidade mágica para o fogo, estava hospedada na taverna Camas,

Cobres e Canecas quando o fogo começou. Também sabemos que o incêndio começou na suíte do Sr. dos Fenos e que o fogo se moveu com ele enquanto viajava pela cidade e fugia para o campo. Também é um fato que o fogo parou de queimar em Mão de Ferro assim que o Sr. dos Fenos se foi.

– Bem, então está resolvido – disse o Rei Guerrear. – O menino é claramente responsável.

– Não, não foi culpa de Áureo! – exclamou Smeralda. – Eu estava lá! Eu vi com meus próprios olhos! O fogo se moveu pela cidade porque o *perseguia*! Não estava vindo de sua magia!

– Mas o que *mais* poderia ter causado tal desastre? – o Chefe Troll perguntou.

Mais uma vez, o Dr. Estatos levantou a mão e a sala ficou em silêncio.

– Por favor, eu sei que este é um assunto delicado, mas deixem-me apresentar *todos* os fatos antes de tirarmos qualquer conclusão – disse o alquimista. – Embora eu não esteja acusando o Sr. dos Fenos de nada ainda, vale a pena mencionar que ele tem um histórico de perder o controle de suas habilidades. Dois anos atrás, ele causou um grande incêndio florestal no Vale do Noroeste, do Reino do Sul. E esse fogo *também* viajou com seus movimentos. Terminou quando a falecida mentora do Sr. dos Fenos, Madame Tempora, conteve temporariamente suas habilidades mágicas. Ontem à noite, por razões desconhecidas por nós, o fogo de Mão de Ferro terminou pouco antes de cruzar a fronteira da Terra dos Trolls. E na última vez em que o Sr. dos Fenos foi visto estava indo nessa direção.

Os representantes se entreolharam com grande preocupação. Uma sensação inquietante começou a crescer na boca do estômago de Brystal – convencer os presentes da inocência de Áureo seria mais difícil do que ela esperava.

– Onde está o menino agora? – o Rei Branco perguntou.

– Nós não sabemos – disse o Dr. Estatos. – Ninguém viu ou ouviu falar dele desde ontem à noite.

– Se ele é inocente, então por que está se escondendo? – o Goblin Ancião perguntou.

– Obviamente, ele está preocupado que as pessoas o culpem pelo incêndio – disse Brystal. – Olha, eu entendo que os fatos depõem contra ele, mas eu *conheço* Áureo. Ele nunca faria algo assim! E ele não perde o controle de suas habilidades há anos!

– Suas *intenções* não vêm ao caso – disse o Dr. Estatos. – Deliberado ou não, o incêndio *aconteceu*. Esta conferência é para garantir que isso não aconteça novamente.

– Pessoalmente, não vejo outra explicação lógica – disse o Rei Elfino. – Especialmente se o menino tem um histórico de causar danos. É uma coincidência muito grande.

– Receio ter que concordar – disse Ardósio.

– *Papai!* – Smeralda ofegou.

– Sinto muito, Sme – o pai dela disse. – Se seu amigo não causou o incêndio, então o que causou?

As fadas e bruxas olharam em volta, desesperadas para encontrar uma explicação que contrariasse a evidência, mas nenhuma veio à mente. Então o olhar de Brystal se desviou para o sorriso maldoso de Sete e isso lhe deu uma ideia.

– Nós não sabemos, mas permitam que *eu* apresente alguns fatos – ela disse à sala. – Há muitas pessoas neste mundo que *odeiam* o Conselho das Fadas. Na verdade, há pessoas nesta sala que estão determinadas a destruir tudo o que defendemos. Portanto, não é exagero pensar que um inimigo gostaria de ferir um de nós. E se alguém estava planejando atacar Mão de Ferro com um *novo tipo de fogo*, Áureo seria a pessoa perfeita para incriminar. Na minha opinião, o incêndio parece uma *suspeita* coincidência. Poderia ser uma armadilha planejada por meses! Talvez até anos!

Os representantes coçaram a cabeça enquanto consideravam a teoria de Brystal. Embora convincente, ela sabia que não era o suficiente para persuadi-los. O Dr. Estatos limpou a garganta para chamar a atenção da sala.

– A Fada Madrinha apresentou a conclusão *dela*, agora permitam-me apresentar a *nossa* – disse o alquimista. – Dadas as informações, meus colegas e eu acreditamos que as habilidades do Sr. dos Fenos evoluíram além do controle dele. Felizmente, ele conseguiu extinguir o fogo antes que cruzasse para a Terra dos Trolls, mas talvez não tenhamos tanta sorte da próxima vez. Tememos que o Sr. dos Fenos possa causar outro incêndio… possivelmente ainda *mais forte* do que o da noite passada. E se ele criar um incêndio que não pode ser detido, o mundo certamente perecerá.

O diorama mágico foi ampliado para mostrar todo o planeta. Os representantes ficaram horrorizados quando um fogo poderoso queimou o continente e destruiu todos os reinos e territórios. A atmosfera se encheu de fumaça, tornando o céu preto e os oceanos cinza. *Nada* poderia sobreviver a um desastre como esse.

– Temos que encontrar o menino imediatamente! – o Rei Branco exclamou.

– Ele deve ser parado a qualquer custo! – disse a Rainha Endústria.

– Esperem! – Brystal implorou. – Concordo, temos que fazer tudo ao nosso alcance para evitar outro desastre, mas ainda não temos *certeza* de que foi Áureo quem causou o incêndio! Precisamos coletar mais evidências antes de tomar qualquer decisão!

Os outros representantes bufaram e zombaram de seu argumento.

– O que mais você precisa? – o Goblin Ancião perguntou.

– Os fatos falam por si – disse o Rei Elfino.

– Temos que agir antes que ele destrua a todos nós! – o Chefe Troll constatou.

Brystal não estava pronta para desistir, mas não sabia mais o que dizer.

– Respeitosamente, Fada Madrinha, é importante encarar a situação com distanciamento – disse o Dr. Estatos. – A maior ameaça do mundo nunca foi a fome, catástrofes ou doenças, mas a *ignorância* que não consegue evitar essas condições. Por muito tempo, a verdade esteve em guerra com pessoas teimosas demais para aceitá-la. Pense em toda a dor e sofrimento que poderíamos parar se todos valorizassem *fatos* em vez de *sentimentos*. Pense em toda a dor e sofrimento de que *você* teria sido poupada.

O comentário deixou Brystal sem palavras. Ela pensou em como foi crescer em uma sociedade que oprimia as mulheres e um mundo que odiava a comunidade mágica. Brystal não podia imaginar toda a tristeza e mágoa que ela poderia ter evitado se as pessoas no poder tivessem priorizado *encontrar a verdade*, em vez de *espalhar mentiras* para validar seus preconceitos. E agora Brystal estava fazendo exatamente a mesma coisa. Ela estava disposta a ignorar todas as evidências para proteger algo que *ela* estimava. Se não *ouvisse* o que os fatos diziam, ela seria melhor do que os Juízes do Reino do Sul? Ou os membros do clã da Irmandade da Honra?

– Tudo bem – disse ela. – Para argumentar, digamos que Áureo *acidentalmente* causou o incêndio. Como podemos impedi-lo de começar outro? Que tipo de resolução vocês recomendam?

Os representantes permaneceram em silêncio e evitaram fazer contato visual com Brystal. Ela poderia dizer que todos eles tinham a mesma coisa em mente, mas estavam com muito medo de mencioná-la.

– Bem, se ninguém mais vai dizer isso, eu vou – disse Sete. – Obviamente, o menino deve ser *eliminado*. É a única maneira de garantir a segurança do mundo.

– Ah, cala a boca, seu rato assassino! – disse Lucy.

– Você acha que matar fadas é a resposta para tudo! – gritou Smeralda.

– Estou errado? – Sete perguntou à sala. – Você mesmo disse, Dr. Estatos: Áureo não pode controlar suas habilidades. Não importa quantas vezes elas sejam contidas ou controladas, a história continua se repetindo. Portanto, enquanto ele estiver vivo, o mundo sempre estará em perigo.

As fadas e bruxas reviraram os olhos com a declaração absurda. No entanto, nenhum dos outros representantes se opôs. Na verdade, todos os reis da conferência se entreolharam e lentamente começaram a assentir.

– Me dói muito dizer isso, mas o Imperador da Honra está correto – disse o Rei Branco.

– Vossa Majestade! – exclamou Brystal. – Você não está falando sério!

– Me perdoe, Fada Madrinha – disse o Rei Branco. – O Reino do Norte sempre será profundamente grato a você e ao Conselho das Fadas por nos salvar da Rainha da Neve, mas eu não posso em sã consciência esperar e permitir que esse tipo de ameaça venha à tona novamente. Não há dúvida em minha mente: acabar com *uma vida* para salvar *todas as outras* na terra é um sacrifício que devemos fazer.

– Eu não poderia concordar mais – disse a Rainha Endústria. – Nosso povo depende de nós para agir. Devemos fazer o que for necessário para protegê-los.

– Sim! Sim! – disse o Rei Guerrear.

– Então vamos colocar em votação – disse o Dr. Estatos. – Todos a favor da eliminação de Áureo dos Fenos para garantir a sobrevivência do planeta, digam *sim*.

– Sim – disse o Rei Branco.

– Sim – o Rei Guerrear disse.

– Sim – o Rei Elfino disse.

– Definitivamente sim – Sete disse com um sorriso malicioso.

– Sim – o Goblin Ancião disse.

– Sim – o Chefe Troll disse.

– Sim – disse o Ogro.

– Bem, eu digo que *não*! – exclamou Lucy. – *Não mesmo!*

A Rainha Endústria olhou por cima do ombro para a Princesa Proxima.

– Bem, o que vai ser, querida? – ela perguntou.

– Vovó? Você quer *eu* vote? – a princesa perguntou.

– Estou com os dias contados – disse a Rainha Endústria. – Você estará sentada no trono mais cedo do que qualquer um de nós gostaria de admitir. Eu não vou ter que conviver com a decisão de hoje, você vai. Então a escolha é sua.

A princesa foi surpreendida pela responsabilidade inesperada.

– Então eu voto *sim* – disse ela. – Não podemos deixar nosso povo reviver os horrores da noite passada.

O Sr. Ardósio suspirou e balançou a cabeça tristemente.

– Sinto muito, Sme, mas não vejo outra escolha – disse o anão. – *Sim.*

– Minhas condolências, senhoritas – disse o Dr. Estatos às fadas e bruxas. – Os *sim* ganharam.

Olhando ao redor da mesa, Brystal se lembrou de sua batalha com a Rainha da Neve – e não apenas porque o Rei Branco estava lá. O *consenso* era o novo monstro que ela tinha que derrotar.

– Agora devemos discutir o *método* de eliminação – disse o Dr. Estatos na sala. – Os alquimistas e eu estamos preparados para encontrar o menino e fazer a execução. Eu liderarei pessoalmente uma equipe para completar a tarefa. Prefiro usar o método mais rápido e humano possível. Na minha opinião, é desnecessário tornar uma situação dolorosa ainda mais dolorosa cometendo um...

Os olhos de Brystal correram pela sala de conferências enquanto ela tentava desesperadamente pensar em algo – *qualquer coisa* – que pudesse mudar o resultado. Felizmente, uma ideia lhe ocorreu; e ela não podia acreditar que estava prestes a dizer em voz alta:

– *Esperem!* – Brystal interrompeu, e a sala ficou em silêncio. – Nós não temos que matá-lo. Há outra maneira de impedir que Áureo comece outro incêndio novamente.

Os representantes e os alquimistas estavam confusos. Até as fadas e bruxas estavam ansiosas para ouvir o que Brystal estava pensando.

– E como você propõe que façamos isso? – o Dr. Estatos perguntou.

Brystal respirou fundo – era agora ou nunca.

– Usando o Livro da Feitiçaria – ela disse.

– O que é o Livro da Feitiçaria? – perguntou o Rei Guerrear.

– É o livro de feitiços mais poderoso já criado – disse Brystal. – Segundo a lenda, o livro contém um feitiço que pode deixar alguém impotente. Se sua teoria estiver correta e Áureo *for* a fonte do fogo, podemos usar o livro para despojá-lo de todas as habilidades mágicas... e, se minha teoria estiver correta e Áureo *não for o* responsável, podemos usar o livro para derrotar o que quer que *esteja* causando o incêndio.

Os representantes nunca tinham ouvido falar de tal livro antes. Eles se voltaram para os alquimistas e esperaram que eles confirmassem sua existência. No entanto, os cientistas pareciam ter sentido cócegas com a sugestão de Brystal, e estavam tentando não rir dela.

– Fada Madrinha, temo que o Livro da Feitiçaria seja *apenas* uma lenda – disse o Dr. Animatos. – Em todos os meus anos de estudo de história, encontrei muitos mitos escritos sobre isso, mas nenhuma evidência para provar que existe.

– Na verdade, o Livro da Feitiçaria *existe* – disse o Dr. Estatos.

Ao contrário de seus colegas, o Dr. Estatos parecia tudo, menos bem-humorado. O alquimista olhou para Brystal com uma carranca gravemente séria, como se ela tivesse acabado de revelar algo que não deveria saber.

– Senhor? Você tem certeza? – o Dr. Tornatos perguntou.

– É tão real quanto o nariz no meu rosto – disse o Dr. Estatos.

A confirmação desconcertou os outros alquimistas.

– Por que você nunca nos contou isso antes? – o Dr. Compostos perguntou.

– Porque muitos alquimistas talentosos perderam a vida tentando encontrá-lo – disse o Dr. Estatos. – O livro contém os feitiços mais poderosos que o mundo já conheceu. E, sim, a Fada Madrinha está correta: o Livro da Feitiçaria contém um feitiço para tornar alguém impotente. Mas recuperar o livro é impossível; é uma missão suicida para qualquer um que já tenha tentado.

– Respeitosamente, Dr. Estatos, eu como o impossível no café da manhã – disse Brystal.

O comentário fez as fadas e bruxas assobiarem e estalarem os dedos. Os representantes e os alquimistas ficaram bastante surpresos ao ouvir uma observação tão ousada da Fada Madrinha. O Dr. Estatos parecia intrigado com a confiança de Brystal.

– Minha querida, você está ciente do que a recuperação do Livro da Feitiçaria implica? – ele a pressionou. – Você sabe onde está localizado? E que horrores estão esperando lá dentro?

Brystal assentiu.

– Eu sei que está no Templo do Conhecimento e o templo é guardado por uma tribo de *guerreiros improváveis* – disse ela. – Também sei que, uma vez dentro do templo, há desafios físicos, mentais e emocionais pelos quais você deve passar. E se você passar pelos desafios, antes de poder entrar no cofre onde o Livro da Feitiçaria está localizado, você deve ficar cara a cara com a criatura mais mortal e perigosa que já agraciou a terra.

O clima da conferência tornou-se muito tenso. Os representantes explodiram em um murmúrio nervoso, cada um especulando o que aquela criatura poderia ser.

– Isso não parece tão ruim – disse o ogro. – Qual é a criatura mais perigosa para agraciar a terra? Um urso? Um leão? Um lobo? Uma daquelas cobras que vivem em banheiros?

Todos os alquimistas se voltaram para o Dr. Animatos com curiosidade. Se alguém soubesse a resposta, seria o zoólogo.

– Um *dragão* – o Dr. Animatos disse, engolindo seco. – Os dragões são as espécies mais violentas e destrutivas que já existiram. Eles estão extintos há milhares de anos e, embora tenhamos a capacidade de trazer um de volta à vida, nenhum zoólogo em sã consciência jamais sonharia com isso. Dragões são capazes de danos catastróficos. Na verdade, na última vez que a Conferência dos Reis foi realizada, nossos ancestrais decidiram *exterminar* os dragões para salvar o planeta.

A sala inteira estremeceu ao pensar em uma criatura tão feroz.

– E a Fada Madrinha quer enfrentar um dragão para salvar um amigo? – o Rei Elfino perguntou.

Brystal fixou os olhos nas fadas e bruxas, todas elas sabiam que ela tinha mais de uma razão para querer o Livro da Feitiçaria. Era a única esperança de destruir o Exército da Honra Eterna também.

– Áureo faria o mesmo por mim – disse Brystal. – Mas ainda não sei como encontrar o templo. Já estivemos em todos os cantos do globo, mas nunca vimos nada parecido. Eu esperava que a Dra. Climatos pudesse me indicar a direção certa.

O pedido pegou o Dra. Climatos desprevenida.

– Sinto muito – disse ela. – Eu nunca tinha ouvido falar do templo até agora, e nunca o vi em nenhum dos meus mapas.

– Isso porque você não vai encontrá-lo em nenhum mapa – disse o Dr. Estatos. – A localização do templo é ocultada por uma poderosa feitiçaria. Embora eu nunca tenha visto, *sei* como encontrá-lo.

As posturas das fadas e bruxas se elevaram junto aos seus ânimos.

– Por favor, Dr. Estatos, você tem que nos dizer! – Smeralda suplicou.

– Nós estamos *implorando* para você! – Tangerin gritou.

O alquimista hesitou enquanto pesava os prós e os contras.

– Tem *certeza* que quer fazer isso? – ele perguntou.

– Positivo – disse Brystal. – Se houver uma *chance* de que o Livro da Feitiçaria possa me ajudar a salvar a vida de Áureo, eu *tenho* que encontrá-lo. Me deem uma semana para viajar ao templo e recuperar o livro. E se eu não voltar até lá, você pode realizar a eliminação conforme planejado.

O Dr. Estatos olhou para Brystal e esfregou o queixo enquanto considerava.

– Tudo bem – disse ele. – Se você recuperar o Livro da Feitiçaria e retirar as habilidades mágicas do Sr. dos Fenos, pouparemos a vida dele. No entanto, não podemos esperar uma semana e arriscar a possibilidade de ele iniciar outro incêndio. Devemos prosseguir com a eliminação conforme planejado e esperar que você encontre o livro antes que nós o encontremos. Está claro?

Brystal sentiu como se tivesse levado um soco no estômago. Ela não achava que a pressão de encontrar o Livro da Feitiçaria poderia ser maior do que já era, mas que escolha ela tinha?

– Eu entendo – disse ela.

O Imperador da Honra estava ficando mais tenso a cada segundo. Obviamente, o Livro da Feitiçaria era o livro que ela estava procurando na Biblioteca de Via das Colinas, mas isso foi dias antes dos incêndios de Mão de Ferro. Independentemente do que ela dissera aos alquimistas, ele sabia que Brystal tinha mais planos para o livro do que ela estava deixando transparecer. Ele podia *farejar* o desespero dela.

– *Isso é um absurdo!* – Sete proclamou. – Nós não podemos confiar *nela* com o Livro da Feitiçaria! Se ela sobreviver à jornada, quem sabe o que ela pode fazer com isso!

– Nós certamente sabemos o que *você* faria com isso! – Lucy disparou.

– O Imperador da Honra e a bruxa gorda têm razão – disse o Chefe Troll. – Eu confio na Fada Madrinha, mas e se o livro cair nas mãos erradas? Ninguém deveria ter esse tipo de poder!

– Eu concordo com o Chefe Troll – o Goblin Ancião disse. – Se a Fada Madrinha encontrar o Livro da Feitiçaria, depois que ela usar o feitiço no amigo dela, o livro deve ser guardado em algum lugar seguro!

– Ficaríamos felizes em manter o livro aqui conosco – disse o Dr. Estatos.

– E como podemos confiar em *vocês*? – Sete zombou.

– Como este instituto prova, os alquimistas podem ser confiáveis para *muitas coisas* que o resto do mundo não está pronto para lidar – disse o Dr. Estatos. – Todos vocês têm minha palavra: o Livro da Feitiçaria será mantido seguro e fielmente cuidado.

Sete esbravejou, ainda insatisfeito.

– *Mas* – ele continuou – não há nada que impeça a Fada Madrinha de usar o Livro da Feitiçaria *antes* do feitiço no amigo dela!

– Talvez possamos enviar alguém para supervisionar a Fada Madrinha – o Dr. Estatos sugeriu.

O Imperador da Honra ficou quieto enquanto considerava. Quanto mais ele pensava sobre isso, mais um sorriso sinistro se espalhava em seu rosto.

– Sim, isso é *exatamente* o que devemos fazer – disse Sete. – Cada um de nós deve enviar um *designado* com a Fada Madrinha para garantir que ela cumpra sua palavra.

As fadas e bruxas gemeram com a proposta.

– Por que não colocar um sino no pescoço dela de uma vez?! – Lucy berrou.

– Não é totalmente irracional – disse o Dr. Estatos. – Fada Madrinha, você tem alguma objeção em ser acompanhada por designados?

Naturalmente, Brystal tinha *muitas* objeções a viajar com acompanhantes, mas ela faria *qualquer coisa* para colocar as mãos no Livro da Feitiçaria – e ela nunca chegaria lá sem a ajuda do Dr. Estatos.

– Eu não me importo – disse ela e olhou para Sete. – Na verdade, a companhia será *bem-vinda*. Vou precisar de toda a ajuda que conseguir.

– Muito bem – disse o Dr. Estatos. – Se quiserem, cada rei pode nomear um designado para viajar com a Fada Madrinha ao Templo do Conhecimento.

Os representantes conversaram em particular com seus convidados para determinar quem deveria se juntar à missão. Brystal e Lucy puxaram as fadas e bruxas para um amontoado apertado.

– Brystal, você tem certeza de que está pronta para isso? – perguntou Smeralda. – Você não deveria enviar uma de *nós* ao templo para continuar procurando pela Imortal?

– Claro que não – disse Brystal. – O templo é perigoso e eu tenho menos de duas semanas de vida de qualquer maneira. Se eu não voltar até lá, você pode enviar outra pessoa em meu lugar. Mesmo que eu não consiga o Livro da Feitiçaria, espero que eu possa tornar o templo mais seguro para quem me substituir. Enquanto isso, o restante de vocês precisa procurar por Áureo. Precisamos localizá-lo e mantê-lo em algum lugar onde os alquimistas não o encontrem.

As fadas e bruxas assentiram.

– Quem vai ser a designada das bruxas? – perguntou Tangerin.

– Obviamente, *eu* sou a melhor escolha – disse Malhadia.

– Não, *eu* sou a melhor escolha! – disse Brotinho.

– Vocês duas estão loucas? – Lucy perguntou a elas. – Vocês são *inflamáveis*! Não vou mandar vocês para um templo com um dragão cuspidor de fogo. *Eu vou*.

– Lucy, não! – disse Brystal. – Eu não posso deixar você fazer isso... é muito perigoso!

– E eu não posso deixar você enfrentar um dragão sozinha! – disse Lucy. – Além disso, a decisão não é sua. O Rei Bruxo que mandou.

Brystal suspirou e balançou a cabeça, mas sabia que não adiantava discutir com ela.

– Obrigada, Lucy – disse ela. – Eu realmente vou te dever uma se sobrevivermos a isso.

Lucy sorriu.

– Vou colocar na sua conta – disse ela.

Após vários minutos de deliberação, todos os representantes tomaram suas decisões.

– Acredito que todos vocês fizeram escolhas sábias – disse o Dr. Estatos. – Qual bruxa o Rei Bruxo selecionou?

– Eu estarei representando as bruxas – Lucy disse.

– Muito bem – perguntou o Dr. Estatos. – Rei do Norte?

– O Reino do Norte enviará Sir Chuvo – disse o Rei Branco, e acenou para o cavaleiro que estava ao lado dele. – Dois anos atrás, ele foi fundamental para me ajudar a lutar contra a Rainha da Neve. Se alguém pode enfrentar um dragão e viver para contar a história, é ele.

– Rei do Leste?

– O Reino do Leste enviará Sir Marreto – disse a Princesa Proxima, e virou-se para o guarda atrás dela. – Ele tem protegido a mim e minha avó por toda a minha vida. Eu confiaria o Livro da Feitiçaria a ele mais do que qualquer outra pessoa no mundo.

– Rei do Oeste?

– O Reino do Oeste enviará Sir Madeiro – disse o Rei Guerrear, e gesticulou para o soldado ao seu lado. – Ele é tão perspicaz quanto corajoso e facilmente superará ou vencerá o que quer que o templo tenha reservado.

– Rei do Sul?

O Imperador da Honra acenou para o esqueleto alto que o protegia.

– *Ele*... quem quer que seja – disse ele.

– Rei dos Trolls?

– A Terra dos Trolls enviará Abóbora – o Chefe Troll disse, e deu um tapa nas costas do troll ao lado dele. – Embora pequeno e fedorento, Abóbora é o protetor mais feroz e leal que já tive.

– Rei dos Goblins?

– A Terra dos Goblins enviará Gobriella – o Goblin Ancião disse, e apontou para sua companheira. – Ela é a guerreira mais forte e barulhenta que os goblins já conheceram e estou confiante de que ela retornará, mesmo que os outros não.

– Fico honrada em *SERVIR*! – Gobriella gritou, e todos na sala taparam os ouvidos.

– Rei dos Anões?

– A Terra dos Anões enviará Maltrapilho, o Menor – disse o Sr. Ardósio, e deu um tapinha no ombro do anão que estava ao lado dele. – Não deixem que a altura dele os engane. Maltrapilho é magistral com a picareta. O dragão não o verá chegando.

– Rei dos Ogros?

– Se estiverem de acordo, acho que vou ficar de fora dessa missão – disse ele. – Eu mal caibo na carruagem... provavelmente só vou atrapalhar.

– Tudo bem por mim – disse o Dr. Estatos. – E, finalmente, quem o Rei dos Elfos enviará?

– A Terra dos Elfos enviará o Príncipe Elfon – o Rei Elfino anunciou, e então lançou ao filho um olhar muito severo. – Não me decepcione.

O Príncipe Elfon engoliu em seco.

– Eu não vou, pai.

Os outros ficaram surpresos que o rei elfo tivesse escolhido seu próprio filho, mas ninguém parecia mais surpreso do que o próprio príncipe.

– Muito bem – disse o Dr. Estatos. – Os designados partirão para o Templo do Conhecimento imediatamente e, enquanto isso, os alquimistas e eu começaremos a procurar o Sr. dos Fenos.

O alquimista bateu na mesa com a bengala como um juiz com um martelo.

– A Conferência dos Reis está encerrada – declarou.

Brystal fechou os olhos e respirou fundo.

– *Aguente firme, Áureo* – ela sussurrou para si mesma. – *A ajuda está a caminho.*

Capítulo Nove

Cuidado onde pisa

— *Áureo? Áureo?*

Áureo esperava que tudo tivesse sido um pesadelo. Enquanto dormia, era assombrado por imagens de prédios em chamas, sons de pessoas gritando e cheiro de terra queimada. Infelizmente, quando os olhos de Áureo se abriram, o pesadelo acordou com ele.

A princípio, Áureo não sabia onde se encontrava. Ele estava exausto, sua cabeça latejava e todo o corpo dele doía como se tivesse corrido uma maratona. Rapidamente se sentou e olhou em volta para saber que lugar era esse. Estava dormindo em uma pilha de feno no último andar de um velho moinho. Ele se levantou e olhou pela janela mais próxima. O moinho de vento estava no meio de um campo e cercado por uma floresta alta, mas em *qual* floresta ele não sabia dizer. Era noite, e o sol começava a se pôr ao longe.

Áureo verificou seu corpo e viu que ele ainda estava usando o disfarce civil do Reino do Leste, embora estivesse chamuscado e coberto de cinzas. Estranhamente, ele também estava usando um medalhão de cristal com uma fita vermelha no pescoço. Depois de olhar uma vez para o medalhão, todas as lembranças da longa noite e do início da manhã voltaram correndo.

– Áureo? Você está aí?

Áureo deu um pulo ao som da voz. Ele pensou que era parte de seu sonho, mas estava vindo de *algum lugar no moinho de vento abaixo dele*! Áureo desceu cautelosamente a escada e inspecionou os andares inferiores. Cada nível estava completamente vazio, exceto por teias de aranha e engrenagens enferrujadas.

– Áureo, se você pode me ouvir, me dê um sinal! – a voz persistiu.

– Ele d-d-definitivamente não está ali – disse outra.

– Este moinho de vento está tão vazio quanto a promessa de um político! HA-HA! – riu a terceira voz.

– Devemos seguir em frente – sugeriu a quarta. – De acordo com o mapa, parece que há um celeiro a cerca de um quilômetro e meio de distância. Talvez ele esteja lá?

– Não, esperem! – a primeira voz insistiu. – Estou sentindo algo diferente neste lugar.

– Pode ser azia – disse a segunda.

Áureo finalmente chegou ao térreo. O primeiro nível do moinho de vento abrigava uma pequena sala de estar, mas além de uma mesa e algumas cadeiras, era tão vazio quanto os outros andares. No entanto, algo estranho chamou a atenção de Áureo. Em um canto da sala havia um espelho de corpo inteiro, mas em vez de ver seu próprio reflexo, ele viu o reflexo de uma *amiga*.

– *Horizona?* – ele disse em choque.

– Áureo! Que bom que você está bem! – ela exclamou, e então olhou por cima do ombro. – Viram? Eu disse que estava sentindo algo! E não era azia!

No espelho, Horizona se juntou aos reflexos da Sra. Vee, Pi e Belha. Além delas, Áureo podia ver a mobília de vidro do escritório de Brystal. Ele esfregou as têmporas doloridas, preocupado que pudesse estar tendo alucinações.

– Como eu estou vendo vocês agora? – Áureo perguntou.

– Nós estamos usando um *es-e-espelho m-mágico*! – Belha disse.

– Não é legal? – Pi disse. – Isso nos permite ver através de qualquer outro espelho do mundo!

– Mas como vocês me encontraram? – Áureo perguntou.

– Estamos seguindo sua estrela no Mapa da Magia o dia todo, mas no início da tarde ela desapareceu! – Horizona disse. – Foi quando a Sra. Vee recomendou que usássemos o espelho para encontrar você. Então começamos a espiar em todas as casas e lojas perto do local onde você desapareceu!

Áureo coçou a cabeça.

– Vocês estavam espiando as casas das pessoas? Isso não é uma violação de privacidade?

As fadas e bruxas se entreolharam com olhares culpados.

– Sra. Vee, você *sempre* teve um espelho mágico? – perguntou Áureo.

– Eu esqueci que tinha um guardado – a Sra. Vee disse com um encolher de ombros. – Quando eu era mais jovem, eu estava loucamente apaixonada por um vendedor ambulante. Infelizmente, ele tinha a reputação de ser *bastante* mulherengo. Então eu adquiri um espelho mágico para espioná-lo enquanto ele estava viajando.

– E o que aconteceu? Ele foi infiel? – Áureo perguntou.

– Eu não sei... eu tive um caso com outro e esqueci dele completamente! *HA-HA!* – A governanta riu. – Mas isso é uma história para outra hora. Estou tão feliz em ver que você está bem!

Áureo desceu da escada e se arrastou para mais perto dos reflexos de seus amigos – mas, estranhamente, ele nunca deixou seus pés tocarem o chão. Ele pulou de cadeira em cadeira, banquinho em banquinho, e então se ajoelhou em cima de uma mesa na frente do espelho.

– Por que você está subindo pelos móveis? – Pi perguntou. – Há ratos aí?

– Não, não posso deixar meus pés tocarem o chão... *é aí que começa*! – ele explicou.

– É quando começa *o quê*? – Horizona perguntou.

– O fogo! – Áureo exclamou. – Mas não está vindo de mim! Olhem! Eu posso provar!

Ele segurou o medalhão de cristal em volta do pescoço e Horizona instantaneamente o reconheceu.

– Você está usando seu antigo Medalhão Anulador! – ela observou.

– É assim que eu sei que o fogo não está vindo de mim! – ele disse. – Estou usando o medalhão desde esta tarde, mas o fogo ainda aparece sempre que faço contato com o solo!

As fadas e bruxas ficaram absolutamente perplexas. Elas tinham tantas perguntas que não sabiam qual fazer primeiro.

– Espere, Áureo, comece desde o início – disse Horizona. – Sme nos contou *o que ela* viu ontem à noite, mas queremos ouvir de você.

Áureo respirou fundo e balançou a cabeça, ele mesmo ainda tentando processar.

– Eu estava dormindo no meu quarto na taverna, quando, de repente, acordei e descobri que o aposento inteiro estava pegando fogo! – ele lembrou. – Tentei apagar com magia, mas as chamas não paravam! Sme e eu alertamos o resto da taverna e colocamos os convidados em segurança, mas quando estávamos do lado de fora, o fogo estava se espalhando por toda parte! *Ele até nos perseguiu na rua!* Então corremos! Mas o fogo nos seguiu! Atravessamos o Rio do Leste e as chamas se moveram pela superfície da água! *Eu nunca vi fogo fazer isso antes!* Eu não sabia mais o que fazer, então continuei correndo! Corri por quilômetros e quilômetros pelo campo, mas o fogo não diminuía. Finalmente, ele me alcançou e me cercou completamente! Subi em uma árvore para escapar e, assim que cheguei ao topo, olhei para baixo e vi que o fogo havia desaparecido.

– Que infernal! – a Sra. Vee disse. – Sem trocadilhos. *HA-HA!*

– Fiquei horas naquela árvore – continuou Áureo. – Quando desci e coloquei os pés no chão, as chamas voltaram quase instantaneamente! Seja qual for a razão, sempre que faço contato físico com o solo, *o fogo reaparece*! Naquele momento, eu ainda estava com medo de ser eu quem estava causando isso. Eu precisava parar minha magia até descobrir o que estava acontecendo. Então viajei para o Reino do Norte – saltando de pedra em pedra e de tronco em tronco – e fui para a montanha onde lutamos contra a Rainha da Neve. Encontrei o sumidouro onde Palva foi enterrada e recuperei meu Medalhão Anulador no esqueleto dela! Mas, mesmo com o Medalhão Anulador pendurado no pescoço, o fogo *ainda* volta sempre que meus pés tocam o chão! Agora tenho certeza que *o fogo não está vindo de mim*! Como eu poderia criá-lo sem magia?

As fadas e bruxas ficaram surpresas com a história de Áureo e levaram um momento para reunir seus pensamentos.

– Então *é* por isso que você desapareceu do Mapa da Magia – Pi disse. – O medalhão anulou sua magia *e* sua localização!

– Mas Áureo, você disse que estava *dormindo* quando o fogo começou – disse Horizona. – Então seus pés não estavam no chão, certo?

– Não, mas meu quarto ficava no porão – disse Áureo. – Seja o que for, deve ter me encontrado quando eu estava no subsolo! E está me seguindo desde então!

– Mas, se não está vindo de você, o que está causando isso? – Pi perguntou.

– Não faço ideia – disse Áureo. – Mas eu não vou deixar este moinho de vento até que o detenhamos!

– Temos que contar para Brystal e Lucy! – disse Horizona. – Elas precisam compartilhar isso com a Conferência dos Reis antes que seja tarde demais!

Áureo franziu a testa.

– O que é a Conferência dos Reis? – ele perguntou.

– A Co-C-Conferência dos Reis é um c-c-conselho de elites! – Belha deixou escapar. – Eles acham que você c-co-começou o incêndio e tem medo que d-d-destrua o mundo! Eles estão de-d-decidindo seu destino enquanto conversamos!

– O QUÊ? – Áureo gritou aterrorizado. – O que você quer dizer com eles estão decidindo meu destino?! Estou em algum tipo de perigo?!

As fadas e bruxas trocaram olhares ansiosos.

– Beeeeeeem, suponho que depende do que a conferência decidir – disse Horizona timidamente. – Espero que Brystal e Lucy convençam os outros representantes de que você é inocente e *não* vai destruir o planeta. Mas se elas não conseguirem…

– Você será caçado como uma ovelha em um covil de l-l-lobo! – Belha declarou.

Áureo não pensou que a situação pudesse piorar, mas depois de ouvir *isso*, sua pele ficou pálida e todo o seu corpo ficou dormente. Ele se levantou de um salto e começou a andar freneticamente pela mesa, planejando seu próximo movimento.

– Eu… eu… eu não posso acreditar que isso está acontecendo comigo! – ele pensou em voz alta. – Eles vão *me matar*! Eu tenho que me esconder até provar que sou inocente!

– Áureo, vamos manter a calma! – disse Horizona. – E daí se as pessoas pensam que você sozinho causou o maior desastre da história mundial? Vida que segue! *Sabemos* que você é inocente, e isso é tudo o que importa.

Ela lhe deu um sorriso doce, como se a confiança delas resolvesse tudo. Áureo ignorou o comentário e continuou cogitando o que aconteceria com ele.

– Sinto muito, meninas, mas ninguém pode saber para onde estou indo, nem mesmo *vocês* – disse ele.

Áureo pegou a cadeira ao lado da mesa e a ergueu sobre a cabeça.

– *Espere!* – Horizona implorou. – *Áureo, não faça isso! Podemos ajudar…*

Áureo jogou a cadeira no espelho. O vidro quebrou, e as fadas e bruxas desapareceram de vista. Áureo sabia que precisava ficar o mais longe possível do moinho de vento – não demoraria muito até que suas amigas viessem encontrá-lo pessoalmente.

Sem tempo para encontrar uma opção melhor, Áureo removeu algumas correntes enferrujadas das grandes engrenagens do moinho de vento e amarrou um banquinho em cada um de seus pés. As pernas de pau improvisadas o faziam cambalear enquanto caminhava, mas permitiam que ele se movesse sem tocar o chão. Dando um pequeno passo de cada vez, Áureo saiu e viajou para a floresta, procurando um lugar onde *ninguém* – nem mesmo o *fogo* – pudesse encontrá-lo.

Capítulo Dez

Rumo ao Nordeste

Depois da Conferência dos Reis, os alquimistas escoltaram os representantes até a frente do instituto, onde as carruagens de bronze e os pássaros mecânicos esperavam a fim de levá-los para casa. Os convidados notaram que outras duas carruagens haviam sido adicionadas à pista de pouso – uma para levar Brystal e os designados ao Templo do Conhecimento, e a outra para levar os alquimistas a Áureo, onde quer que ele estivesse.

O estômago de Brystal estava embrulhado enquanto ela observava os alquimistas encherem a carruagem deles com armas e armadilhas, do tipo que ela nunca tinha visto antes. Havia gaiolas com pontas e fios afiados, canhões de mão em miniatura, espadas e lanças que eram atiradas por molas e bestas com flechas pré-carregadas. Se Brystal não soubesse o que iriam afazer, ela teria pensado que os *alquimistas* estavam prestes a enfrentar um dragão.

– Tudo isso é necessário? – ela perguntou a eles. – Eu pensei que você disse que a eliminação seria a mais rápida e humana possível.

– As armas são apenas uma precaução para nossa segurança – disse o Dr. Estatos. – É sempre bom ter cuidado redobrado ao viajar pelos reinos dos homens. Mas eu lhe asseguro, se encontrarmos o Sr. dos Fenos antes de você retornar com o Livro da Feitiçaria, a eliminação dele será indolor. Será como adormecer e, com sorte, ele nem nos verá chegando.

– Senhor, nossa carruagem está pronta para partir – chamou o Dr. Compostos.

– Esplêndido – disse o Dr. Estatos, e então se dirigiu aos representantes. – Suponho que é hora de nos despedirmos e seguirmos nossos caminhos separados.

Ao longo da pista de pouso, os designados se despediram de seus superiores. Sir Chuvo, Sir Marreto e Sir Madeiro curvaram-se e beijaram as mãos dos respectivos soberanos; Sr. Ardósio e Maltrapilho se saudaram com as picaretas; o Chefe Troll e Abóbora bateram chifres como cavalos de duelo; e o Goblin Ancião e Gobriella bateram na barriga um do outro e bufaram como porcos.

No entanto, nem todos os representantes se despediram adequadamente dos designados. O Rei Elfino não disse uma palavra ao Príncipe Elfon. Ele apenas olhou para o filho com uma carranca de desaprovação, como se ele *já* tivesse falhado na missão. O Imperador da Honra nem mesmo reconhecia quem era seu soldado morto. Em vez disso, os olhos de Sete permaneceram fixos em Brystal, enquanto ele a observava com um sorriso sinistro.

– Ele está sempre tramando alguma coisa, não é? – Brystal disse às amigas.

As fadas e bruxas estavam muito preocupadas com *ela* para se importar com o Imperador da Honra.

– Vai ficar tudo bem – Brystal assegurou a elas, embora ela mesma não tivesse certeza se acreditava nisso. – Sei que há muito com o que se preocupar, mas vamos superar isso. Sempre superamos.

– Nós vamos? – perguntou Tangerin. – Até ontem só estávamos preocupadas em perder *você*... e isso era difícil o suficiente de engolir. Não consigo imaginar como seria perder você, Lucy *e* Áureo na mesma semana! O Conselho das Fadas nunca mais seria o mesmo.

Até então, Brystal não tinha pensado em como os amigos deviam estar se sentindo horríveis. Independentemente do que aconteceria no Templo do Conhecimento, Brystal sabia que sua vida ia acabar – ela já tinha aceitado isso –, mas seus amigos ainda eram movidos pela *esperança*. E se Brystal não recuperasse o Livro da Feitiçaria a tempo, *eles* teriam que lidar com tudo que *Brystal* não conseguiu resolver. Ela acenou para as fadas e bruxas ao lado da pista de pouso, onde os alquimistas e representantes não podiam ouvi-los, para uma última conversa estimulante.

– *Não podemos deixar o medo obscurecer nosso foco* – ela sussurrou. – *Se há uma coisa que o ano passado me ensinou, é como a vida parece complicada quando o medo toma as rédeas. E nosso objetivo é muito mais simples do que nossos medos gostariam que acreditássemos. Primeiro, temos que encontrar Áureo e mantê-lo seguro. Segundo, temos que pegar o Livro da Feitiçaria.* E é isso. *Se conseguirmos essas duas coisas, tudo ficará bem.*

As fadas e bruxas assentiram, mas lágrimas brotaram nos olhos delas.

– Nos prometa que você vai voltar – disse Smeralda, dando o seu melhor para não chorar. – Nos prometa que isso não é um *adeus*.

Brystal e Lucy se entreolharam, mas não era uma promessa que pudessem fazer.

– Ah, relaxem. – Lucy deu uma risada. – Vocês não vão se livrar de nós *tão* facilmente. Eu já briguei com mães de artistas juvenis que queriam tratamento especial para os filhos; elas eram *muito* mais assustadoras do que dragões.

O lábio inferior de Tangerin estremeceu e lágrimas escorreram pelo rosto dela.

– Você é horrível, Lucy... mas você é a *nossa* horrível! – ela disse, chorosa. – Com quem eu vou brigar se você morrer?

Tangerin jogou os braços ao redor de Lucy e soluçou no ombro dela. As fadas e bruxas ficaram surpresas com o gesto emocional – especialmente Lucy.

– Pronto, pronto – Lucy a confortou. – Você vai encontrar alguém tão terrível quanto eu.

– Não, eu não vou. – Tangerin fungou. – Você é simplesmente a pior.

– Digo o mesmo de você – Lucy respondeu.

As duas trocaram um sorriso doce, sabendo que cada uma queria dizer isso de coração.

– Não podemos prometer nada, mas *vocês* podem – disse Brystal. – Mesmo que Lucy e eu *não* voltemos do Templo do Conhecimento, e mesmo que os alquimistas *eliminem* Áureo, nos prometam que vocês não deixarão nenhuma dor impedi-las de alcançar nosso objetivo... me prometam que vocês encontrarão o Livro da Feitiçaria e o usarão para destruir o Exército da Honra Eterna.

As fadas e bruxas se entreolharam e deram a Brystal um assentida confiante.

– Nós prometemos – disse Smeralda.

– Mas, se vocês *morrerem*, Brotinho e eu podemos ficar com os quartos de vocês? – Malhadia perguntou.

– Claro – disse Lucy com um encolher de ombros desajeitado. – Mas não faça nada de estranho com minha coleção de tampinhas de garrafa. Vai valer alguma coisa. Algum dia.

Brystal viu que os outros designados estavam começando a se reunir ao redor da carruagem.

– Bem, é isso – disse ela. – Nos desejem sorte.

Brystal e Lucy se despediram das fadas e bruxas. Quando chegaram à carruagem, as meninas sentiram que já havia tensão entre os colegas designados. Embora as fadas mantivessem boas relações com os outros reinos, havia uma longa e complicada história entre as espécies.

Gobriella, Maltrapilho, Abóbora e o Príncipe Elfon estavam em um grupo, enquanto Sir Chuvo, Sir Marreto e Sir Madeiro estavam em outro. Os homens e as criaturas falantes não conversavam entre si, mas estavam envolvidos em um fogo cruzado de olhares feios.

– Olá a todos – disse Brystal com um aceno amigável. – Antes de partirmos, quero agradecê-los por terem vindo. Estou muito grata pela ajuda.

Sir Chuvo, Sir Marreto e Sir Madeiro riram dela zombeteiramente.

– Tem alguma coisa engraçada? – Lucy perguntou.

– Por favor, não aja como se estivéssemos fazendo um *favor*, Fada Madrinha – Sir Chuvo disse. – Nós não estaríamos nesta missão a menos que nos ordenassem.

– E se algo perigoso *aparecer*, apenas deixe que lidemos com isso – disse Sir Marreto. – Gostaríamos de voltar inteiros e não precisamos de um grupo de *donzelas* e *feras* no nosso caminho.

Lucy cruzou os braços.

– Quem você está chamando de *donzela*? – ela perguntou.

– *Donzelas* pode ser um exagero, mas *bestas* está bem colocado – Sir Madeiro zombou. – Dê uma olhada naquela goblin. Ela parece um urso e com rosto de um porco!

BOOM! Antes que Brystal ou Lucy pudessem reagir à grosseria dos cavaleiros, Gobriella investiu contra eles. *TUM!* Com um golpe rasteiro de seu cajado, a goblin acertou as pernas dos três cavaleiros, derrubando-os no chão. Gobriella inclinou-se sobre eles, erguendo ambos os punhos.

– Estão vendo ESSES dois aqui? – ela perguntou a eles. – Esse é *IRA* e esse é *VINGANÇA*! Abram a boca novamente e eu ficarei feliz em APRESENTÁ-LOS a vocês!

Os cavaleiros permaneceram no chão até que Gobriella recuasse. Lucy virou-se para Brystal com um grande sorriso.

– *Eu gosto dela* – Lucy sussurrou.

Brystal gemeu.

– *Esta vai ser uma longa viagem* – ela sussurrou em resposta.

Do outro lado, o Dr. Compostos, o Dr. Tornatos e o Dr. Animatos embarcaram na carruagem com todas as armas. O Dr. Estatos caminhou com dificuldade em direção aos designados e, com um toque de sua bengala, as portas da carruagem se abriram sozinhas.

– Receio que a carruagem não seja grande o suficiente para acomodar todos vocês – disse o alquimista. – Alguns de vocês terão que montar nos Magibôs.

– Fazemos questão – disse Sir Chuvo.

Os cavaleiros ficaram felizes em se separar das criaturas falantes e subiram em cima dos pássaros mecânicos. Os designados se espremiam dentro da carruagem, mas ainda sentiam falta do soldado morto do Império da Honra. Brystal olhou para a pista de pouso e viu que Sete estava sussurrando algo no ouvido do esqueleto. Quando terminou, o Imperador da Honra empurrou o soldado morto em direção à carruagem. O esqueleto entrou e sentou-se com os outros. O cheiro do cadáver em decomposição do soldado instantaneamente fez os designados sentirem náuseas.

– Nós *definitivamente* precisamos abrir uma janela ou algo assim – disse Lucy.

Brystal acenou com a varinha e mascarou o cheiro do esqueleto com um perfume floral. Assim que todos estavam a bordo, a porta da carruagem se fechou. Brystal usou o pé para impedir que fechasse e olhou para o Dr. Estatos.

– Você vai nos dizer como chegar ao Templo do Conhecimento? – ela perguntou.

– Os Magibôs foram instruídos a voar para o nordeste – disse o alquimista.

Brystal esperou por mais instruções, mas foi tudo o que o Dr. Estatos disse.

– É isso? – ela perguntou. – Nós apenas voamos para nordeste e encontraremos o templo?

– Não – disse o Dr. Estatos. – Voem para o nordeste e o *Templo* encontrará vocês.

As instruções simples deixaram Brystal um pouco inquieta, mas ela levantou o pé e permitiu que a porta da carruagem se fechasse. O Dr. Estatos voltou cambaleante pela pista de pouso e juntou-se ao Dr. Compostos, Dr. Tornatos e Dr. Animatos na outra carruagem. Dois sinos anunciaram a partida dos veículos e os dois conjuntos de pássaros mecânicos avançaram. As carruagens subiram ao céu, uma levando os designados para o Nordeste e a outra levando os alquimistas para o Noroeste.

Os representantes e os alquimistas restantes acenaram para os veículos enquanto eles desapareciam em horizontes opostos. Uma vez que eles estavam fora de vista, os alquimistas restantes voltaram para o instituto e os convidados foram para as carruagens que os levaria para casa. Quando as fadas e bruxas entraram, notaram que o Imperador da Honra e o Rei Elfino ficaram para trás. Os homens estavam no meio de uma conversa particular e, a julgar pela proximidade um do outro, era *claramente* uma conversa que não queriam que mais ninguém ouvisse.

– Brystal estava certa – disse Smeralda. – Sete está absolutamente tramando alguma coisa.

– Ai, *Deeeeeus* – Tangerin grunhiu. – Ele não pode parar de ser mau?

O diálogo de Sete e do Rei Elfino terminou em um aperto de mão. Os homens discretamente seguiram caminhos separados, como se a conversa nunca tivesse acontecido.

– Parece que o Rei Elfino também não é dos melhores – disse Malhadia.

– Mas o que o rei elfo poderia querer com o Imperador da Honra? – Brotinho perguntou.

Smeralda estudou os homens com um olhar desconfiado, fazendo a mesma pergunta.

– Eu não sei – disse ela. – Mas devemos ficar de olho em *ambos* até que Brystal volte.

• • ★ • •

TIQUE-TAQUE... TIQUE-TAQUE... TIQUE-TAQUE...

Brystal não sabia se sua ansiedade estava pregando peças nela, ou se era apenas pela carruagem ser um ambiente pequeno e apertado, mas ela poderia jurar que seu relógio de bolso estava tiquetaqueando muito mais alto do que o habitual.

TIQUE-TAQUE... TIQUE-TAQUE... TIQUE-TAQUE...

Ela tentou ao máximo ignorar o som assustador, mas algo nele parecia mais persistente, como se o relógio *quisesse* ser ouvido. O barulho era praticamente um convite para que seus pensamentos perturbadores ressurgissem. Com cada tique-taque, ela podia sentir a maldição ficando mais forte dentro da mente dela.

TIQUE-TAQUE... TIQUE-TAQUE... TIQUE-TAQUE...

Ora, ora, ora...

Não é uma reviravolta inesperada?

Você finalmente encontrou a localização do Livro da Feitiçaria...

Mas você pode perder um amigo antes de encontrá-lo...

A vida é sempre um jogo de dar e receber...

Mas *você* tem o suficiente para dar?

TIQUE-TAQUE... TIQUE-TAQUE... TIQUE-TAQUE...

Você consegue sobreviver ao Templo do Conhecimento?

Improvável...

Você pode salvar Áureo?

Discutível…

Você pode parar o Imperador da Honra antes que a Morte a pegue?

Impossível.

TIQUE-TAQUE… TIQUE-TAQUE… TIQUE-TAQUE…

Sim, eu posso, Brystal disse a seus pensamentos.

E depois que Áureo for salvo…

Depois que descobrirmos a verdadeira fonte do fogo…

Depois que finalmente acabarmos com Sete e seu Exército da Honra Eterna…

Você não terá nada para me provocar…

E eu passarei meus últimos momentos em paz.

TIQUE-TAQUE… TIQUE-TAQUE… TIQUE-TAQUE…

Espero que você esteja certa…

Você não tem tempo para errar…

Mais onze dias…

Isso é tudo que você tem…

Boa sorte...

Você vai precisar.

TIQUE-TAQUE... TIQUE-TAQUE... TIQUE-TAQUE...

Finalmente, os pensamentos perturbadores desapareceram e deixaram Brystal em paz. Enquanto ela suspirava de alívio com o silêncio em sua mente, Lucy suspirou com inquietação devido ao silêncio na carruagem. Os designados estavam viajando há horas e não haviam trocado uma única palavra.

– Entããããão – Lucy disse para quebrar o silêncio. – Alguém interessado em um jogo?

– Eu amo *JOGOS*! – Gobriella declarou.

A voz alta da goblin fez os outros designados se encolherem.

– Você sempre fala assim? – o Príncipe Elfon perguntou.

– Assim *COMO*? – perguntou Gobriella.

– Como se você estivesse gritando para fazer eco em um longo túnel – o elfo disse.

Gobriella deu de ombros.

– Eu sou uma goblin... estamos *SEMPRE* gritando, fazendo eco por longos túneis – ela disse. – Agora, que jogo queremos *JOGAR*? Devo avisar que sou *MUITO COMPETITIVA* e não tolero *TRAPAÇAS*! A última pessoa que me enganou perdeu as *UNHAS DO PÉ!*

– Nesse caso, *não* vamos jogar um jogo – disse Lucy. – Por que não conversamos e nos conhecemos? Eu vou primeiro. Eu sou a Lucy Nada e tenho quinze anos. Todos vocês me conhecem como membro do Conselho das Fadas, mas antes disso, eu era tamborinista da mundialmente famosa Trupe do Nada.

– Nunca ouvi falar deles – Abóbora resmungou.

– E com *essas* orelhas, eu imagino que você já ouviu quase tudo – o Príncipe Elfon zombou.

– Olha quem está falando, ninfa das árvores de orelhas pontudas! – disse Abóbora.

O Príncipe Elfon ofegou.

– Como ousa! – ele exclamou. – Eu diria que isso foi um golpe baixo, mas provavelmente é o mais alto que você poderia alcançar!

Lucy rapidamente mudou de assunto antes que uma briga física começasse.

– Então, *Gobriella* – ela disse com uma risada nervosa. – Você certamente ensinou uma lição aos cavaleiros no instituto. Além de ser minha heroína, o que você gosta de fazer para se divertir?

– Eu gosto de *LUTAR!* E *GANHAR!* – disse a goblin. – E não necessariamente nessa *ORDEM!*

Lucy assentiu educadamente.

– Ótimas atividades – disse ela. – Você também deve gostar de se exercitar para ter um corpo tão musculoso. Todos na sua família são tão grandes e fortes quanto você?

– Eu não tenho *FAMÍLIA* – Gobriella disse. – Eu comi todos os meus irmãos no *ÚTERO!*

Lucy engoliu em seco.

– E seus pais?

– Sem *PAIS*! – disse Gobriella. – Eu ainda estava com fome quando *SAÍ!*

Os passageiros se afastaram da goblin o máximo que puderam.

– Abóbora, conte-nos mais sobre você – Lucy perguntou. – Você tem algum passatempo especial?

– Na verdade, eu gosto de escrever poesia – disse o troll.

– Sério? – Lucy perguntou. – Alguma coisa que você gostaria de compartilhar conosco?

Abóbora se ajeitou empolgado em seu assento e tirou um pedaço de pergaminho dobrado do colete de pele. O troll limpou a garganta – o que soou como uma hiena engasgada – e leu alguns poemas em voz alta.

"Trolls amam esgoto,
Trolls amam escavar,
Trolls amam desgosto,
Trolls amam escravizar.

Cachorrinhos são peludos,
Gatinhos são preciosos,
Coelhinhos são felpudos,
E todos são deliciosos.

Seus dentes estão estragados,
E afiados como espinheira,
Sua barba é cheia de fiapos,
Por isso te amo, minha companheira."

Os designados ficaram em um silêncio constrangedor, muito perturbados pela poesia do troll. Gobriella, por outro lado, enxugou as lágrimas dos olhos.

– São *LINDOS*, Abóbora! – disse a goblin. – *BRAVO!*

– Profundo – disse Lucy. – Vou pensar nisso por um tempo.

– Especialmente nos meus pesadelos – disse o Príncipe Elfon.

Abóbora tomou o comentário do elfo como um elogio.

– Obrigado – disse ele timidamente, e enfiou seus poemas de volta no colete.

– E você, Vossa Alteza? – Lucy perguntou ao elfo. – Quais são seus interesses?

– *Privacidade* – o Príncipe Elfon disse com um olhar frio.

– Entendi – disse Lucy. – Por último, mas não menos importante, temos Maltrapilho. Existe um fato divertido que você gostaria de compartilhar? Como você conseguiu um nome como *Maltrapilho*, afinal?

– Eu era uma criança horrível – disse o anão.

– E o que você gosta de fazer quando não está cavando nas minas? – Lucy perguntou.

Maltrapilho olhou seus companheiros de viagem com um olhar julgador, imaginando se eles eram dignos da confiança dele.

– Não tenho certeza se devo contar ou não – disse ele. – A maioria das pessoas não consegue lidar com isso.

O comentário fez com que todos se sentassem na ponta dos assentos, curiosos.

– Ok, agora você *tem* que nos dizer – disse Lucy.

Maltrapilho olhou cautelosamente para a esquerda e para a direita, depois se inclinou para perto dos outros, como se as nuvens do lado de fora estivessem ouvindo.

– Procuro pelo *povo toupeira* – disse o anão.

– Pelo *quê*? – perguntou Abóbora.

– *O povo toupeira!* – Maltrapilho repetiu. – Eles são uma sociedade secreta que vive nas profundezas do solo. Alimentam-se de raízes de árvores e recrutam crianças perdidas para suas colônias. O povo toupeira só vem à superfície para nos sabotar e espalhar o caos. Estão por trás de todos os piores eventos da história; ataques, assassinatos, eleições fraudulentas, e por aí vai! O povo toupeira quer dominar o mundo e não vai parar por nada até que todos os habitantes do sol... *é assim que eles nos chamam*... sejam destruídos!

Os designados olharam fixamente para Maltrapilho, supondo que o anão estava apenas brincando. Infelizmente, ele não estava – Maltrapilho acreditava em cada palavra da estranha teoria da conspiração.

– Maltrapilho, moro no subsolo e nunca ouvi falar do *POVO TOUPEIRA!* – disse Gobriella.

– Confie em mim, eles definitivamente ouviram falar de *você* – brincou o Príncipe Elfon.

– Você não pode encontrar o que não está procurando – disse o anão.

– E você já viu uma *pessoa-toupeira*? – perguntou Abóbora.

– Não pessoalmente, mas ouvi histórias suficientes para ter certeza – disse Maltrapilho. – Mesmo enquanto conversamos, o povo toupeira está em algum lugar abaixo de nós planejando seu próximo passo! Na verdade, eu não ficaria surpreso se foram *eles* que iniciaram os incêndios pelos quais seu amigo está sendo acusado!

Lucy inclinou-se para Brystal e sussurrou em seu ouvido.

– *Estamos condenados* – disse ela. – *Essas pessoas não são da nata, se é que você me entende.*

– *Eles são apenas um pouco excêntricos... isso é tudo* – disse Brystal.

– *Não é à toa que os representantes os escolheram como designados... eles mal podiam esperar para se livrar deles!* – disse Lucy.

Brystal não respondeu, mas os excêntricos designados estavam começando a lhe deixar com dúvidas sobre a missão também.

• • ★ • •

TIQUE-TAQUE... TIQUE-TAQUE... TIQUE-TAQUE...

A carruagem continuou voando pelo céu sem destino à vista. A cada hora que passava, o sol afundava um pouco mais no horizonte à frente, mas nunca desaparecia. Eles tinham viajado tão distante à nordeste, que Brystal se perguntou se eles eventualmente chegariam ao sudoeste.

Quanto mais a carruagem voava, mais Brystal ficava paranoica, imaginando se não *havia* Templo do Conhecimento. Talvez o Dr. Estatos os tivesse enviado a um beco sem saída? Talvez ele houvesse inventado tudo a fim de ter mais tempo para encontrar e eliminar Áureo? Justo quando Brystal começou a pensar que eles deveriam virar e voltar, Sir Madeiro bateu na janela do lado de fora.

– Fada Madrinha! – o cavaleiro chamou. – Há algo que você deveria ver!

Brystal, Lucy e os outros designados olharam para a janela da frente. Ao longe, flutuando na superfície do oceano, havia uma enorme cúpula branca. Tinha a altura e a largura de uma cordilheira, mas era tão perfeitamente redonda que Brystal sabia que não poderia ser uma formação natural.

– O que é *aquilo*? – Lucy perguntou.

– Parece uma espécie de escudo – disse Brystal.

– Seja o que for, os Magibôs estão nos levando direto para lá – observou Abóbora.

– Nós vamos *BATER?* – perguntou Gobriella.

Brystal deu uma olhada melhor na estrutura misteriosa e descobriu que era feita inteiramente de *nuvens*.

– Acho que não, não parece sólido – disse ela, e a ideia a fez sorrir. – Esperem um segundo... isso não é um escudo, é uma *camuflagem*! A cúpula deve estar *escondendo* o Templo do Conhecimento!

A carruagem seguiu em direção à cúpula e voou por sua superfície espessa e nublada. Estranhamente, mesmo que a cúpula não fosse sólida, Brystal e Lucy sentiram que estavam passando por algo – ou melhor, algo estava passando por *elas*. Um calafrio percorreu os corpos delas, fazendo-as estremecerem e dobrarem os joelhos.

– Vocês sentiram isso? – Lucy perguntou aos outros.

– Sentir o quê? – Maltrapilho perguntou.

– Eu não sei... eu me senti *fraca* de repente – disse Lucy.

– Eu também – disse Brystal.

– Deve ser mal das alturas – disse Abóbora.

Assim que os pássaros mecânicos e a carruagem passaram pela cúpula nublada, eles entraram em um ambiente completamente escondido do resto do mundo. O ar estava esfumaçado e carregava o cheiro de enxofre. As ondas do mar estavam muito mais agitadas e um vento forte sacudia a carruagem. A cúpula protegia uma cadeia de *ilhas* e cada uma delas abrigava um vulcão ativo que lançava um longo rastro de fumaça no céu.

– O que é este lugar? – Lucy perguntou.

Todos os designados ficaram em silêncio absoluto enquanto olhavam para as ilhas misteriosas, fazendo a mesma pergunta. A carruagem começou a descer pelo céu e os Magibôs se prepararam para o pouso.

TIQUE-TAQUE... TIQUE-TAQUE... TIQUE-TAQUE...

– Graças a Deus estamos aqui – disse Abóbora. – Aquele barulho horrível de tique-taque está me deixando louco.

Brystal deu uma olhada dupla.

– *Você* também pode ouvir? – ela perguntou.

– Claro que posso – disse Abóbora.

– Peço desculpas, está vindo do meu relógio – disse ela.

Brystal enfiou a mão no bolso e mostrou ao troll seu relógio de bolso prateado.

Tique... taque... tique... taque...

Abóbora balançou a cabeça.

– Não, não é isso – disse ele. – O que estou ouvindo é mais alto e tiquetaqueando muito mais rápido.

Todos os designados ficaram quietos e notaram o som. Brystal percebeu que o tique-taque persistente *não* vinha de seu relógio de bolso, afinal, era de *outra coisa* dentro da carruagem.

TIQUE-TAQUE... TIQUE-TAQUE... TIQUE-TAQUE...

– Isso é bizarro – disse Brystal. – Não vejo nada que possa estar causando isso.

Abóbora levantou uma das orelhas e seguiu o som, como um cachorro seguindo um cheiro. Ele se moveu por toda a carruagem – rastejando sobre o colo dos outros passageiros – e parou perto do peito do soldado morto.

– Está vindo de dentro *dele*! – o troll declarou.

O soldado morto não se mexia desde que os designados deixaram o instituto – na verdade, muitos deles até esqueceram que ele estava lá. Após a acusação de Abóbora, o esqueleto de repente saltou e recuperou sua espada. Ele balançou a arma contra os designados e eles se abaixaram e desviaram para fora de seu caminho. *BAM!* Gobriella arrancou a espada das mãos ossudas do soldado. Ela colocou um braço em volta do pescoço dele e segurou suas mãos atrás das costas com o outro.

– Parece que o cara morto tem um esqueleto no *ARMÁRIO*! – disse Gobriella.

Enquanto o soldado estava preso, Maltrapilho usou sua picareta para erguer a armadura do torso do esqueleto. Dentro da caixa torácica oca do soldado havia uma engenhoca estranha com vários sacos de pólvora e um relógio.

TIQUE-TAQUE... TIQUE-TAQUE... TIQUE-TAQUE...

– *É uma BOMBA!* – gritou Lucy.

Todos gritaram e imediatamente recuaram.

– *Por que o esqueleto está carregando uma BOMBA?* – perguntou Gobriella.

– *É o povo toupeira!* – exclamou Maltrapilho. – *Eles estão tentando sabotar a missão!*

Brystal grunhiu – ela sabia exatamente por que o soldado estava armado.

– Não, é *Sete*! – ela disse. – É por isso que ele recomendou que eu viajasse com os designados! Ele está tentando me explodir antes de chegarmos ao Templo do Conhecimento!

– *Bem, não fiquem aí parados! Alguém pare essa coisa!* – o Príncipe Elfon gritou.

Brystal pegou sua varinha e acenou para a bomba. Nada aconteceu. Ela acenou uma segunda vez com mais intensidade. Ainda assim, *nada aconteceu*. Mesmo após uma terceira e quarta tentativas, a bomba permaneceu exatamente a mesma.

– Brystal, o que está acontecendo? – Lucy perguntou.

– Minha magia não está funcionando! – ela disse.

Brystal acenou desesperadamente com a varinha uma quinta e sexta vez, mas nada mudou.

TIQUE-TAQUE... TIQUE-TAQUE... TIQUE...

Abóbora suspirou de alívio.

– Ah, que bom, você conseguiu parar – disse ele. – Parabéns.

– Não fui eu! – disse Brystal. – Eu estava tentando transformá-la em um buquê de flores!

TRIM-TRIM-TRIM-TRIM! O tique-taque foi substituído pelo som de um alarme. O soldado morto olhou para os outros passageiros e deu-lhes um estranho aceno de adeus.

– *Ele está prestes a explodir!* – Lucy gritou.

– *O que vamos fazer?* – perguntou o Príncipe Elfon.

– *ABANDONAR NAVIO!* – gritou Gobriella.

A goblin chutou a porta com força. A carruagem instantaneamente se encheu com o vento esfumaçado do lado de fora. Gobriella agarrou Maltrapilho e Abóbora pelos colarinhos e os jogou para fora e então empurrou o Príncipe Elfon em seguida. Brystal bateu na janela da frente para avisar os cavaleiros.

– *Saiam da carruagem!* – ela gritou.

– O quê? – Sir Chuvo gritou de volta.

– *Há uma bomba a bordo!* – Brystal berrou. – *Vocês têm que pular!*

– Não podemos ouvir o que você está dizendo – disse Sir Marreto. – O vento está muito forte!

TRIM-TRIM-TRIM-TRIM! O alarme da bomba se intensificou.

– *TEMOS QUE IR!* – gritou Gobriella.

Antes que Brystal se desse conta do que estava acontecendo, a goblin passou os braços ao redor dela e Lucy, e então pulou para fora. Brystal, Lucy e Gobriella caíram centenas de metros no ar em direção ao oceano agitado abaixo. *BOOM!* A bomba detonou e a carruagem explodiu acima delas. A força da explosão as atingiu como uma parede de tijolos, fazendo com que caíssem ainda mais rápido.

TIBUM! Brystal despencou no oceano... O impacto tirou o ar dos seus pulmões... As ondas quebraram sobre ela, empurrando-a cada vez mais fundo abaixo da superfície... Seu corpo se debateu e girou pela poderosa corrente... A varinha dela escorregou de sua mão e desapareceu nas profundezas do oceano...

Os destroços da explosão caíram na água e afundaram ao redor dela... Brystal tentou nadar até a superfície, mas estava muito fraca... Seus braços e pernas se moviam cada vez mais devagar, e gradualmente ficou quieta... Procurou por Lucy e Gobriella, mas não conseguiu encontrá-las... Tudo o que ela podia ver era o oceano escuro se estendendo por quilômetros ao seu redor...

Capítulo Onze

O príncipe elfo

Áureo passou a noite andando – e, infelizmente, não tinha ido muito longe. Por conta dos banquinhos amarrados aos pés, ele conseguiu se afastar apenas alguns quilômetros do moinho de vento. Quando o sol começou a nascer na manhã seguinte, Áureo ainda estava na mesma floresta da noite anterior, e sabia que era apenas uma questão de tempo até que as fadas e bruxas o alcançassem. Se ele quisesse encontrar um lugar permanente para se esconder, primeiro precisava descobrir um método melhor de transporte. Então Áureo sentou-se em uma pedra para descansar as pernas exaustas e pensar em seu próximo movimento.

Enquanto Áureo contemplava as chances de encontrar uma bicicleta ou uma carruagem puxada por cavalos na floresta, ele se distraiu com o som de batidas. As batidas ficaram mais altas e mais fortes à medida que algo viajava pela floresta. Áureo olhou ao redor, mas não sabia onde se esconder sem fazer o fogo reaparecer – todos os arbustos e pedregulhos próximos estavam muito perto do chão. Sem outra opção, Áureo se pendurou na árvore mais próxima e chutou os bancos de seus pés. Ele subiu até o galho mais alto e se escondeu atrás das folhas.

Algum tempo depois, Áureo ficou surpreso ao descobrir a origem da estranha comoção. Uma carruagem de prata estava sendo puxada pela floresta por seis lebrílopes do tamanho de cães grandes. As lebres com chifres eram conduzidas por um jovem que usava uma armadura quadriculada em preto e branco. O jovem tinha cabelos escuros soltos, grandes olhos cinzentos e um nariz pontudo. Um estilingue e um saco de pedras estavam presos ao cinto. Áureo presumiu que o jovem tinha cerca de quinze anos e, embora não parecesse ameaçador, Áureo permaneceu o mais quieto possível.

Para a consternação de Áureo, quando a carruagem passou por baixo de sua árvore, o jovem puxou as rédeas e seus lebrílopes pararam abruptamente. O jovem cheirou o ar e então examinou a floresta ao redor com uma carranca intensa. Ele desceu da carruagem e inspecionou o chão, passando os dedos sobre os estranhos rastros que Áureo havia deixado na terra. Curioso, Áureo se inclinou alguns centímetros para a direita para olhar mais de perto o jovem, e o galho abaixo dele *rangeu*.

De repente, o jovem virou-se e pegou o estilingue em um movimento rápido. Ele disparou três pedras em sequência diretamente em Áureo. Áureo se abaixou para evitar as pedras e perdeu o equilíbrio.

– *AAAAAAAAAH!* – ele gritou enquanto caía da árvore. Mas, felizmente, sua queda foi interrompida por um espesso arbusto de mirtilo. O jovem imediatamente se inclinou sobre ele, mirando o estilingue na garganta de Áureo.

– Não atire! – ele implorou, e levantou os braços. – Estou desarmado!

O jovem estudou Áureo por um momento. Após uma breve inspeção, ele se afastou e abaixou o estilingue.

– Droga – ele disse baixinho. – Eu estava esperando que você fosse um urso.

– Como? – Áureo perguntou.

– Passei a manhã inteira caçando e pensei que finalmente tinha tido sorte – disse o jovem.

– Desculpe desapontá-lo – disse Áureo.

O jovem inclinou a cabeça como um cachorrinho curioso.

– Por que você estava se escondendo em uma árvore?

Áureo sabia que era péssimo para inventar mentiras – especialmente sob pressão –, mas fez o seu melhor.

– Eu não estava me *escondendo* – ele disse com uma risada ansiosa. – Eu só gosto de subir silenciosamente em árvores para refrescar a cabeça.

O jovem ergueu uma sobrancelha para ele.

– Então você se esforça fisicamente em florestas perigosas para... *relaxar*?

Áureo olhou ao redor da floresta em busca de inspiração para ajudar sua mentira.

– Bem, eu não estava *apenas* relaxando... eu também estava *praticando* – disse ele. – Acontece que eu sou um campeão de escalada em árvores. Está vendo isso? Ganhei na minha última competição.

Áureo mostrou ao jovem o Medalhão Anulador. O jovem não parecia convencido, mas assentiu como se Áureo fosse uma criança mostrando-lhe um brinquedo.

– Um campeão *de escalada em árvores*, hein? – ele perguntou. – Eu não sabia que era um esporte de competição.

– Ah, é de *muita* competição – disse Áureo.

– E você gosta de levar seus prêmios mesmo quando está praticando?

– É uma boa motivação – disse Áureo.

– E para que servem os bancos? Eles também fazem parte do seu *processo de subir em árvores*?

O jovem apontou para os bancos que Áureo havia deixado debaixo da árvore.

– Bem... – disse Áureo enquanto lutava para pensar em uma resposta. – Tecnicamente é trapaça, mas às vezes eu preciso de um impulso. Esta não é uma competição oficial, então não há mal nenhum.

– E por que você tem *dois* deles? No caso de um deles quebrar?

O jovem deu a Áureo um sorriso brincalhão – claramente, ele estava gostando de apontar todos os furos na história de Áureo. Até agora, Áureo não havia notado quão *belo* o jovem era. Isso quase o fez esquecer a mentira bizarra que ele estava tentando fazer colar.

– Por que todas as perguntas? – Áureo perguntou. – Você está escrevendo um livro sobre estranhos na floresta?

O jovem riu.

– Se eu escrevesse, você certamente seria o mais estranho – disse ele.

Áureo zombou do comentário.

– *Eu* sou estranho? *Você* é quem está caçando ursos com lebrílopes!

– Ah, eu nunca afirmei ser normal – disse o jovem. – Eu me dou muito bem com o estranho. Isso mantém as coisas interessantes. E estranho geralmente *atrai* estranho, se você entende o que quero dizer.

Áureo não sabia o que o jovem queria dizer, mas algo na maneira como ele disse isso o fez corar.

– Quem é você? – ele perguntou.

– Meu nome é Elfik Cascavelha. E você?

– Eu sou Áure... *Aurélio*! Aurélio dos Justos.

– Prazer em conhecê-lo, Aurélio. Posso ajudá-lo a sair desse arbusto?

O jovem ofereceu a mão a Áureo, mas ele rapidamente se afastou do gesto.

– Eu prometo que não vou te machucar – disse o jovem.

– Desculpe, não é você – disse ele. – Não posso tocar o chão.

– Como é?

– Hum... eu torci meu tornozelo – disse Áureo, e estremeceu com a dor falsa. – Eu não deveria colocar nenhum peso nisso.

– Então você estava subindo em uma árvore com um tornozelo torcido?

– Não... eu estava subindo na árvore *quando* torci o tornozelo.

– Por que você não desceu?

– Porque... eu precisava de ajuda.

– Então por que você não *me* pediu para ajudá-lo?

O rosto de Áureo corou e suas narinas se dilataram – ele estava contra a parede.

– Porque... porque... – disse ele, mas não conseguia pensar em nada para dizer. – *Porque estou me escondendo de alguém, ok!* Está satisfeito?

Elfik bateu palmas lentamente.

– Bem, *foi* uma jornada, mas eu sabia que chegaríamos à verdade eventualmente – disse ele. – Então, de quem você está se escondendo?

Áureo ficou irritado e um pouco lisonjeado com o interesse inabalável de Elfik por ele. Ficou quieto por um momento e se perguntou como responder a sua pergunta. Claramente *mentir* não estava funcionando, mas ele também não podia dizer a verdade. Áureo decidiu contar-lhe a verdade sobre o *passado* em vez do *presente*.

– Se você quer saber, eu estava fugindo do meu pai – disse Áureo.

– Não é um homem legal? – perguntou Elfik.

– Para dizer o mínimo.

Elfik soltou um longo suspiro e sentou-se na pedra ao lado do arbusto. Ele tirou fatias de maçã do bolso e alimentou seus lebrílopes.

– Rapaz, eu sei *bem* como é isso – disse ele.

– Você sabe? – Áureo perguntou.

– Ah, sim... muito bem – disse Elfik. – Meu pai é um homem horrível. Ele está sempre colocando eu e meus irmãos uns contra os outros. Ele torna tudo uma competição e nos atribui diferentes tarefas para impressioná-lo. *Cruze esse rio a nado! Suba aquela montanha! Cace um urso!* Ele sempre age como se fôssemos ganhar sua aprovação se tivermos sucesso, mas não importa o que façamos, *nada* o deixa feliz. Às vezes acho que toda a felicidade dele morreu com nossa mãe.

Áureo assentiu com tristeza, demonstrando mais empatia do que Elfik percebeu.

– Minha mãe também se foi – disse ele. – Ela morreu ao dar à luz a mim, e meu pai sempre *me* culpou por isso.

– Sério?

– Isso é apenas a metade – continuou Áureo. – Ele costumava me bater sempre que me pegava fazendo algo que achava que *garotos normais não deveriam fazer*. Tentei desesperadamente agradá-lo, mas ele sempre encontrava uma nova razão para me culpar. Passei muito tempo pensando que havia algo errado comigo, mas a verdade é que *ele* era o errado, não eu.

Os meninos trocaram olhares e compartilharam um sorriso agridoce. No entanto, quanto mais se olhavam, menos amargo e mais *doce* se tornava. Áureo não conseguia explicar por que, especialmente dadas as circunstâncias, mas havia algo em Elfik que lhe inspirava confiança e de que ele *realmente gostava*.

– Parece que temos *muito* em comum – disse Elfik.

Áureo corou novamente.

– Estranho atrai estranho, certo?

Os meninos mantiveram o sorriso até que o silêncio estava à beira de se tornar constrangedor. Elfik terminou de alimentar seus lebrílopes e voltou a ficar de pé.

– Eu ficaria mais do que feliz em lhe dar uma carona para a próxima cidade – ele ofereceu.

Áureo estava animado com a ideia de ir a *qualquer lugar* com Elfik, mas ele rapidamente se lembrou do *motivo* de estar na floresta em primeiro lugar.

– Na verdade, acho melhor ficar fora de vista… pelo menos até descobrir um plano – disse ele. – Você sabe, para evitar meu pai.

– Você não pode esperar que eu deixe um lindo menino abandonado e ferido em uma floresta perigosa.

Áureo não podia acreditar no que ouviu.

– Do que você acabou de me chamar?

– Ferido – repetiu o jovem.

– Não, antes disso – disse Áureo.

– Abandonado?

– Você disse que eu era *lindo*?

Elfik olhou em volta como se outra pessoa estivesse lá.

– Acho que não – disse ele. – Se eu dissesse, isso seria bastante *atrevido* da minha parte.

Áureo ficou atordoado e seu coração começou a bater mais rápido do que todos os lebrílopes juntos. Elfik deu-lhe um sorriso malicioso e enfiou o cabelo desgrenhado atrás das orelhas. O torpor tímido de Áureo foi interrompido quando ele percebeu que as orelhas de Elfik eram *pontudas*.

– Espere um segundo... você é um *elfo*? – ele perguntou.

– Isso é um problema? – perguntou Elfik.

– Claro que não, estou apenas surpreso – disse ele. – Você é muito *mais alto* do que qualquer elfo que eu já vi.

Elfik estremeceu como se fosse um assunto embaraçoso.

– Sim, eu sou uma espécie de *príncipe* – disse ele. – Elfos aristocráticos são maiores que outros elfos. É apenas a maneira como nossa espécie evoluiu ao longo do tempo. Minha família diz que é porque somos *superiores*, mas, honestamente, acho que meus ancestrais apenas monopolizaram todo o leite e vegetais.

Áureo foi subitamente atingido por uma ideia. De todos os reinos e territórios do mundo, a Terra dos Elfos foi a que o Conselho das Fadas menos visitou em suas viagens, mas Áureo nunca poderia esquecer de quando colocou os olhos no território pela primeira vez. Todos os elfos viviam em pequenas casas penduradas nos galhos de uma enorme árvore no Nordeste. Era uma das maiores maravilhas do mundo – *e era o lugar perfeito para ele se esconder*.

– Você poderia me levar para a Terra dos Elfos? – Áureo pediu.

– Por que você quer ir lá? – perguntou Elfik.

– Porque meu pai nunca me encontraria com elfos! E eu sempre quis conhecer!

Elfik mordeu o lábio enquanto pensava nisso.

– Suponho que eu poderia, mas com *uma condição* – disse ele.

– Qual é?

Elfik sorriu.

– Você tem que dizer ao meu pai que eu *salvei* você de um urso.

– Apenas um? – Áureo perguntou. – Lembro que havia um *bando* deles!

– Esse é o espírito – disse o elfo. – Bem, é melhor irmos em frente, então.

Elfik dirigiu-se à carruagem e fez sinal para que Áureo o seguisse. Áureo ficou para trás, olhando ansiosamente para o chão.

– O que há de errado? – perguntou Elfik.

– Eu… eu não estava mentindo sobre meu tornozelo – disse Áureo. – Eu odeio perguntar, mas você se importaria de me levar para sua carruagem?

– E eu pensei que *eu* fosse um príncipe – disse o elfo.

Elfik tirou Áureo do mato como um bebê e gentilmente o colocou na carruagem. O elfo chicoteou as rédeas e os lebrílopes correram para frente, em direção à Terra dos Elfos – e ao terreno mais alto que Áureo precisava desesperadamente.

Capítulo Doze

Os guardiões improváveis

Depois de nadar no oceano pelo que pareceu uma eternidade, Brystal finalmente sentiu a areia passar pelas pontas dos dedos dos pés. A próxima coisa que ela percebeu foi uma maré poderosa, que a jogou na costa de uma ilha. Ela tentou se levantar, mas as ondas continuavam batendo em cima dela, derrubando-a de volta ao chão. Brystal estava tão exausta que mal conseguia levantar a cabeça, muito menos ficar de pé.

– *Lucy?!* – ela gritou. – *Lucyyyyy?!*

Brystal olhou ao redor da ilha. A praia estava coberta de areia clara e pilhas de pedregulhos pretos e irregulares estavam espalhados pela terra. O ar estava tão enfumaçado que ela mal podia ver o sol através de toda a neblina. Nada neste lugar estranho parecia acolhedor. Na verdade, Brystal sentiu como se estivesse em outro planeta inteiramente.

– *Brystal! Estou aqui!*

Ouvir a voz de Lucy deu a Brystal o impulso de energia que ela precisava para ficar de pé. Ela sentiu uma dor aguda no pulso direito enquanto se dava um impulso para cima e imaginou que devia tê-lo quebrado na queda. Caminhou pela areia até o outro lado da praia e encontrou Lucy deitada sobre uma pedra. Os olhos dela estavam arregalados e ela estava segurando a perna esquerda.

– Graças a Deus você está viva! – Brystal disse – Você se feriu?

– Acho que quebrei a perna. – Lucy gemeu. – Consegue consertar isso?

Brystal levou a mão à varinha, mas ela não estava lá.

– Minha varinha! – ela ofegou. – Eu a perdi no oceano!

Lucy gemeu ainda mais alto.

– Este dia pode ficar pior?!

Brystal passou os dedos pelo cabelo e olhou ao redor da ilha em pânico. Sem sua varinha, como ela sobreviveria ao Templo do Conhecimento? E agora que os Magibôs e a carruagem tinham sido destruídos, como elas poderiam *sair* da ilha?

Enquanto olhava ao redor do oceano, viu Gobriella flutuando entre as ondas. A goblin usava uma das mãos para nadar em direção à terra enquanto a outra estava enrolada em torno do Príncipe Elfon. O elfo estava inconsciente e seu rosto estava azul. Os braços de Abóbora e Maltrapilho estavam em volta do pescoço de Gobriella, usando-a como um bote salva-vidas.

– Gobriella! – Brystal gritou enquanto acenava. – Estamos aqui!

– Peguei os carinhas, mas não consegui encontrar os *CAVALEIROS*! – Gobriella respondeu. – Eu não acho que eles sobreviveram à *QUEDA*!

Eventualmente, Gobriella chegou à costa. Uma vez que a goblin arrastou os outros da água, ela caiu de joelhos e prendeu a respiração. O Príncipe Elfon estava deitado na areia, mas não moveu um músculo, e seu rosto estava ficando mais azul a cada segundo. Maltrapilho começou a fazer boca a boca no elfo enquanto Abóbora pulava para cima e para baixo na barriga dele. Depois de algum tempo, o troll encostou o ouvido no torso do Príncipe Elfon.

– *Eu não ouço um batimento cardíaco!* – disse Abóbora.

Gobriella rastejou para o lado do elfo e empurrou o troll e o anão para longe do corpo dele. Ela bateu no peito do príncipe com os dois punhos.

– *Fique longe da LUZ, Vossa Alteza!* – ela disse. – *Nenhum elfo morrerá HOJE! Repito, nenhum elfo morrerá HOJE!*

Se o coração do elfo tinha parado de bater, Gobriella definitivamente o reiniciara. O Príncipe Elfon endireitou-se como se tivesse sido eletrocutado e cuspiu um galão de água salgada.

– Bem, *isso* não pode ser o céu – disse o Príncipe Elfon enquanto olhava ao redor da ilha.

Lucy de repente gritou e fez todos os designados pularem.

– O que há de errado? É a sua perna? – Brystal perguntou.

– Não, eu vi algo se mover! – exclamou Lucy.

Ela apontou para as pedras pretas atrás dela. Os outros ficaram quietos enquanto observavam as rochas. Quando já estavam convencidos de que os olhos de Lucy a estavam enganando, algo grande e escuro correu entre as pedras.

– *Ali!* Vocês viram isso? – Lucy perguntou.

– Eu também vi! – Maltrapilho disse.

– Eu também! – disse Abóbora. – Parecia uma espécie de *réptil.*

O movimento aconteceu novamente, mas, desta vez, em *muitos* lugares.

Brystal engoliu em seco.

– Não estamos *sozinhos.*

As cabeças dos designados balançavam para frente e para trás enquanto avistavam mais e mais figuras correndo de esconderijo em esconderijo. Eles tinham vislumbres de partes do corpo enquanto as criaturas misteriosas se moviam ao redor deles – um rabo aqui, uma garra ali, até uma *língua.* Os designados também podiam ouvir assobios e sons de chocalho à medida que as figuras se aproximavam cada vez mais. Então, para o horror de todos, dezenas de enormes répteis do tamanho de tigres se arrastaram das rochas. Eles tinham corpos pretos compridos e escamosos, línguas bifurcadas que deslizavam para dentro e para fora de suas bocas largas e garras afiadas que arranhavam as rochas enquanto rastejavam.

– Por Deus, que bichos são *esses*? – o Príncipe Elfon perguntou.

– Eles devem ser os *guardiões improváveis* que protegem o Templo do Conhecimento! – disse Lucy.

– Ninguém entra em pânico ainda – disse Maltrapilho. – Essas coisas podem ser herbívoros, pelo que sabemos.

– Eu diria que Gobriella tem mais chances de ganhar um concurso de beleza – disse o Príncipe Elfon.

– Ei! Acabei de salvar sua *VIDA*! – disse a goblin.

O Príncipe Elfon revirou os olhos.

– Ah, com certeza! Obrigado por me tirar do oceano para que eu pudesse ser *comido na praia*! – ele disse. – Minha gratidão não tem *limites*!

Os répteis estalaram as mandíbulas para os designados e rosnaram com sons de chocalho profundos e ásperos. Os designados recuaram. Lucy passou o braço em volta dos ombros de Brystal e ficou de pé sobre a perna boa.

– Ei, Fada Madrinha? Agora seria o momento *perfeito* para transformá-los em gaivotas! – Maltrapilho sugeriu.

– Não posso! – disse Brystal. – Minha varinha está no fundo do oceano!

– Eu resolvo – disse Lucy confiante. – Todo mundo para trás… eu vou fazer um fosso de sumidouros ao nosso redor!

Ela bateu na areia com o punho cerrado, mas nada aconteceu. Lucy tentou de novo e de novo, mas nenhum buraco apareceu.

– Eu não entendo… por que nossa magia não está funcionando? – Lucy perguntou. – Você não conseguiu parar a bomba na carruagem e agora não posso invocar um dos buracos que são minha marca registrada!

Brystal olhou ao redor da ilha com terror.

– Nós duas nos sentimos estranhas quando entramos na cúpula – disse ela. – Algo neste lugar deve estar *bloqueando a magia*.

Os répteis estavam se multiplicando a cada segundo. Dezenas se tornaram centenas, e centenas se tornaram *milhares*. As criaturas observavam os designados com grandes olhos *famintos*, sem nem piscar. Brystal sabia que era apenas uma questão de segundos antes que os répteis atacassem.

– Alguma *outra* ideia? – o Príncipe Elfon perguntou.

– Será que podemos correr mais rápido que eles? – disse Brystal.

– Só há uma forma de descobrir! – disse Abóbora.

O troll saiu correndo pela praia. Sem mais nada para fazer, Gobriella pegou Lucy e todos os designados correram atrás de Abóbora. Os répteis atacaram suas presas e, infelizmente, eram *muito* rápidos. Enquanto os designados corriam pela praia, ainda mais répteis deslizaram para fora das pedras e se juntaram à perseguição. Os designados correram até não poderem mais. Estavam com falta de ar e ficando mais fracos a cada passo.

– Eu sinto muito – Maltrapilho ofegou. – Eu não posso ir mais longe!

– Nem eu – disse Abóbora.

– Diga ao meu pai que sinto muito. – O Príncipe Elfon ofegava.

Um por um, os designados começaram a desmaiar e cair na areia. Os répteis os cercaram, estalando seus dentes afiados enquanto circulavam cada vez mais perto. Gobriella colocou Lucy no chão e começou a socar e chutar as criaturas.

– Venham, seus *PESADELOS*! – ela gritou. – Quem quer um pedaço de *MIM*?! Repito, quem quer um pedaço de *MIM*?! Há muita Gobriella por *AQUI!*

Cinco répteis pularam em cima da goblin, envolvendo seus corpos ao redor do dela como cobras gigantes. Gobriella tentou combatê-los, mas eles agarraram a sua garganta com suas caudas. O aperto deles ficou cada vez mais intenso e, eventualmente, os olhos da goblin se fecharam e ela caiu ao lado dos outros. Brystal e Lucy pegaram galhos de troncos e os jogaram nas criaturas, mas estavam tão cansadas que mal conseguiam segurá-los. As criaturas pareciam gostar de ver as meninas lutarem – quanto mais se cansassem, mais fácil seria matá-las.

Justo quando Brystal e Lucy estavam prestes a serem atacadas, a ilha foi subitamente eclipsada em uma sombra gigante. Os répteis congelaram e viraram a cabeça para o céu. A sombra varreu a terra novamente quando algo muito grande voou pelo ar. As criaturas começaram a guinchar e se espalharam pela ilha. Elas se esconderam nas pedras e lutaram entre si pelos melhores esconderijos.

– Foi algo que eu disse? – Lucy perguntou.

– Certamente não fui *eu* – disse Brystal.

De repente, as meninas sentiram um vento forte vindo do alto. Elas olharam para cima e viram a aparição mais horrível de suas vidas. Voando no céu diretamente acima de suas cabeças havia *outra* criatura escamosa – mas esta era tão grande quanto uma casa.

– *É um... um... um...*

Lucy desmaiou antes que pudesse terminar a frase.

– *É um dragão!* – Brystal ofegou.

A enorme fera pousou na praia e toda a ilha tremeu com o impacto. O corpo do dragão estava coberto de escamas vermelhas e vários chifres saíam do seu crânio. Seus olhos amarelos eram tão vibrantes que praticamente brilhavam, e baforadas de fumaça entravam e saíam de seu enorme focinho. Para a completa perplexidade de Brystal, o dragão também estava usando *rédeas* como um cavalo. E sentado em uma sela na base do pescoço do dragão havia um *homem*. Estava vestido com uma armadura adornada com pontas afiadas.

Um grupo de répteis muito corajosos tentou atacar o dragão... A besta gigante soltou um rugido estrondoso e um gêiser de fogo irrompeu de sua boca, queimando os répteis. Ver o dragão, ouvir seu rugido ensurdecedor e sentir o calor da sua respiração era tudo que os sentidos de Brystal podiam aguentar por um dia...

Os olhos de Brystal rolaram para a parte de trás da cabeça e seu corpo bateu na areia.

Capítulo Treze

As Covas dos Dragões

Brystal foi despertada por um formigamento agradável no pulso direito. Quando abriu os olhos lentamente, não tinha ideia de *onde* estava ou *como* tinha chegado ali. A primeira coisa que notou foi um telhado feito de grandes folhas acima dela. A segunda era que estava deitada em uma rede verde. E a terceira foi que seu pulso direito estava formigando porque estava *pegando fogo*!

A visão alarmante fez com que Brystal se sentasse rapidamente e a rede balançasse embaixo dela. Tentou apagar as chamas esfregando o pulso na perna do terninho, mas elas não se extinguiram. Enquanto batia freneticamente no próprio pulso, Brystal percebeu que estava machucando a si própria mais do que o fogo. Pelo contrário, as chamas estavam *curando* seu pulso ferido. E estranhamente, em vez de amarelo brilhante ou laranja, o fogo tinha uma cor rosada suave, como a casca de um pêssego.

Brystal deu uma olhada ao redor e descobriu que estava em uma *cabana*. Era um cômodo grande e cada centímetro dele era feito inteiramente de palmeiras – das folhas que compunham o telhado de palha até o piso de azulejos com cascas de coco. Lucy, Gobriella, o Príncipe Elfon, Abóbora e Maltrapilho estavam dormindo em outras redes ao lado dela e diferentes partes dos seus corpos também eram incendiadas com as mesmas chamas misteriosas.

– Oie!

A voz fez Brystal pular e ela quase caiu da rede. Olhou para cima e viu um jovem de pé sobre ela. Era alto e musculoso e parecia ter cerca de dezesseis anos. A sua cabeça estava raspada e tinha sobrancelhas grossas e escuras e olhos castanhos brilhantes. O jovem também tinha um sorriso amigável e usava uma armadura pontiaguda da cor do carvão. Brystal achou que suas roupas pareciam familiares, mas não conseguia se lembrar de onde as tinha visto.

– Desculpe, eu não queria assustá-la... eu estava apenas observando você dormir – disse ele.

– Como é? – Brystal perguntou, arregalando os olhos.

O homem pareceu ficar constrangido com sua escolha de palavras.

– Quero dizer, porque eu *deveria* observar você dormir... não porque eu *queria* – disse ele com uma risada nervosa. – Não me entenda mal, você é *muito* bonita, na verdade. Tenho certeza que muitos garotos *gostariam* de ver você dormir. Ai, Deus, não que eu ache que *isso* seria correto! Não, *isso* realmente soa muito assustador! O que estou tentando dizer é que *não sou* assustador... estava apenas fazendo meu trabalho.

Se Brystal não estivesse tão preocupada, ela teria achado a estranheza do rapaz encantadora.

– Quem é você? – ela perguntou.

– Desculpe, eu deveria ter começado me apresentando – disse ele. – Meu nome é Cavallero. Qual é o seu?

Uma sensação de alívio tomou conta de Brystal por não ser reconhecida, mas ainda estava cautelosa com o jovem.

– Eu sou Brystal – disse ela. – Por que é seu trabalho me ver dormir?

– Para ter certeza de que o fogo está funcionando – disse Cavallero, e apontou para as chamas no pulso dela. – Vocês ficaram muito machucados depois que eu salvei vocês. *Ah, me desculpe!* Eu não quis usar a palavra *salvar*... isso implica que eu acho que você não é capaz de cuidar de si mesma. Tenho certeza de que você é capaz de *tudo* o que se propõe a fazer, não sou um *desses* homens. Tenho *muito* respeito por *meninas*... *Meninas? Sério, Cavallero?* Desculpe, não sei por que disse *meninas*... quis dizer *mulheres*. E a palavra que eu queria usar antes era *ajuda*! Vocês ficaram muito feridos depois que eu *ajudei* vocês, então eu os trouxe aqui.

– Que lugar é este? – perguntou Brystal.

– Você está na Cabana de Cura – disse ele. – Felizmente os seus ferimentos e dos seus amigos não foram muito graves. Eu já vi os surrupiadores fazerem pior com os náufragos.

Brystal olhou para ele como se ele estivesse falando uma língua diferente.

– *Surrupiadores?* – ela perguntou.

Cavallero ficou surpreso que ela não se lembrasse.

– Sim, é dessa forma que chamamos os répteis que estavam atacando vocês na praia – disse ele. – As ilhas externas estão infestadas deles. Ainda bem que eu vi seu grupo naquela hora, caso contrário, você teria sido comida.

De repente, as lembranças da praia passaram diante dos olhos de Brystal. Ela se lembrou da carruagem explodindo acima dela, lembrou-se de estar fugindo dos enormes répteis e lembrou-se de *onde* tinha visto a armadura única de Cavallero. Brystal saltou da rede assustada e lentamente se afastou dele.

– Você estava montando o dragão! – ela exclamou.

– Sim, era eu – disse ele.

– Por que você estava montando o dragão? – ela questionou.

Cavallero olhou para ela como se fosse uma pegadinha.

– Hum… porque é mais fácil de se locomover com ele?

– Isso é pra ser uma piada?

– Hum… não?

– Então por que você está agindo como se isso fosse *normal*? Montar um dragão *não* é normal!

Cavallero deu de ombros.

– Para mim é – disse ele. – Aaaaah, eu esqueci completamente! Você *acabou* de chegar aqui e provavelmente está tão confusa! Não que seja sua culpa… como você *não* estaria confusa? Não, definitivamente é minha culpa. Eu vivi aqui a minha vida inteira, então às vezes eu esqueço de informar as pessoas. Acho que você e seus amigos sobreviveram a um naufrágio, certo?

– Hum… isso mesmo – Brystal mentiu. – Sobrevivemos a um *naufrágio*.

– Foi o que pensei. Esse é geralmente o caso quando as pessoas chegam à praia – disse Cavallero. – Bem, essas ilhas são um santuário de animais para criaturas ameaçadas de extinção. Bem-vinda às *Covas dos Dragões*!

O jovem posou com os braços estendidos, mas rapidamente os abaixou quando percebeu quão estranho estava. Cavallero estava certo sobre uma coisa – Brystal estava *muito* confusa. O Dr. Estatos nunca havia mencionado nada sobre um *santuário de animais* perto do Templo do Conhecimento.

– Que *tipo* de santuário de animais é esse? – ela perguntou.

– Bem… é para *dragões* – disse Cavallero. – Daí o nome.

Brystal ficou chocada.

– Você quer dizer que há mais de *um* dragão aqui?

Em vez de lhe dar uma resposta verbal, Cavallero pegou Brystal pela mão boa e a levou até a janela. Ele abriu as cortinas frondosas e Brystal ficou de queixo caído. A Cabana de Cura era um dos muitos edifícios construídos em torno do topo de um vulcão ativo. Da cabana, Brystal tinha uma vista espetacular de todas as ilhas das Covas e um lago de magma fervendo dentro do vulcão abaixo delas. A lava escorria pela lateral do vulcão e se movia pela ilha como um rio vermelho brilhante.

Ainda mais chocante do que o vulcão, quando os olhos de Brystal seguiram o rio através da ilha, ela viu *dragões* em todos os lugares que olhava. As criaturas tinham as mais variadas formas e tamanhos, com cores e características diferentes. Alguns se pareciam com o dragão que ela tinha visto na praia, com asas enormes e caudas longas. Outros eram baixos e robustos, andavam sobre quatro patas e não tinham asas. A maioria das criaturas estava revestida de escamas, mas outras eram peludas ou cobertas de penas. Os dragões voavam em volta uns dos outros no céu, pastavam e lutavam nos campos, e Brystal avistou alguns se banhando e nadando no rio de lava.

– Eu... eu... eu não posso acreditar nisso – disse Brystal. – Achei que os dragões estavam *extintos*.

– Eles quase foram caçados até a extinção – disse Cavallero. – Meus ancestrais reuniram os sobreviventes e os trouxeram para as ilhas para mantê-los seguros. Minha família cuida deles desde então. Nós nos chamamos de *Guardiões*.

– Quantos tipos de dragão existem? – ela perguntou.

– Temos mais de cinquenta espécies nas Covas – Cavallero estava animado para informar. – Você vê aquele baixinho gordo com escamas como casca de árvore? É um *madeireiro*; eles vivem de madeira petrificada e constroem ninhos com troncos. Você vê o bando de pequenos com asas amarelas? Esses são *anjos enevoados*; eles comem nuvens e seus corpos são tão leves que passam a vida inteira no céu. Vê aqueles dragões nadando no rio, que parecem cobras brilhantes? Esses são chamados de *lavadouros*; eles sobrevivem absorvendo calor do magma. E vê aqueles peludos com membranas entre os dedos dos pés? Esses são *pescadores*; comem algas marinhas e vivem em tocas na praia.

– Eles são perigosos? – Brystal perguntou.

– Os dragões são como as pessoas... eles podem ser legais *ou* agressivos – disse Cavallero. – Tudo depende de como são criados e tratados.

Muitas pessoas não sabem disso, mas os dragões são uma *espécie subserviente*. Isso significa que eles precisam de *mestres* para agir corretamente. Depois que seus ovos eclodem, o dragão se espelha na primeira pessoa que vê. Se um dragão é criado por uma pessoa decente, então crescerá para ser gentil. Mas se alguém cruel ou corrupto colocar as mãos em um dragão, ele pode se tornar bastante hostil.

Além dos dragões que Cavallero havia apontado, Brystal viu várias pessoas entre as criaturas. Elas usavam armaduras com espinhos enquanto caminhavam pela ilha, observando cuidadosamente as criaturas e inspecionando seus habitats.

– Todas essas pessoas são da sua família? – ela perguntou.

– A maioria delas, mas alguns são náufragos como você e seus amigos – disse Cavallero. – É nossa política ajudar os náufragos a voltar para casa, mas muitos deles decidem ficar. Tudo o que é preciso é um dia com um dragão e pronto... eles ficam encantados para o resto da vida.

Brystal riu enquanto observava alguns dos guardiões ensinando dragões a *sentar* e *rolar* em troca de guloseimas.

– Nunca pensei que dragões pudessem ser tão amigáveis – disse ela.

– Alguns dragões são mais do que amigáveis; alguns são absolutamente *úteis* – disse Cavallero. – Está vendo o dragão sentado no ninho acima do vulcão? Aquele com as escamas brancas brilhantes e olhos azuis? Esse é um *grande dragão albino*; eles cospem fogo que *restaura* em vez de *destruir*. É ótimo para consertar propriedades danificadas ou curar feridas.

Brystal olhou para as chamas queimando em seu pulso. Saber que elas vieram de um dragão as tornava ainda mais maravilhosas do que antes. Enquanto ela observava as chamas, elas desapareceram de repente.

– O que acabou de acontecer? Por que o fogo parou? – ela perguntou.

– Isso significa que seu pulso está curado – disse ele.

Cavallero olhou ao redor da Cabana de Cura e viu que as chamas em Lucy, Gobriella, Príncipe Elfon, Abóbora e Maltrapilho ainda queimavam forte. Os designados também ainda estavam desmaiados, roncando pacificamente em suas redes.

– Parece que seus amigos ainda levarão um tempo para se recuperarem – disse ele. – Você gostaria de um passeio pelas ilhas enquanto esperamos que eles se curem?

O entusiasmo de Cavallero era contagiante e Brystal não resistiu. Além disso, ela achou que um passeio era a maneira perfeita de explorar as ilhas em busca do Templo do Conhecimento.

– Absolutamente – disse ela.

Cavallero sorriu e levou Brystal para fora da Cabana de Cura até a beira do vulcão. Ele assobiou com os dedos e, algum tempo depois, o dragão que Brystal viu na praia desceu do céu e pousou na frente deles. Embora Cavallero tenha assegurado a Brystal que os dragões eram amigáveis, a fera gigante ainda a deixava inquieta.

– Esta é Gatinha – disse Cavallero. – Ela é uma *cuspidora de fogo escarlate com chifres*. Eles costumavam ter a maior população até os dragões serem caçados. Mas não se preocupe, Gatinha é inofensiva. Eu mesmo a criei.

– O nome da sua dragoa é Gatinha? – ela perguntou.

Cavallero deu de ombros.

– Eu sempre quis um gato, mas eles nunca duram muito tempo na ilha... sabe, por razões óbvias – ele disse, e então se virou para a dragoa. – *Gatinha, você pode nos mostrar seu lindo sorriso?*

Cavallero falou com a dragoa em uma voz aguda como se ela fosse um bebê. A criatura abriu a boca enorme e expôs centenas de dentes afiados. Se o sorriso dela deveria deixar Brystal mais confortável, não estava funcionando.

– *Boa menina, Gatinha!* – disse Cavallero. – *Quem é a dragoa mais linda das Covas? Quem é?*

A dragoa ofegou e abanou o rabo como um cachorro feliz, e depois rolou de costas para que Cavallero pudesse coçar sua barriga.

– *Você quer dar uma volta com essa simpática senhorita? Você quer?*
– ele perguntou.

A dragoa ficou *emocionada* com a ideia e lambeu avidamente seu rosto com a língua bifurcada.

– Espere, você vai me levar montada na *Gatinha*? – Brystal perguntou.

– É claro. De que outra forma poderíamos nos locomover?

– Existe uma coisa chamada *caminhada*?

– Vamos cobrir mais terreno se montarmos Gatinha – disse Cavallero.
– Você estará perfeitamente segura; ela é a melhor voadora das Covas.

A dragoa levantou a cabeça e posou majestosamente. Brystal deu um passo para trás.

– Eu prometo que será um passeio que você nunca esquecerá – disse Cavallero. – Além disso, é tão raro que eu conheça pessoas da minha idade... Bem, você é a *primeira* na verdade. Normalmente, as únicas pessoas que acabam aqui são piratas barulhentos e marinheiros bêbados.

Brystal hesitou.

– Eu não sei se *quero* isso – disse ela.

– *Vamos lá, por favor?*

Cavallero fez beicinho como uma criança e Gatinha imitou a expressão atrás dele. Ambos pareciam tão ridículos que fizeram Brystal rir.

– Certo, tudo bem – disse ela. – Mas pegue leve comigo, Gatinha, é minha primeira vez.

A dragoa abaixou seu pescoço no chão e Cavallero e Brystal subiram na sela. Gatinha esticou suas asas enormes e, com apenas algumas batidas, voou para o céu. A decolagem foi muito mais rápida do que Brystal esperava e ela apertou suas mãos firmemente ao redor da cintura de Cavallero para não escorregar.

– Acho que este é um bom lugar para começar o passeio – disse Cavallero, gesticulando para os prédios no topo do vulcão. – Esta é a Vila dos Guardiões, é onde comemos e dormimos quando não estamos cuidando dos dragões. A grande cabana no meio é onde mora a Guardiã Suprema.

– O que a Guardiã Suprema faz? – Brystal perguntou.

– Ela é como nossa rainha – explicou Cavallero. – É o trabalho dela governar as ilhas e mantê-las seguras. Todos os Guardiões se reportam a ela e todos os dragões a tratam como uma líder. Confie em mim, você não vai querer bater de frente com ela.

– Bom saber – disse Brystal, e fez uma anotação mental.

Enquanto Gatinha voava ao redor das Covas dos Dragões, Cavallero mostrou a Brystal todas as diferentes ilhas e apontou todas as espécies de dragões que encontraram. Brystal estava em constante estado de espanto – ela não podia acreditar que um ecossistema inteiro de *dragões* existia em segredo por milhares de anos. Ela estava tão intrigada com tudo o que via que quase esqueceu o que estava fazendo lá. Na verdade, Brystal estava se divertindo muito, e isso a fez se sentir culpada.

– A maioria dos dragões é mantida separada dependendo de suas dietas – disse Cavallero. – A maioria deles come peixe ou surrupiadores, mas existem alguns dragões que atacam outros dragões. Tentamos manter os *caçadores* e os *caçados* em ilhas separadas, mas eles gostam de vagar.

Gatinha desceu em uma ilha, pairando sobre um rio de lava. A lava se derramava em um lago de magma como uma cachoeira. Brystal podia ver alguns Guardiões trabalhando na beira do lago. Eles o atravessaram, cuidadosamente saltando de pedra a pedra, enquanto verificavam objetos redondos flutuando no magma.

– Você vê este lago? – Cavallero apontou. – Nós chamamos isso de *sala de parto*. Todos os dragões colocam seus ovos no magma. Quanto mais quente o magma, mais rápido os embriões se desenvolvem. Normalmente leva algumas semanas para os dragões eclodirem, mas eu já vi acontecer em questão de horas!

– É incrível – disse Brystal. – Meus amigos nunca vão acreditar nisso!

– De que reino você é? – Cavallero perguntou.

– O Reino do Sul, originalmente – disse ela.

– É sério?! – ele disse empolgado. – Meu pai era do Reino do Sul. Ele era um marinheiro da marinha real do Rei Campeon XIV, embora eu nunca o tenha conhecido. Ele e sua frota desembarcaram depois que seu navio foi danificado por um furacão. Eles ficaram nas Covas dos Dragões por pouco tempo, apenas enquanto consertavam o navio. Ele navegou de volta para casa antes mesmo de minha mãe saber que estava grávida.

– Você já pensou em deixar as ilhas por conta própria? – Brystal perguntou.

Cavallero sorriu com a ideia.

– Talvez um dia – disse ele. – Eu sempre sonhei em viajar pelo mundo, mas, por enquanto, acho que pertenço a este lugar. Os dragões precisam de mim, e eu gosto de estar onde sou necessário. Isso faz sentido?

– Faz muito sentido – disse Brystal com um sorriso doce. – Eu gosto de estar onde sou necessária também.

Cavallero guiou Gatinha em direção às ilhas externas das Covas. Brystal notou algo muito longo e muito grande nadando no oceano abaixo deles.

– O que é aquilo? – ela perguntou.

– É um *dragão marinho* – disse Cavallero.

– Há dragões que vivem na *água*? – Brystal perguntou com admiração.

Cavallero assentiu.

– Quer conhecer um?

Antes que Brystal pudesse responder, Cavallero guiou Gatinha em direção à praia da ilha mais próxima. Eles pousaram na costa e desceram da sela. Cavallero encarou o oceano e assobiou com os dedos. Alguns segundos depois, uma enorme serpente marinha com escamas de safira e barbatanas turquesa ergueu a cabeça para fora da água.

– Brystal, conheça Peixinho Dourado... ele é um dos meus – disse Cavallero.

Os olhos de Brystal se arregalaram e ela se afastou da criatura.

– É um prazer conhecê-lo, Peixinho Dourado – ela disse com um tremor nervoso.

– *Peixinho Dourado, você gostaria de mostrar a Brystal sua caverna de tesouros?* – Cavallero perguntou, falando na mesma voz aguda que usara com Gatinha.

– Caverna de tesouros? – Brystal perguntou.

– Peixinho Dourado gosta de colecionar objetos brilhantes que ele encontra no fundo do oceano – disse Cavallero. – É principalmente um monte de vidro do mar e garrafas vazias, mas uma vez ele encontrou um conjunto inteiro de joias da coroa! Isso não é incrível? Quem sabe há quanto tempo essas coisas estavam lá embaixo!

O dragão marinho deu a Brystal um olhar curioso e então se virou para Cavallero, como se perguntasse: *Posso confiar nela?*

– Não se preocupe, ela não vai roubar nada – disse ele.

Peixinho Dourado analisou Brystal com o olhar: *Tudo bem, mas mantenha suas mãos onde eu possa vê-las.*

O dragão marinho rolou para fora da água e esticou seu longo corpo pela areia. A criatura tinha a forma de uma cobra gigante e não tinha braços nem pernas. Cavallero montou nas costas de Peixinho Dourado e depois ajudou Brystal a se sentar ao lado dele. Uma vez que eles estavam acomodados, o dragão marinho deslizou de volta para a água e depois nadou pela superfície do oceano. Quando eles estavam a cerca de uma milha de distância da costa, Peixinho Dourado virou-se para Cavallero e deu-lhe um aceno de cabeça que dizia: *Vamos.*

– Prenda a respiração – disse Cavallero a Brystal. – Quero dizer, prenda *mesmo*.

Brystal seguiu seu conselho e encheu seus pulmões com o máximo de ar possível. O dragão marinho mergulhou na água, serpenteando cada vez mais fundo no oceano. Brystal teve que agarrar as barbatanas de Peixinho Dourado com toda a força para não escorregar de suas costas. A água salgada fazia arder seus olhos e a pressão nos ouvidos ficava cada vez pior à medida que avançavam. Justo quando ela achava que não conseguiria mais prender a respiração, Brystal sentiu o ar passar por sua pele. Ela abriu os olhos e descobriu que o dragão marinho tinha emergido em uma grande caverna subaquática.

Havia tantos objetos brilhantes que, a princípio, Brystal pensou terem viajado para o espaço de alguma forma. À medida que sua visão melhorava, ela percebeu que a caverna estava cheia de milhares e milhares de objetos de valor. Peixinho Dourado tinha organizado perfeitamente seus tesouros em pilhas de moedas antigas, joias, talheres, garrafas vazias, garrafas com mensagens e vidros do mar ordenados por cores. Havia também uma pilha enorme de tralhas diversas: telescópios, remos, relógios, velas, e outras peças de navios afundados.

– Ai, meu Deus – Brystal arfou. – Quanta coisa!

– É impressionante, não é? – disse Cavallero.

O dragão marinho balançou a cabeça orgulhosamente: *Com certeza*.

– Eu não sabia que os dragões tinham hobbies – disse Brystal.

– Eles são criaturas incríveis – disse Cavallero. – É uma pena que sejam tão incompreendidos. Suponho que o mundo sempre odeie e tema o que não entende. Mas se as pessoas apenas *tentassem* entendê-los, tenho certeza de que adorariam dragões tanto quanto eu.

– Há muita coisa que o resto do mundo não compreende – disse Brystal. – Embora eu tenha ficado agradavelmente surpresa com o progresso que as pessoas fizeram ao longo dos anos. Houve mudanças que nunca imaginei ver na minha vida. Então, talvez o mundo esteja pronto para aceitar dragões mais cedo do que pensamos?

– Espero que sim – disse ele. – Não consigo imaginar minha vida sem eles.

– Eles têm sorte de ter você – disse ela.

– Tenho mais sorte de tê-los.

Cavallero parecia um pai orgulhoso enquanto falava sobre eles. Brystal ficou emocionada ao ver o quanto ele se importava. A paixão dele por dragões a lembrou de como ela se sentia sobre a Terra das Fadas. Quanto mais tempo ela passava com o Guardião, mais ela estava começando a gostar dele – *realmente* gostar dele. Fazia mais de um ano desde que Brystal se sentira assim por alguém. Infelizmente, Brystal sabia que ela estava ficando sem tempo e tentou esmagar o sentimento antes que ficasse mais forte. Ela olhou ao redor da caverna em busca de uma distração e, felizmente, encontrou *mais* do que precisava.

– Ai, meu Deus! – Brystal ofegou.

– O que foi? – perguntou Cavallero.

– Eu não acredito nisso – ela exclamou. – É... é... a *minha varinha*!

Sua varinha de cristal estava em cima de um barril de vinho na pilha de lixo marinho variado. Ela brilhou quando Brystal se aproximou, como se estivesse feliz em vê-la.

– Espere um segundo... é sua? – perguntou Cavallero.

– Sim, é minha – disse Brystal. – Eu a perdi no acidente, quero dizer, *naufrágio*.

– *Isso é incrível!* – disse Cavallero. – *Peixinho Dourado! Você é um milagreiro!*

Brystal fez menção de pegar sua varinha, mas antes que pudesse alcançá-la, o dragão marinho de repente se lançou entre elas. Peixinho Dourado rosnou para Brystal com uma carranca feia: *Ei, isso é meu!*

– Desculpe, dragões marinhos são criaturas muito gananciosas – disse Cavallero. – *Peixinho Dourado, só porque você a encontrou não significa que pertence a você! Lembra o que eu te disse? "Achado não é roubado" apenas faz de você um ladrão com um lema. Agora devolva a varinha para a simpática senhorita!*

O dragão marinho soltou um suspiro descontente e virou-se para o outro lado. Brystal pegou sua varinha, sorrindo de orelha a orelha.

– Nunca pensei que encontraria minha varinha de novo – disse ela.

– Quais são as chances de Peixinho Dourado encontrá-la? – disse Cavallero. – É como magia.

– Com certeza – disse Brystal com uma risada nervosa. – *Pura magia.*

• • ★ • •

Depois que Brystal reencontrou sua varinha, ela e Cavallero voltaram para a praia e continuaram seu passeio pelas ilhas. As roupas encharcadas se secaram enquanto Gatinha voava pelo céu. Do alto, os olhos de Brystal foram atraídos para uma ilha com o maior vulcão das Covas. Embora a ilha fosse grande e exuberante com vida vegetal, parecia completamente vazia.

– Por que não há dragões por lá? – ela perguntou.

– Eles têm medo daquela ilha – disse Cavallero.

– Por quê?

– Porque essa é a ilha com o *antigo templo*.

Quando eles voaram mais perto, Brystal de repente entendeu por que os dragões estavam intimidados. Uma enorme fortaleza foi construída ao lado do vulcão em atividade da ilha. Era tão antiga que a estrutura praticamente se tornara *uma só* com a ilha. Era feita de pedras escuras que combinavam perfeitamente com a terra queimada ao redor do vulcão. Havia mil degraus que levavam à entrada e cada um deles era consumido por ervas daninhas e trepadeiras.

A partir do momento em que ela colocou os olhos sobre ele, Brystal sabia que ela estava olhando para o Templo do Conhecimento – e a visão causou calafrios na espinha dela.

– Você se importa se olharmos mais de perto? – Brystal perguntou.

– Nem um pouco – Cavallero disse.

Ele agarrou as rédeas e guiou Gatinha em direção a uma ilha em frente ao Templo do Conhecimento. Eles pousaram em um ninho de dragão vazio com uma vista perfeita da ilha. Estar tão perto do templo deixou Gatinha visivelmente desconfortável. A dragoa se envolveu em suas asas e tremeu enquanto ela olhava através da água.

– Você não estava brincando – disse Brystal. – Por que os dragões têm tanto medo disso?

– Há algo dentro do templo, algo que os aterroriza – disse Cavallero.

– Mas o que poderia ser mais assustador do que um dragão? – Brystal perguntou.

Cavallero deu de ombros.

– Você me pegou – disse ele. – Eu nunca estive dentro do templo pessoalmente, mas sei o suficiente para ficar longe dele.

Brystal se fez de ingênua.

– Ah, sério? – ela perguntou. – Alguma coisa que você possa compartilhar?

Um sorriso travesso cresceu no rosto de Cavallero. Ele olhou ao redor do ninho para se certificar de que estavam sozinhos.

– Posso te contar um grande segredo? – ele perguntou.

– Por favor – disse ela.

– Eles chamam isso de *Templo do Conhecimento* – disse ele. – Foi construído há milhares de anos por um grupo de feiticeiros e, supostamente, o templo tem um cofre que contém os itens mais poderosos já criados. É por isso que meus ancestrais e seus dragões vieram para as ilhas; os feiticeiros deram a eles um lar esperando que a presença de dragões desencorajasse as pessoas a entrar. Então eles protegeram as ilhas em uma cúpula mágica para esconder tudo da vista.

Brystal estava hipnotizada enquanto olhava através da água. De repente, fez sentido: os Guardiões e os dragões – não os surrupiadores – eram os *guardiões improváveis* que a lenda descrevia.

– Como se entra no templo? – ela perguntou.

– As portas só abrem com uma chave especial – disse Cavallero. – Mas acredite em mim, você não vai querer entrar. Todo mundo que entrou nunca mais saiu.

– E se alguém *quisesse* entrar, como encontraria a chave? – ela disse.

Cavallero franziu a testa.

– Por que você está tão interessada no templo?

Brystal fixou os olhos nele e soltou um longo suspiro. Cavallero tinha sido tão gentil com ela que ela não teve coragem de mentir para ele. Além disso, a desonestidade só tomaria mais tempo – tempo que ela não tinha.

– Cavallero, eu tenho que fazer uma confissão – disse ela. – Meus amigos e eu não somos marinheiros. E não estávamos em um naufrágio. Viemos para as ilhas para encontrar o Templo do Conhecimento.

– O quê? – ele exclamou. – Mas... mas... mas por quê?

– Porque o mundo está em terrível perigo – disse ela. – As cidades estão sendo destruídas por um incêndio poderoso, um incêndio diferente de tudo que o mundo já viu antes, e... pessoas inocentes estão sendo culpadas por isso. No resto do mundo, sou conhecida como a Fada Madrinha e, assim como a Guardiã Suprema, é meu trabalho manter as pessoas seguras. Há um poderoso livro de feitiços dentro do templo que pode me ajudar a parar os incêndios. Eu sei que é perigoso, e sei que pareço louca por tentar, mas se você puder nos ajudar a entrar, podemos salvar muitas vidas.

Cavallero ficou chocado e levou algum tempo para compreender tudo o que Brystal havia dito.

– Então... você é uma *fada*? – ele perguntou.

– Sim, bem, eu *era* – disse ela. – Mas minha magia não funcionou desde que chegamos.

– Isso faz parte do feitiço dos feiticeiros – disse Cavallero. – As pessoas não podem usar magia enquanto estão dentro da cúpula. Os feiticeiros não queriam que ninguém tivesse vantagem no templo.

Frustrada, Brystal fechou os olhos e respirou fundo. Ela estava *contando* com essa vantagem. A missão estava ficando mais complicada a cada minuto.

– Eu ainda tenho que tentar – disse ela. – Muitas pessoas inocentes vão morrer se não conseguirmos. Pode me ajudar?

Brystal poderia dizer que Cavallero ficou impressionado com o pedido.

– Ninguém pode entrar no Templo do Conhecimento por conta própria – disse ele. – Você tem que obter permissão da Guardiã Suprema. Ela tem a chave do templo. Mas ela nunca permitiu que ninguém usasse a chave antes.

– Existe alguma forma de eu falar com ela? – Brystal perguntou.

– Ela normalmente não se encontra com estranhos, mas *talvez* eu consiga marcar um encontro.

– Sério? Ela vai te ouvir?

Cavallero engoliu em seco.

– Acho que sim – disse ele. – Ela é minha *mãe*.

· • ★ • ·

Naquela noite, Brystal ficou na Cabana de Cura enquanto Cavallero foi falar com a Guardiã Suprema. Brystal andava entre as redes enquanto esperava que ele voltasse. A essa altura, as chamas curativas começaram a encolher nos corpos dos designados e, um por um, eles começaram a acordar.

Lucy bocejou e se esticou preguiçosamente em sua rede, mas ficou alarmada quando abriu os olhos.

– O que que aconteceu conosco? – ela perguntou. – Eu não ficava tão dolorida desde a manhã após o festival de música de Monte Tinzel.

– Lucy, você está *pegando FOGO*! – Gobriella gritou.

– Obrigada, mas eu acabei de acordar – disse ela.

– Não, você está *literalmente* pegando fogo! – exclamou Abóbora.

Lucy gritou quando viu as chamas cor de pêssego queimando sua perna quebrada.

– Não é só ela! Estamos *todos* em chamas! – O Príncipe Elfon gritou.

Todos os designados gritaram e pularam de suas redes em pânico. Eles correram freneticamente pela Cabana de Cura tentando extinguir as chamas. Brystal assobiou o mais alto que pôde para chamar a atenção deles.

– Se acalmem! – ela disse. – O fogo não está machucando vocês... está *ajudando*! Vai parar quando todos os seus ferimentos estiverem curados!

A princípio, os designados não acreditaram nela, mas, quando perceberam que o fogo não estava lhes causando dor, relaxaram. Na verdade, eles descobriram que as chamas eram bastante *agradáveis*. Gobriella deitou-se na rede e colocou as mãos atrás da cabeça.

– Ela está *CERTA*! – disse a goblin. – Isso é *ÓTIMO*! É como uma *CÓCEGA* e uma *MASSAGEM* ao mesmo tempo!

– Meus joelhos não estão tão bons desde que eu era pequeno... digo, menor que agora – disse Maltrapilho.

– Brystal, você está fazendo isso conosco? Sua magia está funcionando de novo? – Lucy perguntou.

– Não e não – disse Brystal. – Mas eu posso explicar tudo.

– A última coisa que me lembro foi de estar cercado por aqueles lagartos mutantes! – disse Abóbora. – Como escapamos deles?

– Fui *EU*? Eu *GANHEI* a luta? – perguntou Gobriella.

– Estamos seguros agora, e *isso* é o mais importante – disse Brystal. – Ninguém surte quando eu disser isso, mas na verdade fomos salvos por um dragão.

Lucy ofegou.

– Você quer dizer que aquilo não foi um sonho?

Os outros designados olharam para Brystal como se ela fosse louca. Em vez de perder tempo tentando convencê-los, Brystal caminhou até a janela e abriu as persianas folhosas. Os designados ficaram boquiabertos ao avistar o vulcão, as ilhas e todos os dragões vagando e voando pelas Covas.

– Não, não, não, não – disse Lucy, e balançou a cabeça. – Isso não pode ser real. Alguém deve ter nos dado um trevo roxo quando não estávamos olhando. Em cerca de cinco minutos, tudo isso vai desaparecer e um grupo de tocadores de tuba pré-adolescentes estará rindo de nós. A mesma coisa aconteceu comigo no acampamento da banda.

– O que você está vendo é real, eu prometo – disse Brystal. – As ilhas abrigam mais do que o Templo do Conhecimento... elas também são um *santuário para dragões*. Quando os feiticeiros criaram o templo, eles convidaram os dragões para as ilhas a fim de ajudá-los a protegê-lo. *Eles* são os *guardiões improváveis* sobre os quais a lenda alerta.

– Como você sabe de tudo isso? – o Príncipe Elfon perguntou.

Brystal contou aos designados tudo o que aconteceu enquanto eles dormiam. Ela contou a eles sobre o passeio com Cavallero pelas ilhas, como um dragão marinho encontrou sua varinha no fundo do oceano, e, agora, ela estava esperando para falar com a Guardiã Suprema.

– Aparentemente, a chave é a única maneira de entrar – disse Brystal. – Se ela não nos der, não temos chance.

– E você acha que podemos convencê-la? – disse Lucy.

– Nós *temos* que fazer isso – disse Brystal.

A porta da frente se abriu e Cavallero entrou. Brystal estava tão ansiosa que nem pensou em apresentá-lo aos outros.

– E então? – ela perguntou. – O que sua mãe disse?

Cavallero suspirou, e Brystal sabia que não eram boas notícias.

– Ela disse que de jeito nenhum ela lhe daria a chave, *mas* ela concordou em se encontrar com você – ele disse. – Foi o melhor que pude fazer.

– Tudo bem então – disse Brystal. – Vamos nos encontrar. Talvez eu possa fazê-la mudar de ideia.

Cavallero levou Brystal e os designados para fora da Cabana de Cura. Eles desceram por uma longa ponte de corda que serpenteava pela Vila dos Guardiões em direção ao prédio no topo do vulcão. A entrada era protegida por duas sentinelas Guardiãs intimidantes armadas com lanças feitas de dentes de dragão. Brystal e os designados seguiram Cavallero pelas portas, entrando em uma sala do trono que pairava sobre o vulcão como uma grande varanda. A sala do trono tinha um piso de vidro e os designados podiam ver diretamente o lago de magma abaixo deles.

– Aproximem-se – disse a voz de uma mulher.

A Guardiã Suprema estava sentada na extremidade da sala em um trono gigante criado a partir de costelas de dragão. Ela usava um toucado com chifres, ombreiras pontiagudas e um vestido branco justo feito de pele de dragão derretida. Com apenas um olhar para a

Guardiã Suprema, Brystal sabia por que todos os dragões a tratavam como uma líder. Seu olhar estoico irradiava confiança e sabedoria. Ela já era uma das pessoas mais intimidantes que Brystal conhecera.

Cavallero curvou-se ao se aproximar da mãe, e os designados o imitaram.

– Mãe, essas são as pessoas de quem eu estava falando – disse ele.

A Guardiã Suprema só estava interessada em Brystal.

– Então você é a grande Fada Madrinha – disse a Guardiã Suprema. – A notícia de seu poder notável viajou por toda parte. É um prazer conhecê-la.

– Obrigada, senhora – disse Brystal. – Eu gostaria de poder dizer que ouvi falar de você também, mas fez um bom trabalho em manter as Covas dos Dragões em segredo.

– Meu filho me disse que você veio para o Templo do Conhecimento – disse ela.

– Isso mesmo – disse Brystal. – Esperamos recuperar o Livro da Feitiçaria no cofre.

– E por que alguém com *seu poder* precisaria de uma coisa dessas? – ela questionou.

– Não se trata de ganhar poder, trata-se de tornar alguém *sem poder* – explicou Brystal. – Duas noites atrás, o Reino do Leste foi atacado por um incêndio muito perigoso. É diferente de tudo que o mundo já viu… queima muito mais rápido e muito mais quente do que o fogo normal. Mais da metade de Mão de Ferro foi destruída em questão de minutos. Nosso amigo Áureo é uma fada com especialidade em fogo. Ele estava no local do ataque e agora está sendo responsabilizado por isso. Sabemos que ele é inocente e que *outra coisa* deve estar causando os incêndios, mas não podemos provar.

A Guardiã Suprema assentiu lentamente.

– Então o *Bafo do Diabo* voltou – ela disse.

– Perdão?

– O fogo de que você fala se chama *Bafo do Diabo* – disse a Guardiã Suprema. – Milhares de anos atrás, o Bafo do Diabo destruiu grande parte do mundo antigo.

– Você quer dizer que *não* é culpa de Áureo, afinal? – Brystal perguntou.

– A menos que seu amigo tenha milhares de anos, eu sinceramente duvido – disse ela.

– Então, o que aconteceu da primeira vez? Como o Bafo do Diabo foi interrompido? – Brystal perguntou.

– Não foi interrompido – disse a Guardiã Suprema. – O fogo desapareceu tão rápido quanto apareceu. Até hoje ninguém sabe de onde veio ou para onde foi. Infelizmente, isso não impediu as pessoas de atribuir a culpa. Um grupo de homens conhecidos como alquimistas realizou uma conferência com líderes mundiais para abordar a situação. Eles determinaram que os dragões estavam causando a destruição e decidiram exterminar toda a espécie para salvar o planeta. Se não fosse pelos esforços heroicos de meus ancestrais, os dragões estariam extintos.

Brystal não podia acreditar em seus ouvidos. *A história estava se repetindo.*

– E agora a mesma coisa está acontecendo com nosso amigo! – exclamou Brystal. – Acabamos de chegar do Instituto da Alquimia! A Conferência dos Reis determinou que Áureo estava causando os incêndios! Eles insistiram que a única maneira de evitar futuros incêndios era eliminá-lo, mas ele é tão inocente e incompreendido quanto os dragões eram!

– Parece que *matar* é a resposta dos alquimistas para tudo – disse a Guardiã Suprema. – Minhas condolências pela perda de seu amigo.

– Mas ainda podemos salvá-lo! – disse Brystal. – Os alquimistas disseram que poupariam a vida de Áureo se pegarmos o Livro da Feitiçaria e o usarmos para tirar a sua magia.

– Sinto muito, minha querida, mas isso *não* vai acontecer – disse a Guardiã Suprema. – Abrir o templo traz um grande risco... um risco que não vale a pena correr para salvar *uma* vida.

– Mas poderíamos usar o Livro da Feitiçaria para parar o Bafo do Diabo de uma vez por todas – disse Brystal. – E, para ser completamente honesta, as fadas e bruxas estão procurando por isso muito antes dos incêndios começarem. Há *outra* razão pela qual precisamos dele.

A Guardiã Suprema ficou surpresa ao ouvir isso – e ela não era a única. Os motivos alternativos de Brystal também eram novidade para os designados. Ela podia sentir seus olhares confusos vindos de trás dela sem ter que vê-los.

– Diga – pediu a Guardiã Suprema.

– O mundo está sendo ameaçado por muito mais do que o Bafo do Diabo – Brystal continuou. – No ano passado, o Reino do Sul foi tomado por um tirano implacável conhecido como o Imperador da Honra. Ele se associou a uma bruxa poderosa para criar um imparável Exército da Honra Eterna. O Imperador tem planos de invadir e conquistar todos os reinos e territórios do mundo. Se não o impedirmos, as pessoas serão despojadas de seus direitos, criaturas falantes perderão suas casas e toda a comunidade mágica será caçada.

– Você quer dizer que o Exército da Honra Eterna pode ser *derrotado*? – Maltrapilho perguntou.

– Por que você não mencionou isso antes? – o Príncipe Elfon inquiriu.

– Os alquimistas nunca teriam me dito onde ficava o Templo do Conhecimento se soubessem a *verdadeira* razão pela qual eu queria o Livro da Feitiçaria – disse Brystal. – Os incêndios podem destruir toda a vida na terra, mas o Exército da Honra Eterna destruirá tudo pelo que vale a pena viver. No entanto, com o Livro da Feitiçaria, podemos parar *tudo isso*. Só precisamos da chave.

Brystal não sabia mais o que dizer para defender seu caso. A Guardiã Suprema batia com as unhas compridas no braço de seu trono enquanto pensava.

– Não – disse a Guardiã Suprema.

– *Não?* – os designados protestaram juntos.

– Mãe, você não pode estar falando sério – Cavallero objetou.

– As probabilidades não estão a seu favor – disse a Guardiã Suprema. – Sim, os incêndios *podem* destruir o planeta. E sim, o Imperador da Honra *pode* destruir tudo pelo que vale a pena viver. Mas se o Livro da Feitiçaria cair nas mãos erradas, o mundo *perecerá*. Isso é certo.

– Mas mãe, não podemos simplesmente deixar acontecer e...

A Guardiã Suprema levantou a mão para silenciar seu filho.

– Tomei minha decisão – disse ela. – Além disso, eu não poderia ajudá-la nem se eu quisesse. Assim que herdei a chave, me certifiquei de que nunca mais veria a luz do dia. Nossos ancestrais levaram um número suficiente de pessoas à sua perdição.

– Senhora, por favor, diga-nos onde está! – Brystal implorou. – Você é nossa última esperança!

– Amanhã de manhã, providenciarei um navio para transportar você e seus amigos de volta ao continente, mas isso é *tudo* que estou disposta a oferecer – disse a Guardiã Suprema. – Cavallero, por favor, escolte nossos visitantes para a Cabana de Cura. Eles são bem-vindos para ficar lá até sua partida.

Sem mais nada a fazer ou dizer, Brystal e os designados seguiram Cavallero para fora da sala do trono. Estavam cabisbaixos enquanto desciam a ponte de corda pela Vila dos Guardiões. Até onde eles sabiam, não era a missão que havia acabado, mas o *mundo*.

– Existe algum tipo de *recurso* que podemos apresentar? – Lucy perguntou.

– Infelizmente não – disse Cavallero. – A vontade da minha mãe é a lei por aqui. E ela nunca volta atrás em uma decisão depois que sua mente já está decidida.

– Isso não pode ser o *FIM*! – Gobriella resmungou. – Nós temos que colocar um pouco de *JUÍZO* nela!

Cavallero abriu a porta da Cabana de Cura enquanto os designados entravam. No entanto, uma vez dentro, perceberam que Cavallero os havia escoltado para uma parte completamente diferente da Vila dos Guardiões. Em vez das redes verdes e chamas cor de pêssego, a nova cabana estava cheia de espadas, lanças, bestas e armaduras pontiagudas.

– Cavallero, que lugar é este? – Brystal perguntou.

– Todos vocês, se equipem – disse ele. – Vocês não podem entrar no Templo do Conhecimento vestidos assim.

– Mas sua mãe disse que ela não iria nos ajudar – disse Lucy.

– E de fato ela não vai – disse ele. – Mas minha mãe é uma oradora muito prática. Ela escolhe suas palavras com muito cuidado e nunca diz algo que não tem significado real. Quando ela disse que a chave *nunca mais veria a luz do dia*, não foi uma metáfora.

– E *por que* a franqueza de sua mãe é uma coisa boa? – Lucy perguntou.

– Porque ela involuntariamente nos disse *onde* escondeu a chave – disse Cavallero. – São limitados os lugares onde o sol não brilha, especialmente por aqui.

Os olhos de Brystal se arregalaram quando ela percebeu o que Cavallero estava insinuando.

– O *oceano* – ela arfou. – Sua mãe jogou a chave no oceano!

Cavallero sorriu.

– E, se eu estiver certo, posso conhecer alguém que já a encontrou.

Capítulo Quatorze

Jantar com os Elfos

Os lebrílopes levaram Elfik e Áureo pelas colinas dos Bosques do Noroeste em direção à Terra dos Elfos. Os meninos se revezavam na condução dos coelhos com chifres e Áureo ficou agradavelmente surpreso com a rapidez com que os animais se moviam entre as árvores. Ele havia pensado que era impossível rir e se divertir em um momento como este, mas Áureo achava cada curva fechada mais divertida do que a anterior. E apesar da floresta perigosa que os cercava, apenas estar ao lado de Elfik fazia Áureo se sentir seguro. Ele sentia um friozinho no estômago depois de cada solavanco e freada que os jogavam mais perto um do outro.

Logo a grande árvore da Terra dos Elfos apareceu ao longe. Erguia-se majestosamente no centro dos Bosques do Noroeste como um gigante entre os homens. A árvore tinha mais de mil metros de altura e centenas de metros de largura. Uma aldeia inteira de pequenas construções estava pendurada nos enormes galhos como uma comunidade de casas de pássaros. As casas e lojas tinham cores e estilos diferentes, com plantas assimétricas inteligentes para maximizar o espaço limitado. Áureo podia ver os pequenos cidadãos elfos andando por pontes e caminhos entre as folhas.

Na base da árvore, os lebrílopes passaram por portões de madeira patrulhados por soldados elfos. Elfik guiou a carruagem por um caminho que se movia em direção às enormes raízes da árvore e depois subia em espiral por seu tronco maciço. Quanto mais alto as lebres subiam, mais aliviado Áureo ficava – ele estava tão acima do solo que o fogo *nunca* o encontraria.

A carruagem viajou até o topo do território e parou em um castelo em miniatura que a árvore usava como uma coroa. O castelo era feito de painéis quadriculados de madeira em preto e branco; tinha quatro torres idênticas, e todo o edifício estava coberto de impressionantes entalhes frondosos. Assim que a carruagem estava estacionada, servos saíram do castelo para pegá-la de Elfik.

Áureo desceu da carruagem e girou enquanto observava todas as vistas da Terra dos Elfos.

– Uau – disse ele. – Nunca canso de ver este lugar.

– Eu pensei ter ouvido você dizer que nunca esteve aqui antes – disse Elfik.

– Quero dizer, *imagino* que nunca vou cansar, certo? – Áureo se corrigiu.

– Com certeza não – disse Elfik. – Como está o tornozelo? Melhorou?

Áureo havia se esquecido completamente de sua lesão falsa.

– Novo em folha – disse ele. – Eu sempre me recupero muito rápido.

– Isso é bom – Elfik disse com uma risada. – Eu estava preocupado que teria que carregá-lo até os aposentos de hóspedes. Venha, vou lhe mostrar seu quarto.

Assim como do lado de fora, tudo dentro do castelo era preto e branco. Os pisos eram revestidos de azulejos preto e branco e as altas paredes brancas eram pintadas com símbolos pretos que combinavam com os entalhes do exterior. O castelo estava cheio de criadas élficas, mordomos e outros servos que usavam uniformes preto e branco combinando.

Áureo seguiu Elfik por uma escada curva e desceu um corredor no segundo andar até os aposentos de hóspedes. O quarto tinha uma cama de dossel, uma poltrona e um guarda-roupa, mas os móveis eram tão pequenos que parecia que o quarto foi feito para crianças.

– Desculpe pela mobília – Elfik disse. – Estamos acostumados a visitas *menores*.

– Não se preocupe, está ótimo para mim – disse Áureo. – Estou tão agradecido por...

Áureo parou no meio da frase quando notou um espelho no canto da sala. Ele ficou paranoico que as fadas pudessem espioná-lo e rapidamente arrancou um lençol da cama e o colocou sobre o vidro.

– Não é fã de espelhos? – perguntou Elfik.

– Acabei de ter um vislumbre de mim mesmo e não percebi quão sujo eu estava – disse Áureo.

Elfik foi até um guarda-roupa em miniatura e tirou um terno branco com lapelas pretas.

– Tome, você pode vestir isso se quiser – ele disse. – É um GG élfico, então deve caber em você. Há também um banheiro ao lado, se você quiser tomar um banho.

– Obrigado – disse Áureo, e pegou o terno dele. – É tão gentil da sua parte me trazer aqui. Acho que nunca serei capaz de retribuir.

Elfik deu de ombros.

– Não há de quê – disse ele. – Garotos como nós têm que ficar juntos.

O príncipe e a fada compartilharam um sorriso doce, mas o momento foi interrompido quando algo de repente passou voando pela janela. Áureo e Elfik correram para a janela e viram uma grande carruagem de bronze descendo do céu. A carruagem era mantida suspensa por um grande balão e puxada no ar por quatro pássaros mecânicos.

– O que é *aquilo*? – Áureo perguntou.

Elfik engoliu em seco.

– Meu pai voltou para casa – disse ele.

– É *naquilo* que ele se locomove? – Áureo questionou.

– Não, ele foi convidado para uma reunião especial ontem – disse Elfik. – Todos os líderes mundiais participaram de algo chamado Conferência dos Reis em um lugar chamado Instituto da Alquimia. O instituto providenciou o transporte.

Áureo de repente sentiu um frio no estômago de novo, mas desta vez era de nervosismo. Ele sabia que Elfik devia estar falando sobre a reunião sobre a qual Horizona o havia avisado, mas ele nunca tinha ouvido tais nomes antes.

– O que é uma Conferência dos Reis? – Áureo perguntou.

– Acho que é para onde os reis vão quando há uma emergência – disse Elfik.

– E o que é o Instituto da Alquimia? – ele perguntou também.

– Agora você me pegou – disse o elfo. – No entanto, eu esperava que meu pai ficasse mais tempo por lá.

Áureo e Elfik observaram a carruagem de bronze pousar na frente do castelo. Os servos correram em direção à carruagem para receber o soberano de volta. Quando o Rei Elfino saiu da carruagem, os galhos das árvores em sua coroa eram tão largos que os servos tiveram de ajudá-lo a passar pela porta. Áureo ficou tenso quando o Rei Elfino entrou no castelo. Ele havia encontrado o rei algumas vezes com o Conselho das Fadas no passado. Se Áureo não quisesse ser reconhecido, teria que manter distância.

– Isso é estranho – disse Elfik. – Meu irmão não está com ele. Eu me pergunto por que papai deixou Elfon no instituto? Bem, você vai gostar muito mais do jantar sem ele. Elfon é um idiota.

Os olhos de Áureo se arregalaram.

– Você quer dizer que *eu* estou convidado para jantar? Com seu *pai*?

– Claro que está. Você é um convidado do príncipe. – Elfik riu. – O refeitório fica no primeiro andar. Comemos todas as noites às sete e dezessete em ponto. Agora, eu deveria me trocar logo. Tenho um longo dia de caça para me livrar no banho.

Elfik pediu licença dos aposentos de hóspedes. Assim que o príncipe estava fora de vista, Áureo começou a andar de um lado para o outro pelo quarto em frenesi. Aparentemente, passar desapercebido no castelo não seria uma possibilidade. Se Áureo não quisesse que o rei o notasse, ele teria que se tornar *irreconhecível*. Então ele se apressou para a porta ao lado e tomou um banho na banheira de elfo em miniatura. Depois de tomar banho, Áureo ajeitou o cabelo loiro, esperando que um penteado diferente ajudasse a disfarçá-lo. Ele estava tão acostumado a ter chamas na cabeça que não conseguia se lembrar da última vez que usara um pente.

Em seguida, Áureo voltou para seu quarto e vestiu o terno branco que Elfik havia fornecido. Ele cuidadosamente enfiou seu Medalhão Anulador debaixo da camisa e verificou o reflexo no espelho o mais rápido que pôde, para o caso de as fadas estarem olhando do outro lado. No entanto, Áureo olhou para seu reflexo por mais tempo do que pretendia. O novo terno e penteado o faziam parecer tão *adulto* que ele mal se reconhecia. Em algum momento no passado recente, Áureo cruzou oficialmente a linha entre menino e homem, mas ele deve ter perdido o memorando de *quando* isso aconteceu.

– Nada mal – ele disse para seu reflexo. – Nada mal mesmo.

Às sete e dezesseis, Áureo desceu a escada curva e encontrou o refeitório no primeiro andar. Quando ele chegou, uma menina elfa que parecia ter uns seis anos já estava sentada na longa mesa de jantar. Ela usava um vestido branco com estampas pretas, uma tiara feita de flores brancas e seu cabelo estava penteado em três coques no topo da cabeça. A garota estava segurando um esquilo vermelho fofo e alimentando-o com leite em uma mamadeira.

– Ah, Princesa Elfínia – disse Áureo, e rapidamente se curvou.

A princesa ergueu uma sobrancelha para ele.

– A gente se conhece? – ela perguntou.

Áureo definitivamente conheceu a Princesa Elfínia com o Conselho das Fadas antes, mas ela claramente não se lembrava dele – seu disfarce deveria estar funcionando.

– Não, mas eu *ouvi* muito sobre você – disse ele. – Sou Aurélio dos Justos. Amigo de seu irmão Elfik.

– Eu não sabia que Elfik *tinha* amigos – disse a princesa.

– Pelo menos um – disse Áureo com um encolher de ombros. – Vejo que *você* também tem um amigo. Seu esquilo tem nome?

– Nozes – disse a Princesa Elfínia. – Estou tentando treiná-lo.

– Eu não sabia que esquilos *podiam* ser treinados – disse Áureo.

A Princesa Elfínia soltou um suspiro desanimado e colocou o esquilo em uma gaiola embaixo da mesa.

– Estou começando a pensar que é impossível – disse ela. – Meu pai me disse para pegar e treinar um animal selvagem... é uma de suas *atribuições*, mas não tenho certeza de como isso pode me tornar uma líder melhor. Até onde eu sei, os elfos não enterram a comida e fazem xixi em tudo quando você não está olhando.

– Felizmente não – disse Áureo.

Um jovem elfo muito bonito entrou no refeitório vestindo um terno preto com lapela branca – exatamente o desenho oposto do terno de Áureo. O elfo também usava uma coroa feita de gravetos e seu cabelo escuro estava preso em um rabo de cavalo curto atrás das orelhas pontudas. Demorou algum tempo para Áureo perceber que estava olhando para *Elfik*. Ele não tinha ideia de que o príncipe elfo pudesse parecer tão *principesco*.

– Meu Deus – disse Áureo. – Você se produziu bem.

Elfik olhou Áureo de cima a baixo, claramente pensando a mesma coisa sobre ele.

– Você também – disse Elfik. – *Muito* bem.

Áureo corou e não sabia o que dizer, mas, felizmente, não teve chance de dizer nada. As portas se abriram e o Rei Elfino entrou. Elfínia levantou-se de um salto e os elfos fizeram uma reverência ao pai. Áureo os copiou, mas demorou um pouco.

– Boa noite, pai – disseram os elfos.

O Rei Elfino sentou-se à cabeceira da mesa sem agradecer aos filhos. Uma vez que o rei estava sentado, os elfos também se sentaram. Áureo não sabia para onde ir, então se sentou ao lado de Elfik.

– *Estou morrendo de fome! Vamos comer!* – o rei gritou.

Quase instantaneamente, um desfile de servos elfos entrou na sala de jantar com pratos cheios de comida. A dieta dos elfos era completamente vegetariana e os servos colocavam pilhas de amêndoas, frutas e legumes na mesa. Havia comida suficiente para alimentar um exército, quanto mais quatro pessoas. A Princesa Elfínia olhou para o assento vazio ao lado dela.

– Onde está Elfon? – ela perguntou.

– Ele está em uma missão – disse o Rei Elfino. – Falando nisso, aquele animal já foi treinado?

– Até agora ele pode sentar e ficar, mas eu ainda o estou treinando no penico – disse ela.

– Ótimo – disse o rei. – E Elfik? Você caçou um urso como eu instruí?

Elfik encarou Áureo com olhos nervosos.

– Na verdade, Vossa Majestade, Elfik caçou *vários* ursos – disse Áureo.

O rei ergueu os olhos pela primeira vez e ficou surpreso ao ver um *visitante*.

– O que esse *humano* está fazendo na minha mesa de jantar? – ele perguntou.

Áureo estava grato que o rei não o reconhecesse, mas também apavorado por ter toda a sua atenção.

– Sou Aurélio dos Justos, senhor – disse ele. – Seu filho salvou minha vida na floresta. Veja, eu me perdi na floresta e fui atacado por um bando de ursos. Se Elfik não tivesse aparecido naquele exato momento, eu teria sido comido.

Elfik acenou com a cabeça para a história. O rei, no entanto, não estava convencido, e seus olhos corriam de um lado para o outro entre os meninos. Até a Princesa Elfínia parecia desconfiada.

– Eu não sabia que os ursos viajavam em *bandos* – disse o Rei Elfino.

– Bem... havia alguns deles – disse Elfik.

– Quantos? – perguntou a Princesa Elfínia.

– *Cinco* – disse Áureo.

– *Seis* – disse Elfik.

Os meninos ficaram tensos – eles deveriam ter esclarecido os detalhes de sua mentira com antecedência.

– Seis incluindo um *filhote*, senhor – disse Áureo.

– E eu imagino que você trouxe de volta os corpos como lembranças? – o Rei Elfino perguntou.

– A carruagem só era grande o suficiente para nós dois, pai – disse Elfik.

– Você está me dizendo que matou *seis ursos* e não trouxe *nada* para mostrar isso?!

– Eu não podia deixar Aurélio na floresta sozinho – disse Elfik. – E se mais ursos aparecessem?

O Rei Elfino bufou baixinho e balançou a cabeça.

– Na próxima vez que eu lhe der uma tarefa, quero uma *prova* de que você a completou – disse ele.

– Sim, pai – disse Elfik.

O refeitório se encheu de um silêncio constrangedor. Áureo estava curioso sobre a viagem do rei ao Instituto da Alquimia, mas não sabia a maneira apropriada de perguntar sobre isso. Então ele levantou a mão como se fosse um aluno em uma sala de aula.

– Você tem uma pergunta? – o Rei Elfino questionou.

– Como foi sua viagem, Vossa Majestade? – Áureo perguntou.

– Longa – ele resmungou.

Áureo esperava que o rei elaborasse, mas não compartilhou nenhum outro detalhe.

– Elfik me disse que você participou de uma Conferência dos Reis em um lugar chamado Instituto da Alquimia? Isso está certo? – ele inquiriu.

– Correto – disse o Rei Elfino.

– Estou curioso: o que *é* o Instituto da Alquimia? – Áureo emendou.

– É um grande *campus* que flutua no céu – disse o rei. – É onde os alquimistas vivem e realizam experimentos.

Quanto mais Áureo aprendia, mais confuso ele ficava.

– *Alquimistas*, senhor? – ele perguntou. – Não estou familiarizado com o termo.

– Isso é porque eles vivem em segredo – disse o Rei Elfino. – Aparentemente, os alquimistas são um tipo de fada ou bruxa que estuda *ciência*. Eles têm um departamento para cada assunto científico que você possa imaginar... física, química, biologia, todos. Pessoalmente, eu nunca entendi o porquê da *ciência*. Por que perder tempo com assuntos que você não pode controlar?

– Talvez para *aprender* a controlá-los? – sugeriu Elfik.

O Rei Elfino lançou um olhar de reprovação ao filho, como se o príncipe estivesse insultando sua inteligência. Áureo estava desesperado para saber mais e levantou a mão novamente antes que a tensão aumentasse. O rei revirou os olhos com a persistência de Áureo.

– Sim? – ele resmungou.

– Perdoe minha curiosidade, Vossa Majestade, mas o que você discutiu na Conferência dos Reis? – ele perguntou. – Elfik mencionou que houve uma emergência?

– Parece que uma fada perdeu o controle de seus poderes e está espalhando incêndios – disse o Rei Elfino. – Os alquimistas estavam preocupados que o menino pudesse destruir o planeta se ele não fosse detido. Então a conferência decidiu que era melhor eliminá-lo antes que ele causasse mais danos. Os alquimistas o estão rastreando enquanto conversamos.

A boca de Áureo se abriu e toda a cor sumiu do rosto dele.

– Mas… mas… mas e se ele for *inocente*? – ele perguntou.

– Improvável – disse o Rei Elfino. – As evidências falaram por si mesmas.

– Mas… mas… mas e se as evidências estiverem *erradas*? E se for um mal-entendido?

A Princesa Elfínia olhou para ele.

– Você parece muito *envolvido* nesta história – disse ela.

– Desculpe, parece injusto *executar* alguém sem julgamento, você não acha? – disse Áureo. – Espero que alguém pelo menos *tenha defendido* o pobre menino.

– Infelizmente – disse o Rei Elfino. – A conferência inteira poderia ter sido uma hora mais curta, mas a Fada Madrinha *insistiu* que seu amigo estava sendo incriminado. Mas você sabe como *ela* é, seu coração é grande demais para seu próprio bem. A Fada Madrinha implorou aos alquimistas uma chance de provar que ele era inocente.

– E como ela vai fazer isso? – Áureo perguntou.

– Ela e uma equipe de designados estão a caminho de algum tipo de *templo* para recuperar um *livro de feitiços*, embora eu não consiga lembrar os nomes específicos – disse o Rei Elfino. – Se eles voltarem a tempo, o livro de feitiços deve conter um feitiço que tornará o menino impotente e, portanto, provará sua inocência. Mas é muito improvável que a Fada Madrinha retorne antes que os alquimistas encontrem e matem o menino. Aparentemente, uma vez que as pessoas entram no templo, elas nunca saem.

Áureo estava consumido por tanta ansiedade que não conseguia formar palavras para fazer mais perguntas. Naquele exato momento, uma equipe de cientistas sofisticados *o estava caçando*. De repente, ele se sentiu muito inseguro – a Terra dos Elfos poderia estar protegendo-o dos misteriosos incêndios, mas onde ele poderia se esconder dos alquimistas? Quão longe ele teria que viajar? Quanto tempo ele teria que ficar ali?

E se isso não bastasse para se preocupar, uma de suas melhores amigas estava arriscando a vida em uma missão para salvá-lo. Brystal retornaria do templo? O livro de feitiços era o mesmo livro que ela precisava para derrotar o Exército da Honra Eterna e destruir a Imortal? Ou Brystal passaria seus últimos momentos viva tentando provar a inocência dele em vez de se concentrar em suas próprias necessidades?

Elfik deve ter percebido sua angústia porque apertou suavemente a mão dele sob a mesa.

– Pai? – perguntou a Princesa Elfínia. – Você disse que a Fada Madrinha levou uma equipe de *designados* ao templo?

– Sim – disse o Rei Elfino. – Foi escolhido um de cada reino e território.

– Por favor, me diga que *essa* não é a missão que você deu a Elfon – Elfik exclamou.

– Na verdade, foi – disse o Rei Elfino. – Todos nós sabemos que seu irmão agiu como um covarde no passado. Esta foi a oportunidade perfeita para ele provar o seu valor.

Nem o príncipe nem a princesa podiam acreditar nas palavras que saíam da boca do rei.

– Pai, como você pôde? – perguntou Elfik. – E se Elfon se machucar? E se ele for *morto*?

O Rei Elfino deu um soco na mesa, fazendo com que todos os pratos chacoalhassem.

– Então ele não merece herdar meu trono – ele declarou. – É *meu dever sagrado* deixar este território em boas mãos quando eu morrer. E até agora, *nenhum* dos meus filhos provou ser digno disso. Todos vocês três continuam sendo *completas e totais decepções*! Então, a menos que vocês queiram que eu envie *vocês* em uma tarefa da qual tenho certeza de que não retornarão, sugiro que *fiquem de boca fechada*!

Elfik ficou pálido e silenciosamente olhou para seu prato. A explosão do rei foi suficiente para tirar Áureo do transe ansioso. Por um momento, ele esqueceu tudo sobre seus próprios problemas e não sentiu nada além de simpatia pelo príncipe elfo. Áureo sabia exatamente como era ser humilhado por alguém que deveria amá-lo – ele experimentara isso todos os dias morando com seu próprio pai.

Áureo apertou a mão de Elfik por baixo da mesa. O canto da boca de Elfik se curvou em um pequeno sorriso e ele o apertou de volta. Os meninos ficaram de mãos dadas secretamente pelo resto da noite, e mesmo quando o jantar acabou, nenhum deles quis soltar.

· • ★ • ·

Naquela noite, depois do tumultuado jantar com o rei, Elfik levou Áureo para uma grande sacada no quarto andar do castelo. De lá, os meninos podiam ver toda a Terra dos Elfos abaixo deles. Todas as pequenas casas dos elfos estavam iluminadas e as janelas brilhantes faziam a árvore gigante parecer um diminuto universo. Os meninos estavam emocionalmente esgotados com a refeição angustiante, mas quanto mais tempo eles apreciavam a vista espetacular, mais ela recarregava seus ânimos.

– Não pensei que este lugar pudesse ser mais bonito – disse Áureo.

– Esta é a minha hora favorita da noite também – disse Elfik. – Quando todas as lojas estão fechadas, quando todo o trabalho está terminado e todos vão para casa, eu amo quão *pacífico* e *simples* tudo se torna.

– Eu sei o que você quer dizer – disse Áureo. – É como se o mundo estivesse respirando fundo.

– Exatamente – disse Elfik. – Gostaria que *todos* os momentos fossem como este. Eu gostaria que você pudesse guardar um momento no bolso e usá-lo sempre que precisasse. Mas suponho que é por isso que nos dizem para valorizar cada um; porque os bons momentos nunca duram.

O príncipe soltou um suspiro triste e Áureo pôde sentir a dor por trás disso.

– Lamento que seu pai seja tão cruel com você – disse ele. – Você merecia coisa melhor.

– Sinto muito pelo seu pai também – disse Elfik. – Mas é como você disse na floresta... *eles* são os errados, certo?

Áureo ficou emocionado com o fato de o príncipe se lembrar do sentimento.

– Momentos como este podem não durar para sempre, mas certamente os *guardarei* para sempre – observou ele.

– Eu também – disse o elfo. – Eu realmente gosto de você, Aurélio.

– Eu também gosto muito de você, Elfik – disse Áureo.

– De todas as pessoas no mundo, quais são as chances de dois garotos como nós se encontrarem no meio da floresta? – perguntou Elfik. – Me faz pensar se algumas coisas são apenas destinadas a ser.

Áureo não poderia concordar mais. Conhecer alguém como Elfik parecia um milagre. Se Áureo pudesse desejar alguma coisa, seria passar mais tempo com o príncipe. Infelizmente, ele sabia que seu tempo havia acabado. Se Áureo quisesse sobreviver aos alquimistas, ele precisava deixar a Terra dos Elfos o mais rápido possível.

– Elfik, há algo que eu preciso te dizer – disse Áureo. – Eu não fui completamente honesto com você. Meu nome não é Aurélio, é Áureo, e a verdadeira razão de você me encontrar na floresta é porque...

– Você é a fada que os alquimistas estão procurando – disse Elfik.

Áureo ficou chocado.

– Como você sabe? – ele perguntou.

– Quando papai estava falando sobre a Conferência dos Reis, seu pulso estava acelerado – disse o elfo.

– E você não estava *preocupado*? – Áureo perguntou.

– Se você fosse começar um incêndio, imaginei que já teria feito isso – disse Elfik.

– Então você provavelmente entende *por que* eu tenho que ir embora – disse Áureo.

– Sim – disse Elfik.

– Eu gostaria de poder ficar – disse Áureo. – Honestamente, eu gostaria de poder passar cada minuto de cada dia com você... você tem sido um sonho no meio de um pesadelo. Simplesmente não é seguro para mim aqui.

Elfik assentiu.

– Eu sinto o mesmo por você – disse ele. – Então você provavelmente entende por que eu não tenho escolha a não ser ir com você.

Áureo pensou que seus ouvidos estavam pregando peças em sua mente.

– *O quê?* Elfik, você não pode vir comigo!

– Por que não? – o príncipe perguntou.

– Porque é muito perigoso! – disse Áureo. – Você ouviu seu pai: os alquimistas estão vindo para me matar! Tenho que ir a algum lugar onde eles nunca vão me encontrar! Tenho que me esconder até que a Fada Madrinha pegue o livro de feitiços do templo!

– Sem ofensa, mas eu vi sua técnica de se esconder, e sem minha ajuda você estará morto pela manhã – Elfik disse. – Você vai precisar de alguém para ficar de vigia, alguém que possa coletar comida e água, e alguém que possa guiá-lo pela floresta... e ninguém conhece a Floresta do Noroeste melhor do que eu. Descobri túneis subterrâneos e cavernas de que ninguém mais no mundo jamais ouviu falar, muito menos visitou. E o mais importante, você vai precisar de alguém para entrar em contato com a Fada Madrinha quando ela voltar.

Áureo ficou sem palavras. Ele sabia que Elfik estava certo – esconder-se dos alquimistas seria impossível sem a ajuda de alguém –, mas ele não podia deixar o príncipe se colocar em perigo.

– Elfik, eu não posso deixar você fazer isso por mim – disse ele.

O príncipe agarrou Áureo pelos ombros e olhou profundamente nos olhos dele.

– Eu não posso te dizer quantas vezes eu olhei para aqueles portões e sonhei em fugir. Dei muitas desculpas para ficar, mas *você* é a primeira desculpa que tenho para ir embora. Eu sei como é sentir que o mundo inteiro está contra você, mas não está; *eu* estou com você. E eu não quero perder você ainda.

– Mas e se a Fada Madrinha não retornar? – disse Áureo. – E se eu tiver que ficar escondido para sempre?

– Posso pensar em destinos piores do que ficar preso com uma fada bonita – disse Elfik com uma piscadela. – Então o que você diz? Você quer fugir junto comigo?

De repente, o maior pesadelo de Áureo se transformou em um sonho realizado. Mesmo uma vida em fuga parecia um paraíso com Elfik ao seu lado.

– Tudo bem – disse Áureo. – Vamos fazer isso... vamos fugir juntos.

Elfik deu-lhe o maior sorriso que Áureo já vira.

– Maravilhoso – disse o príncipe. – Vamos partir imediatamente. Vou embalar alguns suprimentos e preparar minha carruagem. Você fica aqui, eu volto assim que terminar!

Elfik beijou Áureo e correu rapidamente para dentro do castelo. Os olhos de Áureo cresceram duas vezes e ele colocou uma mão trêmula sobre os lábios. *Isso acabou de acontecer?* Áureo se beliscou para ter certeza de que não estava sonhando. *Não, definitivamente aconteceu!* Com ou sem Medalhão Anulador, Áureo estava corando tanto que ficou surpreso que suas bochechas não pegaram fogo. Ele olhou para a Terra dos Elfos com admiração, brilhando mais do que todas as estrelas no céu noturno.

Talvez Smeralda estivesse certa sobre o amor. Talvez houvesse um Simpatia para cada Chorão.

Capítulo Quinze

O Templo do Conhecimento

Na Vila dos Guardiões, Brystal, Lucy e os designados vestiram macacões de pele de dragão, botas e proteções pontiagudas para os ombros, joelhos e cotovelos. Cavallero insistiu que eles também se munissem com armas, e Brystal e Lucy tiveram dificuldade em escolher uma. As garotas estavam tão acostumadas a se proteger com magia que não conseguiam se imaginar balançando uma espada ou lança em combate. Ainda assim, elas ouviram o conselho de Cavallero e selecionaram espadas feitas de dentes de dragão afiados. Brystal enfiou a varinha na bota por segurança, ansiosa pela chance de usá-la novamente.

– Esta é uma grande mudança de visual – disse Brystal enquanto olhava suas novas roupas.

– Parecemos o time de kickball mais durão do planeta… – disse Lucy. – Não tenho objeções quanto a isso.

– Todos prontos? – perguntou Cavallero.

Os designados assentiram e lhe deram um sinal de positivo.

– Ótimo – disse ele. – Agora, vamos fugir da vila e descer o vulcão a pé. Temos que ficar o mais quietos possível. Se os guardas da minha mãe nos pegarem, ela nos jogará na prisão do Guardião.

– *ENTENDIDO!* – disse Gobriella. – Vou ficar quieta como uma *RAPOSA*!

O Príncipe Elfon se encolheu.

– Gobriella, você não pode *falar* até chegarmos lá! – ele disse.

Gobriella fechou a boca e fingiu trancá-la com uma chave. Cavallero abriu a porta uma fresta e espiou para fora.

– *O caminho está livre* – ele sussurrou. – *Vamos.*

Os designados seguiram Cavallero até a ponte de corda do lado de fora. Era tarde e, além do magma brilhante e borbulhante no vulcão abaixo, tudo estava escuro e quieto na Vila dos Guardiões. Eles passaram por baixo da ponte de corda e rastejaram ao longo dela, exceto Abóbora e Maltrapilho – havia espaço suficiente para o anão e o troll andarem eretos. Enquanto eles se moviam secretamente pela vila, Cavallero ocasionalmente levantava a mão e pausava a procissão sempre que ouvia um Guardião se movendo acima deles.

Assim que chegaram à beira da Vila dos Guardiões, Cavallero examinou a terra ao redor do vulcão e depois verificou o céu. Quando ele teve certeza de que não havia Guardiões ou dragões por perto, deslizou pela encosta íngreme do vulcão, de beira em beira, até chegar à base. Brystal, Lucy e os outros designados seguiram seu padrão e chegaram à base muito suavemente, exceto Gobriella – a goblin caiu do vulcão como uma avalanche de uma só mulher.

Assim que os designados pegaram Gobriella e tiraram a poeira dela, correram pela ilha. Eles atravessaram na ponta dos pés um rebanho de arborícolas adormecidos, pularam por um rio de lavadouros cochilando e passaram por uma colônia de pescadores roncando em suas represas. Cavallero levou os designados para uma parte vazia da praia e assobiou em direção ao oceano. Algum tempo depois, Peixinho Dourado ergueu sua cabeça gigante para fora da água. O dragão marinho olhou para Cavallero com olhos sonolentos: *Você sabe que horas são?*

– Oi, Peixinho Dourado, desculpe acordá-lo – Cavallero se desculpou.

– *O nome dele é Peixinho Dourado?* – Maltrapilho sussurrou para os outros.

– *Ele nomeia todos os seus dragões como animais de estimação que ele gostaria de ter* – Brystal sussurrou de volta.

– Ouça, eu prometo que não estaria incomodando você no meio da noite a menos que fosse extremamente importante – disse Cavallero. – Você pode nos levar para sua caverna de tesouros?

O dragão marinho lançou a ele um olhar desconfiado: *Por quê?*

– Porque eu acho que você tem algo de que precisamos – explicou Cavallero. – Há vários anos, minha mãe jogou uma chave especial no oceano. Não temos ideia de como é, mas tenho um palpite de que você já deve ter encontrado.

Peixinho Dourado virou-se para Brystal e notou a varinha enfiada na bota dela. O dragão marinho bufou e balançou a cabeça: *Você já não tomou o suficiente de mim?*

– Por favor, Peixinho Dourado – disse Brystal. – Eu ficaria feliz em fazer uma troca desta vez.

Peixinho Dourado levantou uma sobrancelha: *Você tem minha atenção.*

– Minha amiga Smeralda pode transformar qualquer coisa que toque em joias – disse Brystal. – Se você nos deixar pegar a chave, eu posso te dar todos os diamantes, rubis e esmeraldas que você sempre sonhou. O que você acha?

O dragão marinho não pareceu impressionado: *Tenho joias suficientes, muito obrigado.* Brystal e Cavallero se entreolharam, cada um esperando que o outro tivesse outra ideia, mas nenhum deles sabia *como* convencê-lo. Lucy limpou a garganta e passou por Brystal e Cavallero.

– Afastem-se, eu posso lidar com isso – ela declarou.

– Como? – Brystal perguntou.

– Eu negociei nas casas de penhores mais desprezíveis do mundo. Esses *tais colecionadores* são tudo farinha do mesmo saco – disse ela, olhando para o dragão. – Olá, Sr. Peixinho Dourado... posso chamá-lo de Sr. Peixinho Dourado?

O dragão marinho assentiu: *Você deve.*

– Bem, Sr. Peixinho Dourado, posso dizer que você é um dragão com bom gosto – disse Lucy. – Você sabe que um bom negócio não tem a ver necessariamente com o *preço*, mas com o *valor.* Diamantes e joias são muito *comuns* para serem interessantes. O que você realmente quer é algo *inestimável*... algo que *não pode ser substituído.*

Peixinho Dourado olhou para ela: *Estou ouvindo.* Lucy tirou o colar com tampa de garrafa e mostrou a ele.

– Está vendo isso? – ela perguntou. – Esta tampa de garrafa é de uma garrafa de Champanhe Espumacular que a Duquesa da Vila do Extremo Sul me enviou *pessoalmente.* Ela foi a um show da Trupe Nada na Casa da Música das Macieiras e ficou tão impressionada com meu solo de tamborim que me mandou um presente. Eu compartilhei a bebida com os mundialmente famosos Goblins Tenores, fiz este colar com a tampa da garrafa e o tenho usado desde então. É a coisa mais importante para mim – e algo que é importante para *uma pessoa* é muito *mais raro* do que algo que é importante para *todas.* Certo?

O dragão marinho coçou a cabeça com o rabo enquanto pensava sobre isso. Até Brystal estava confusa sobre aonde Lucy queria chegar com aquela conversa.

– Então, o que você diz? – Lucy perguntou. – Vou te dar meu bem mais precioso em troca de algum lixo descartado que você encontrou no fundo do oceano. Você não pode fazer um negócio melhor que esse.

O dragão marinho estava visivelmente intrigado. Ele olhou para um lado e para outro entre Cavallero e Lucy com a tampa de garrafa enquanto ponderava. Eventualmente, Peixinho Dourado tomou sua decisão e assentiu ansiosamente.

– *Obrigado, Lucy* – Brystal sussurrou. – *Lamento que você tenha que trocar algo tão valioso.*

– *Relaxe, a duquesa da Vila do Extremo Sul não existe* – ela sussurrou de volta. – *Eu só estou enganando um vigarista.*

Peixinho Dourado pegou o colar com os dentes e depois rolou para a praia e se esticou na areia. Os designados subiram nas costas dele e, uma vez que estavam posicionados, Peixinho Dourado deslizou de volta para a água e serpenteou pelo oceano. Quando eles estavam a cerca de um quilômetro da praia, os designados prenderam a respiração, e o dragão marinho mergulhou nas profundezas da água. Dois minutos depois, Peixinho Dourado e os designados emergiram em sua caverna submarina. Os designados arfaram ao verem as pilhas de moedas, vidros, talheres, garrafas e peças de navios ao redor.

– Uau – Lucy disse com os olhos arregalados. – Isso que eu chamo de *tesouro afundado.*

Enquanto os designados vasculhavam a caverna, o dragão marinho estava deitado de costas e brincava com seu novo colar como um gato com um novelo de lã. Uma hora depois, os designados encontraram mais de cem chaves na pilha de lixo marinho diverso de Peixinho Dourado. Eles colocaram todas as chaves em fila para inspecioná-las. Algumas eram de ouro, outras de aço, e algumas até tinham joias.

– Então? Qual delas é a chave do templo? – perguntou Abóbora.

Brystal estudou a pilha de chaves. Apesar de todas as brilhantes, seus olhos continuavam voltando para uma chave pequena e enferrujada. Ela a pegou e levantou para os outros verem.

– É esta – disse ela.

O Príncipe Elfon grunhiu.

– Você não pode estar falando sério – disse ele. – De jeito nenhum *essa* é a chave para o cofre mais valioso do mundo!

– Se *você* escondesse todos os seus objetos de valor em um só lugar, como você gostaria que a chave fosse? – Brystal perguntou a ele. – Esta chave é a mais discreta e enganosa… e isso é exatamente o que os feiticeiros gostariam que fosse.

Cavallero pegou a chave dela e a examinou ele mesmo.

– Ela está certa – disse ele. – Olhem, esta chave é feita de *pedra vulcânica*. Assim como o próprio templo.

Gobriella bateu palmas em comemoração.

– Tudo bem, nós temos uma *CHAVE*! – ela disse. – Agora só precisamos de uma *PORTA*!

– Como vamos chegar ao Templo do Conhecimento daqui? – Maltrapilho perguntou.

Cavallero estremeceu.

– Eu não pensei nessa parte – disse ele. – Suponho que teremos que convencer Peixinho Dourado a nos dar uma carona.

Os designados se voltaram para Lucy, esperando que ela tivesse outro objeto de valor com que pudesse negociar.

– Ei, Sr. Peixinho Dourado? – Lucy chamou o dragão. – Eu mencionei que tenho um *anel* do dedo do pé do *Duque do Povoado do Alto Leste*?

O dragão marinho transportou os designados através das Covas dos Dragões até a ilha do Templo do Conhecimento. Brystal podia sentir Peixinho Dourado ficando cada vez mais tenso à medida que a estrutura antiga aparecia. No entanto, ela não podia culpar o dragão. Até *ela* estava se encolhendo quando eles se aproximaram da ilha. E a julgar pelos olhos arregalados e rostos pálidos de seus colegas, o sentimento de intimidação era compartilhado.

Tique... taque... tique... taque...

Não se preocupe....

Você não vai durar muito tempo lá...

Independentemente do templo...

Independentemente dos desafios...

Oito dias é tudo o que você tem....

Mas você estará morta muito antes disso.

Brystal tentou ignorar os pensamentos perturbadores, mas ela tinha muita vulnerabilidade para eles se alimentarem.

Tique... taque... tique... taque...

Como você pode sobreviver...

Ao desafio físico...

Ao desafio mental...

Ao desafio emocional...

Sem magia?

Quanto mais perto Peixinho Dourado nadava do Templo do Conhecimento, mais alto o relógio de bolso de Brystal e os pensamentos perturbadores se tornavam.

Tique... taque... tique... taque...

E não vamos esquecer...

Se você quer o Livro da Feitiçaria...

Você terá que enfrentar a criatura mais mortal e perigosa que já percorreu a terra…

O que poderia ser se não um dragão?

Que tipo de animal aterrorizante a está esperando lá dentro?

Duvido que você vá longe o suficiente para descobrir.

Quando estavam a poucos metros da terra, Peixinho Dourado parou abruptamente. O dragão rapidamente arqueou as costas e catapultou todos os sete passageiros em direção à praia. Assim que atingiram a areia, o tímido dragão mergulhou na água e não retornou. Os designados se levantaram, limparam-se e olharam para o templo e para o vulcão ativo que o engolia.

– Então *este* é o Templo do Conhecimento, hein? – Maltrapilho perguntou.

– Deve ser chamado de Templo do *ABATIMENTO*! – disse Gobriella.

– Onde é a entrada? – questionou Abóbora.

– Está no topo dos degraus – disse Cavallero.

Os designados gemeram quando notaram que os degraus se estendiam até o topo do templo – exceto Gobriella. A goblin esfregou as mãos animadamente e começou a se alongar.

– Tudo bem, hora de um pouco de *AERÓBICA*! – ela disse. – Vamos *ACELERAR*!

O entusiasmo de Gobriella fez o Príncipe Elfon bufar e ele segurou o rosto nas mãos.

– Eu odeio ela – o elfo disse baixinho. – Eu odeio muito ela.

A goblin liderou a investida e os designados a seguiram pelas escadas intermináveis. Os degraus de pedra estavam lascados e rachados por anos de exposição aos elementos e estavam cobertos de ervas daninhas e trepadeiras, dificultando a caminhada. Enquanto subiam, o sol começou a nascer e isso ajudou os designados a ver para onde estavam indo. Infelizmente, a luz do sol também iluminou quão *alto* eles estavam – se alguém escorregasse, seria uma longa queda de volta ao chão. Quando chegaram ao topo da escada, todos no grupo estavam ofegantes e suando profusamente.

– Por favor, me diga que *esse* foi o desafio físico – Lucy ofegou.

– Eu sinceramente duvido – disse Brystal.

As escadas levavam a um alto arco esculpido na lateral do vulcão. Debaixo do arco havia uma enorme porta de pedra que se erguia bem acima de suas cabeças. A porta era completamente sólida e não tinha maçanetas ou puxadores, apenas um pequeno buraco de fechadura. Brystal enfiou a chave dentro do buraco e suspirou de alívio quando ela se encaixou perfeitamente. Ela girou a chave e, de repente, todo o templo começou a ranger quando a pesada porta de pedra se abriu. Uma rajada de ar empoeirado saiu de dentro do templo, fazendo todos os designados tossirem.

– Se alguém quiser ir embora, agora é sua última chance – disse Brystal. – Uma vez que entrarmos, não há como voltar atrás.

Os designados estavam visivelmente assustados, mas reuniram a coragem de que precisavam e compartilharam uma assentida confiante.

– Há muito em jogo para desistir agora – disse Lucy.

– Eu não poderia concordar mais – disse Abóbora. – Não podemos deixar o mundo ser destruído por tiranos ardentes ou incêndios tirânicos.

– Além disso, fomos longe demais – disse o Príncipe Elfon. – Eu não vou descer essas escadas.

– Vamos pegar o *LIVRO DA FEITIÇARIA* para que possamos parar o *BAFO DO DIABO* e chutar *TRASEIROS DA HONRA*! – Gobriella declarou.

– E depois *o povo toupeira*! – Maltrapilho disse, e levantou o punho.

Os designados reviraram os olhos para o anão.

– Claro, Maltrapilho – disse Lucy. – E *depois* o povo toupeira.

A determinação dos designados era contagiante. Brystal sentiu sua primeira centelha de esperança desde que deixaram o Instituto da Alquimia.

– Tudo bem, aqui vamos nós – disse ela. – Não importa o que aconteça lá dentro, temos que seguir em frente. Muitas pessoas estão contando conosco. Não podemos falhar!

Brystal, Lucy, Cavallero, Gobriella, o Príncipe Elfon, Maltrapilho e Abóbora respiraram fundo e entraram no templo. Assim que passaram pela pesada porta, ela se fechou atrás deles. A princípio, os designados não viram nada além de completa escuridão. Quando os olhos deles se ajustaram, se encontraram em um túnel. Eles viram uma luz ao longe e sentiram o calor vindo de lá. Agarraram suas armas e caminharam cautelosamente em direção a ela, mantendo seus olhos e ouvidos em alerta máximo.

Quando chegaram ao fim do túnel, os designados descobriram que estavam *dentro* do vulcão da ilha. Uma longa ponte de pedra se estendia sobre um enorme lago de magma que borbulhava violentamente e espirrava abaixo deles. Uma ponte ligava o túnel a uma plataforma redonda no núcleo do vulcão. Sete estátuas gigantes estavam sentadas em tronos ao redor da plataforma – quatro feiticeiros e três feiticeiras. As estátuas tinham rostos enrugados, os homens tinham barbas longas e espessas, as mulheres tinham cabelos compridos e grossos e todos os sete estavam vestidos com capas com capuz. As órbitas oculares das estátuas estavam vazias – como se estivessem observando *nada* e *tudo* ao mesmo tempo.

Os designados cruzaram cuidadosamente a ponte e foram para a plataforma um de cada vez. O centro do piso da plataforma estava coberto por um grande pentagrama feito de metal preto. Brystal e os designados se reuniram em cima do pentagrama e notaram que sua estrela estava circundada por entalhes em uma língua antiga.

– O que você acha que diz? – perguntou Cavallero.

– Provavelmente é um aviso – disse Brystal.

De repente, a plataforma começou a vibrar e o som de pedra raspando ecoou pelo vulcão. O pentagrama começou a afundar na plataforma, levando consigo todos os sete designados.

– Deve estar nos levando ao primeiro desafio – disse Brystal. – Todos se preparem! E estejam prontos para qualquer coisa!

Os designados ficaram de costas uns para os outros enquanto o pentagrama mergulhava cada vez mais. Moveu-se cada vez mais rápido, descendo pela plataforma oca como se fosse um poço profundo. Paredes de pedra se erguiam ao redor deles, e, quanto mais longe o pentagrama ia, mais quente ficava o ar. Uma sensação ruim cresceu na boca do estômago de Brystal quando ela ouviu um som de chapinhar embaixo deles.

– Eu não gosto disso! – exclamou Brystal. – Precisamos sair desta coisa!

Os designados pularam do pentagrama e se penduraram nos tijolos de pedra nas paredes. Alguns segundos depois, a intuição de Brystal provou estar certa. O pentagrama afundou em uma poça de magma no fundo do poço. Ao olharem aterrorizados para baixo, os designados notaram que o magma estava lentamente começando a subir.

– *Está vindo em nossa direção!* – Maltrapilho gritou.

– *Temos que subir!* – Brystal gritou.

Enquanto os designados escalavam as paredes freneticamente, uma porta vazia apareceu vários metros acima deles.

– Essa deve ser a saída! – disse Cavallero.

– Este é *definitivamente* o desafio físico! – disse Brystal. – Todos vão para a porta!

Infelizmente para os designados, a tarefa estava *apenas* começando. Todos os tijolos de pedra do poço começaram a se mover *para dentro e para fora das paredes*! O movimento aconteceu em velocidades diferentes e em nenhuma ordem ou padrão específico, tornando impossível prever. Os designados perderam o controle e escorregaram cada vez mais fundo no poço enquanto o magma subia cada vez mais alto em direção a eles.

Para piorar as coisas, os designados ouviram um barulho alto vindo de cima. Todos eles olharam para o alto e perderam o ar quando *pedregulhos gigantes começaram a rolar no poço*! As pedras ricocheteavam em direção a eles, quebrando os tijolos em pedaços e deixando enormes amassados nas paredes. Os designados tiveram que pular e mergulhar de tijolo em tijolo para evitar serem esmagados.

– É sério? – Lucy perguntou. – Os tijolos e o magma não eram desafiadores o suficiente?! Os feiticeiros tiveram que adicionar PEDREGULHOS a isso?!

– Abóbora! Cuidado! – Cavallero gritou.

O troll olhou para cima e viu uma pedra indo em sua direção. Abóbora saiu do caminho bem a tempo e pulou para o outro lado do poço. Tragicamente, quando alcançou a parede oposta, o tijolo que estava mirando subitamente se retraiu. Não havia nada para o troll agarrar e ele deslizou pelo poço. Suas longas unhas arranharam a parede de pedra enquanto ele tentava desesperadamente agarrar alguma coisa.

– *AAAAAAAAAH!* – gritou Abóbora.

– *Abóbora!* – gritaram os designados.

O troll mergulhou diretamente no magma e nunca ressurgiu. Os designados gritaram enquanto olhavam para baixo com horror. Infelizmente, eles não tiveram tempo para lamentar o troll morto. Quanto mais tempo eles ficavam dentro do poço, mais e mais pedregulhos vinham rolando de cima.

– Isso não tem sentido! – o Príncipe Elfon disse. – Nós nunca vamos conseguir sair daqui!

– Todos fiquem *CALMOS*! – disse Gobriella. – Eu tenho uma *IDEIA*!

A goblin saltava de tijolo em tijolo como um macaco balançando entre as árvores, evitando por pouco as pedras que choviam ao seu redor. Ela se moveu pelo poço e pegou cada designado, jogando-os por cima do ombro. Brystal, Lucy, Cavallero, Maltrapilho e o Príncipe Elfon seguraram Gobriella enquanto ela subia meticulosamente cada vez mais alto.

– *Não há mais morte HOJE! Não há mais morte HOJE!* – Gobriella repetiu para si mesma enquanto subia.

Finalmente, a goblin alcançou a porta no topo do poço. Os designados terminaram a subida em segurança e puxaram Gobriella atrás deles. Quando a goblin se deitou para recuperar o fôlego, o Príncipe Elfon se inclinou para ela e beijou seu rosto repetidamente.

– Gobriella, você é nossa heroína! – o elfo declarou. – Eu prometo que nunca vou tirar sarro do seu tamanho enquanto eu viver!

O momento comemorativo foi interrompido quando os designados lembraram que sua equipe estava com um designado a menos. Lágrimas encheram os olhos de todos enquanto olhavam para o magma crescente que havia consumido o troll.

– Eu não posso acreditar que Abóbora se foi – disse Lucy. – Aconteceu tão rápido.

– Senhor, por que você teve que levar *ABÓBORA*? – Gobriella fungou. – O mundo precisava de sua bela *POESIA*!

– Adeus, amigo – Maltrapilho disse. – Assim como você, sua vida foi muito curta.

Os designados sabiam que o templo seria perigoso, eles sabiam que estavam arriscando as vidas juntando-se à missão, mas, até então, a realidade não havia aparecido. A morte de Abóbora era provavelmente apenas a primeira de muitas.

– Temos que continuar em movimento – disse Brystal, dizendo a si mesma tanto quanto aos outros. – O mundo está contando com a gente.

Capítulo Dezesseis

Isca

Enquanto Áureo esperava na varanda por Elfik, ele se mantinha ocupado sonhando acordado com sua vida futura em fuga. Ele os imaginou viajando pelo mundo enquanto corriam de esconderijo em esconderijo, compartilhando refeições exóticas em locais exóticos e felizes, de mãos dadas enquanto fugiam dos alquimistas. Os pensamentos eram tão alegres que Áureo teve de se lembrar do *perigo* que corria.

No entanto, depois de esperar mais de uma hora pelo retorno do príncipe elfo, o devaneio de Áureo se transformou em impaciência. E à medida que a segunda e a terceira hora passavam, sua impaciência evoluiu para uma *preocupação*.

Áureo não conseguia imaginar por que Elfik estava demorando tanto. Ele se inclinou sobre o parapeito e olhou ao redor do castelo, mas não viu o príncipe ou sua carruagem em nenhum lugar. Enquanto procurava, Áureo ficou aliviado ao ouvir o som de passos vindo de trás dele.

– Elfik? – ele perguntou, e virou-se com um grande sorriso. – Onde você esteve?

Infelizmente, Áureo viu-se diante do membro da família real errado.

– Princesa Elfínia? – ele perguntou. – O que você está fazendo aqui?

– Meu irmão me pediu para vir buscá-lo – disse a princesa. – Eu o encontrei carregando uma carruagem nos estábulos. Ele disse que lhe daria um *passeio noturno* pelo reino.

– Hum... isso mesmo – Áureo disse com uma risada nervosa. – A Terra dos Elfos é tão bonita à noite que eu queria ver tudo de perto.

A Princesa Elfínia cruzou os braços.

– Uhum – ela murmurou. – Bem, venha. Vou lhe mostrar os estábulos.

Áureo estava grato por nada de ruim ter acontecido com Elfik e estava envergonhado por deixar sua paranoia tomar conta. Mais uma vez, sua cabeça estava cheia de devaneios do futuro e Áureo praticamente flutuava enquanto seguia a Princesa Elfínia pelo castelo. Eles subiram a escada curva até o primeiro andar e então a princesa o levou por um lance de escadas íngremes para os níveis mais baixos do castelo. Ela o escoltou por um corredor estreito, onde eles entraram em uma sala escura como breu.

– Estamos quase lá – disse a Princesa Elfínia.

– Os estábulos estão aqui embaixo? – Áureo perguntou.

– Eles são os *estábulos secretos* – ela explicou. – Caso o castelo seja atacado, isso nos dá uma maneira rápida de escapar. Fica do outro lado desta porta... cuidado com a cabeça.

Embora Áureo não pudesse ver a princesa, ele a ouviu abrir uma porta. Ele se abaixou pela porta apertada e teve que engatinhar sobre as mãos e joelhos para caber no pequeno corredor atrás dela. Áureo só estava dentro do salão por alguns segundos antes de esbarrar em um conjunto de barras de aço.

– Princesa Elfínia? – ele perguntou. – Eu acho que há algo bloqueando o…

BAM! A princesa bateu a porta atrás dele. Áureo ouviu o som de correntes chacoalhando e uma fechadura sendo trancada. Ele tentou se mover para a direita e para a esquerda, mas mal conseguia se virar. A princesa o enganara e o aprisionara em algum tipo de caixa de metal.

– O que está acontecendo? – ele perguntou. – Onde estou?

FFFFTZ! O rosto da Princesa Elfínia se iluminou por um breve momento enquanto ela acendia um fósforo. Ela jogou o fósforo em uma pilha de toras secas embaixo de Áureo. À medida que as chamas subiam ao seu redor, Áureo percebeu que não estava em um salão – *ele estava preso dentro de uma gaiola no meio de uma lareira*! O calor do fogo incendiou as barras de metal e chamuscou as bordas do terno branco de Áureo.

– *Elfínia, o que você está fazendo comigo?* – ele berrou.

Um sorriso malévolo cresceu no rosto da princesa elfa enquanto ela observava o fogo subir cada vez mais alto. Mesmo quando a gaiola foi completamente engolida pelas chamas, Áureo permaneceu ileso.

– Viu, pai? Eu disse que era ele! – disse a Princesa Elfínia. – Eu o reconheci no minuto em que ele entrou na sala de jantar!

Áureo viu um par de mãos aparecer em um canto do quarto escuro. O Rei Elfino aplaudiu sua filha enquanto saía lentamente das sombras. O rei se aproximou da lareira e foi acompanhado por quatro soldados do Exército da Honra Eterna.

– Muito bem, Elfínia – disse o rei. – Eu nunca estive tão orgulhoso de você. Provou ser muito mais astuta e capaz do que seus irmãos. Será uma excelente rainha quando eu me for.

A Princesa Elfínia sorriu vitoriosa.

– Obrigada, pai – disse ela.

Áureo sacudiu as barras de sua jaula, mas elas não se moveram.

– Onde está Elfik?! – ele exclamou. – O que você fez com ele?!

– Temo que você nunca mais veja meu filho – disse o Rei Elfino. – Veja, mentir para o rei vem com consequências severas; especialmente para um príncipe. Quando Elfik cumprir sua sentença, você já terá ido embora há muito tempo.

– Se você está me entregando, então onde estão os alquimistas? – Áureo perguntou. – Por que esses soldados estão aqui?

– O Imperador da Honra me fez uma oferta que não pude recusar – disse o Rei Elfino. – Em troca de você, ele prometeu poupar a Terra dos Elfos da invasão.

– Mas *por quê*? – Áureo ofegou. – O que Sete quer *comigo*?

– Não me importa quais sejam os motivos dele, tenho um território para proteger – disse o Rei Elfino. – O exército do Imperador da Honra é impossível de derrotar. Independentemente do que a Fada Madrinha acredita, é apenas uma questão de tempo até que ele aniquile tudo que estiver em seu caminho. Entregá-lo a ele é a única maneira de garantir a segurança dos elfos.

– Ele está mentindo para você! – Áureo gritou. – Você não pode confiar no Imperador! Ele vai trair você assim como trai todo mundo! Você tem que me deixar sair!

– Sinto muito, filho, mas não tenho escolha – disse o Rei Elfino, e então ele deu um aceno para os soldados mortos. – Levem-no.

• • ★ • •

O Dr. Estatos e os alquimistas estiveram procurando por dois dias inteiros e ainda não haviam encontrado nenhum vestígio de Áureo dos Fenos em lugar algum. No entanto, quando amanheceu na manhã do terceiro dia, os alquimistas pensaram que sua sorte estava prestes a mudar. Enquanto sua carruagem de bronze voava pelo céu a noroeste do Império da Honra, eles avistaram um rastro de fumaça ondulando à distância.

Os alquimistas conduziram os Magibôs na direção da fumaça e pousaram ao lado de uma pequena fogueira no sopé das colinas. Estranhamente, em vez de encontrar Áureo dos Fenos no local, descobriram o próprio Imperador da Honra, segurando uma tocha acesa. Ele estava lá com seu Alto Comandante e uma frota de seus soldados revividos.

– Cavalheiros, é bom vê-los novamente – disse Sete.

– Qual o significado disso? – o Dr. Estatos perguntou.

– Perdoem a teatralidade, tenho boas notícias e não sabia como chamar sua atenção – disse Sete.

– Você encontrou a localização do Sr. dos Fenos? – o Dr. Estatos perguntou.

– Fiz mais que isso – provocou Sete. – Áureo dos Fenos foi capturado, amarrado e desarmado por um Medalhão Anulador. Ele está sob minha custódia enquanto falamos.

Os alquimistas se entreolharam e suspiraram de alívio.

– Essa *é* uma notícia maravilhosa! – o Dr. Estatos disse. – Ótimo trabalho, Vossa Majestade! Diga-nos onde ele está e iremos para lá imediatamente.

O Imperador torceu o nariz e balançou a cabeça enquanto considerava.

– Na verdade, não tenho certeza se é uma boa ideia – disse Sete.

– Do que você está falando? – o Dr. Estatos perguntou. – Temos que o eliminar o mais rápido possível!

– Mas como você disse, Áureo dos Fenos é *muito* poderoso – disse Sete. – Não acho *sábio* ou *responsável* realizar sua execução em meu Império. E se algo der errado? Se um dos meus cidadãos fosse ferido no processo, bem, eu *nunca* me perdoaria.

Fazia tanto tempo que o Imperador não sentia empatia por ninguém além de si mesmo que ele teve que se lembrar de quais músculos do rosto usar.

– Vossa Majestade, somos *mais* do que capazes de lidar com isso – disse o Dr. Compostos.

– Se você ficar mais confortável, podemos transportar o menino de volta ao instituto e realizar a eliminação lá – disse o Dr. Animatos.

– *E arriscar que ele escape no meio do voo?* Não, não, não, isso também não seria muito inteligente – Sete disse, e suspirou dramaticamente. – Se ao menos houvesse uma forma de aproximar o instituto *do* Império da Honra. Assim, eu poderia entregar o Sr. dos Fenos com *segurança* sem colocar meu povo ou meu reino em perigo.

Os alquimistas compartilharam uma risada condescendente à custa do Imperador.

– O Instituto da Alquimia pode ir a *qualquer lugar* que desejarmos – vangloriou-se o Dr. Tornatos. – Ele fica sobre uma base de nuvens que podem viajar por todo o mundo.

Sete colocou a mão sobre o peito e baixou o queixo, fingindo estar espantado.

– É mesmo? – ele exclamou. – Ora, ora, ora... vocês cientistas são cheios de surpresas! Bem, isso resolve tudo, não é?

O Dr. Estatos lançou ao Imperador um olhar peculiar, como se ele tivesse sentido um mau cheiro.

– Infelizmente, mover o instituto traz seu próprio conjunto de riscos – disse ele. – Não queremos estragar o sigilo expondo-o ao seu povo.

O Imperador dispensou a preocupação como se fosse uma mosca inofensiva.

– Ah, não há necessidade de se preocupar com isso – ele insistiu. – Meu Império está sob um toque de recolher muito estrito. Todos os cidadãos são obrigados a estar dentro de casa ao pôr do sol. Se vocês trouxerem o Instituto da Alquimia para o Palácio da Honra depois do anoitecer... digamos, à *meia-noite de hoje*... ninguém jamais saberá que vocês estiveram lá.

Os alquimistas franziram as sobrancelhas e coçaram a testa enquanto consideravam a proposta do Imperador. Parecia que Sete estava tornando a situação mais complicada do que o necessário, mas eles fariam qualquer coisa para colocar as mãos no garoto.

– Muito bem, Vossa Majestade – disse o Dr. Estatos. – Traremos o Instituto da Alquimia para o Palácio da Honra hoje à meia-noite.

– Ótimo – disse Sete. – Vou dormir *muito mais facilmente* quando esse pesadelo acabar.

Depois que a decisão foi tomada, os alquimistas voltaram para sua carruagem de bronze. Os Magibôs levaram os cientistas para o céu e o Imperador acenou enquanto eles desapareciam no horizonte sul. Quando os alquimistas estavam fora de vista, o sorriso amigável do Imperador se transformou em um sorriso malicioso.

– O que você acha, Alto Comandante? – Sete disse. – Eu fui convincente?

– Sem dúvida, meu senhor – disse o Alto Comandante. – Você agiu como um *idiota absoluto*. Os alquimistas não estão esperando nada.

– Ótimo – Sete zombou. – Estou contando com isso.

Capítulo Dezessete

O enigma das quatro portas

Depois de se salvarem por pouco, os designados finalmente entenderam por que ninguém havia sobrevivido ao Templo do Conhecimento antes, e eles estavam começando a duvidar que o destino *deles* fosse diferente. Seus braços e ombros doíam horrivelmente por escalar os tijolos de pedra, as palmas das mãos e os nós dos dedos estavam cobertos de arranhões e bolhas, e as unhas estavam cheias de sangue. Gobriella havia contraído todos os músculos de seu corpo enquanto ajudava os outros a ficarem em segurança. A goblin estava tão dolorida que mal conseguia andar e usou Maltrapilho como uma muleta viva. Foi um milagre que os designados ainda estivessem *em pé* e principalmente *se movendo*, mas o grupo continuou, dando um passo determinado de cada vez, pronto para enfrentar qualquer obstáculo que viesse a seguir.

A porta no topo do desafio físico levava a um corredor longo e escuro. Enquanto os designados entravam, tochas montadas nas paredes eram magicamente acesas quando passavam por elas. Quanto mais eles andavam, mais fundo o corredor se inclinava e o ar começava a esfriar. Os designados presumiram que haviam viajado além do vulcão da ilha e estavam em algum lugar abaixo do oceano.

Finalmente, eles chegaram ao final do corredor e descobriram uma ampla câmara. Ela estava completamente vazia, exceto por quatro portas idênticas na parede oposta. As portas estavam entreabertas e uma luz pálida tênue saía brilhando do que quer que estivesse atrás delas. Uma única placa havia sido aparafusada na parede acima das portas e esculpida com uma mensagem escrita na mesma língua antiga que eles viram antes.

– Isso não parece justo – disse Lucy. – Como vamos saber o que a placa diz?

– Você deveria registrar uma queixa – o Príncipe Elfon zombou.

De repente, como se a placa estivesse ouvindo Lucy, todas as letras começaram a se reorganizar em uma linguagem que os designados *pudessem* entender. Eles se reuniram em um grupo apertado abaixo dela para ler a mensagem inscrita:

Cada porta leva a UM CAMINHO DIFERENTE.
Cada caminho leva ao MESMO DESTINO.
O caminho atrás da porta um é o mais rápido.
O caminho atrás da porta dois é o mais curto.
O caminho atrás da porta três é o mais lento.
O caminho atrás da porta quatro é o mais longo.
Escolha sabiamente.
Uma vez que uma porta se fecha, ela não reabre.

Os designados olharam para a placa com a mesma expressão desanimada. Eles leram a mensagem várias vezes, mas nenhum deles entendeu o que significava.

– Isso deveria ser uma orientação? – Maltrapilho perguntou.

– Não, é um enigma – disse Brystal. – Este deve ser o desafio mental.

– Por que os enigmas sempre têm que ser tão *PASSIVO-AGRESSIVOS*!? – disse Gobriella.

– Parece muito simples para mim – disse Cavallero. – Se cada porta leva ao mesmo destino, isso nos permite escolher nossa rota para o próximo desafio.

– Isso é muito fácil, tem que haver um problema – disse Brystal. – As charadas escolhem suas palavras com muito cuidado e são projetadas para serem enganosas. Não diz que cada porta leva ao *próximo desafio*, diz que cada porta leva ao *mesmo destino*. Então, qual é o *destino* que todos nós alcançaremos mesmo se *não* escolhermos a porta certa?

Todos os designados ficaram em silêncio enquanto contemplavam a questão. De repente, sua linha de pensamento foi interrompida quando o Príncipe Elfon disparou para a primeira porta.

– Vossa *ALTEZA*? O que você está *FAZENDO*? – disse Gobriella.

– Estou escolhendo o caminho mais rápido! – o elfo gritou.

– Mas ainda não resolvemos o enigma! – Maltrapilho disse.

O Príncipe Elfon congelou diante da primeira porta. Ele olhou por cima do ombro com um sorriso intrigante.

– Eu não estou aqui para ajudá-los a parar o Império da Honra ou o Bafo do Diabo – ele confessou. – Meu pai me enviou a este templo para recuperar o Livro da Feitiçaria para *os elfos*... e se eu sobreviver, ele prometeu me nomear como o herdeiro de seu trono! E assim que tivermos o livro em nossa posse, a Terra dos Elfos se tornará a nação mais poderosa que o mundo já conheceu!

– Seu parasitinha de árvore! – Lucy gritou.

– Você esteve mentindo para nós esse *TEMPO TODO*?! – perguntou Gobriella.

Os designados atacaram o elfo, mas Brystal estendeu a mão para detê-los.

– Elfon, espere! – ela implorou. – Eu entendo seu desejo de provar seu valor para seu pai, acredite em mim! Passei toda a minha infância desesperada pela aprovação do meu pai também! Mas essa porta *não* é o caminho a seguir! O enigma está tentando enganá-lo! E não importa o que você faça aqui, isso não garante o respeito do seu pai! Algumas pessoas não conseguem ficar satisfeitas, não importa o quanto tentemos!

O Príncipe Elfon olhou para o chão por um momento enquanto considerava as palavras de Brystal, mas um sorriso ardiloso rapidamente voltou ao seu rosto.

– Boa tentativa – disse ele. – Sinto muito, Fada Madrinha, mas é aqui que *sua* jornada termina e *a minha* finalmente começa!

O Príncipe Elfon passou pela primeira porta e a fechou atrás de si. Assim que a porta foi fechada, ela se dissolveu na parede e desapareceu de vista. Os designados podiam ouvir os passos do elfo atrás da parede enquanto ele corria para dentro do templo.

– Elfon, volte! Não é seguro! – Brystal gritou.

– Eu direi ao mundo que todos vocês morreram de forma nobre! – o Príncipe Elfon gritou. – Suas memórias serão veneradas por... *AAAAAAAAAAH*!

De repente, a câmara começou a chacoalhar com o poder de um grande terremoto. Um barulho estrondoso ressoou atrás da parede quando uma avalanche de pedras gigantes esmagou o elfo. Os gritos do Príncipe Elfon ficaram cada vez mais altos, até que finalmente houve um silêncio mortal. Os designados se entreolharam com olhos grandes e horrorizados.

– Porta errada – disse Lucy.

– Tragicamente, o Príncipe Elfon acabou de resolver o enigma para nós – disse Brystal. – O destino não é o próximo desafio... é a *morte*.

Esse é o único destino que todos alcançam, independentemente das escolhas que fazem.

– Elfon escolheu a porta com o *caminho mais rápido*, então ele teve uma *morte rápida* – Cavallero pensou em voz alta. – Então agora temos que descobrir se o caminho mais curto, mais lento ou mais longo leva ao próximo desafio.

– Qual é a diferença entre uma morte *RÁPIDA* e uma *CURTA*? – perguntou Gobriella.

– Altura – Maltrapilho disse, e assentiu com convicção. – Aposto que há navalhas atrás da porta dois que nos cortarão em dois! E Gobriella em três!

– Então é entre a porta número três e quatro – disse Cavallero. – Mas qual é a diferença entre uma morte *lenta* e uma *longa*? Não são a mesma coisa?

Brystal ficou quieta e andou de um lado para o outro na frente das portas enquanto pensava sobre isso.

– Quando penso na palavra *lento*, penso em *tempo* – disse ela. – Mas quando penso na palavra *longo*, penso em *comprimento*. No ano passado, quando eu estava no reino entre a vida e a morte, todos os relógios nas árvores estavam girando em velocidades diferentes...

Cavallero lançou a Brystal uma olhada demorada.

– Desculpe... você acabou de dizer *reino entre a vida e a morte*?

– Explicamos mais tarde. Apenas se concentre – Lucy disse a ele. – Continue, Brystal.

– A Mestra Mara disse que os relógios se moviam em velocidades diferentes porque as pessoas experimentam o tempo de maneira diferente – continuou Brystal. – O tempo é *relativo*, mas o comprimento não. O comprimento é uma medida e as medidas por definição são *exatas*. E tecnicamente, todos nós começamos a morrer desde o momento em que nascemos... portanto, vida e morte podem ser percebidas como *a mesma coisa*. Então, se quisermos sobreviver a esse desafio, queremos a opção que nos dê uma *morte longa*!

Os designados olharam para ela como se ela estivesse falando uma língua diferente.

– Estou dizendo que devemos escolher a quarta porta – Brystal esclareceu.

– Ótimo, nós temos uma *PORTA*! – Gobriella aplaudiu.

Os designados estavam confiantes na decisão de Brystal e se dirigiram para a quarta porta. No entanto, Maltrapilho ficou parado, coçando a barba enquanto pensava na análise de Brystal.

– Esperem – disse o anão. – Eu entendo o que a Fada Madrinha está dizendo, *mas* sua teoria depende inteiramente da tradução. E se *lento e longo* ou *rápido e curto* não são sinônimos na língua antiga? E se a tradução estiver propositalmente tentando nos enganar?

Os designados gemeram coletivamente e começaram a arrancar os cabelos. Eles estavam tão confusos que lhes deu dores de cabeça.

– Esse desafio mental vai me deixar *INSANA*! – disse Gobriella.

– Estou começando a pensar que o Príncipe Elfon escolheu a porta certa! – disse Lucy.

Cavallero calmamente levantou as mãos para chamar a atenção de todos.

– Acho que estamos tornando isso mais complicado do que precisamos – disse ele. – Mesmo que a tradução tenha sido impecável, não há garantia de que o enigma seja honesto. Mas restam *três* portas e *cinco* de nós. A coisa mais lógica a fazer é se separar – dessa forma, pelo menos *um* de nós chegará ao próximo desafio.

Os designados se entreolharam, esperando que alguém sugerisse uma opção melhor, mas a separação fazia mais sentido.

– Acho que o menino dos dragões está certo – Lucy disse. – Puxa, se ao menos tivéssemos magia para nos apontar na direção certa.

A postura de Brystal se endireitou de repente – Lucy sem querer lhe deu uma ideia.

– Na verdade, tenho algo que pode nos apontar na *errada* – disse ela.

– Como assim? – Lucy perguntou.

– Todo mundo fique quieto por um minuto, eu tenho um plano – disse Brystal. – É absolutamente louco, mas talvez precisemos ser um pouco *dementes* para vencer o desafio mental.

Ela tirou o relógio de prata do bolso e o segurou perto da orelha. *Tique... taque... tique... taque...* O som assustador instantaneamente enviou uma onda de ansiedade através do âmago de Brystal. *Tique... taque... tique... taque...* Ela ficou o mais quieta e silenciosa possível, esperando que seu plano funcionasse. *Tique... taque... tique... taque...*

Decisões, decisões, decisões...

Você vai enlouquecer muito antes de fazer a escolha certa...

Os feiticeiros sabiam exatamente o que estavam fazendo...

Eles não queriam que ninguém *sobrevivesse* ao templo...

Nenhuma dessas portas leva ao próximo desafio...

A morte está esperando atrás de cada uma delas.

Pela primeira vez desde que a maldição começou, Brystal agradeceu quando os pensamentos perturbadores ressurgiram. Ela ficou na frente da segunda porta e se concentrou no que eles tinham a dizer.

Ah...

A morte *mais curta*...

A escolha mais sábia na minha opinião...

Garantido a menos dolorosa...

Por que sofrer mais do que o necessário?

Escolha a segunda porta.

Brystal fez uma nota mental disso e passou para a terceira porta.

Ah…

A morte *mais lenta*…

De longe a mais torturante…

Mas mais tempo para ver sua vida "passar" diante de seus olhos…

E você sempre será lembrada como uma mártir…

Escolha a terceira porta.

Brystal tomou outra nota mental e então parou na frente da quarta e última porta.

Ah…

A morte *mais longa*…

Não é algo que eu recomendaria…

Se eu fosse você, escolheria a morte de uma vez…

Por que esperar?

Escolha outra porta.

Um grande sorriso cresceu no rosto de Brystal e ela alegremente colocou o relógio de volta no bolso.

– Eu estava certa... devemos pegar a quarta porta – ela disse aos outros.

– Como você sabe? – Lucy perguntou.

– A maldição quer que eu pegue a segunda ou terceira porta, e ela *nunca* me levaria na direção certa – disse Brystal.

– Santa psicologia reversa! – exclamou Lucy.

Cavallero deu outra olhada confusa.

– Desculpe, você acabou de dizer *maldição*? – ele perguntou.

– Os últimos dois anos foram *selvagens* – Lucy disse a ele. – Nós lhe faremos um resumo outra hora. Vamos manter esse jogo em movimento.

Os designados seguiram Brystal enquanto ela passava com confiança pela quarta porta. Uma vez que estavam todos do outro lado, a porta se fechou atrás deles e se dissolveu na parede. O coração dos designados estava acelerado enquanto esperavam que algo perigoso acontecesse. Depois de algum tempo de terror, uma fileira de tochas montadas começou a acender em uma parede ao lado deles, iluminando um segundo corredor que levava ainda mais fundo no templo. *Brystal tinha tomado a decisão certa.*

– Ótimo trabalho, Fada Madrinha! – Maltrapilho a parabenizou.

– Dois desafios já foram, falta um! – disse Cavallero.

– E não se esqueçam que temos que enfrentar a criatura mais mortal e perigosa que já *VIVEU*! – disse Gobriella.

Brystal soltou um suspiro nervoso.

– Confie em mim, *eu não esqueci*.

Capítulo Dezoito

O plano da Imortal

Amanhecia no Palácio do Oeste e tudo estava quieto. A Princesa Proxima estava bem acordada e andava impacientemente pelo corredor do lado de fora dos aposentos da Rainha Endústria. Os passos da princesa eram suaves, mas seu coração não poderia estar mais pesado. Pouco depois que ela e sua avó voltaram da Conferência dos Reis, a rainha adoeceu gravemente e não saiu da cama desde então. Embora os médicos não conseguissem descobrir o que estava causando a doença, a Rainha Endústria estava tão fraca que mal conseguia levantar a cabeça do travesseiro.

Dada a idade da Rainha Endústria, sua condição doente não era uma surpresa. A Princesa Proxima estava se preparando para esse momento há anos, mas ainda assim o pensamento de perder sua avó era tão insuportável hoje quanto sempre foi. Ela não podia imaginar a vida sem a orientação sábia e compassiva da rainha. Parte de Proxima sempre esperou que sua avó vivesse para sempre, para que ela fosse poupada da dor de perdê-la.

A porta dos aposentos da rainha se abriu e o médico real entrou silenciosamente no corredor com um rosto sombrio.

– Como ela está? – perguntou a Princesa Proxima.

– Ela está confortável, mas eu fiz tudo o que pude – disse o médico. – Ela não resistirá por muito tempo.

A Princesa Proxima começou a chorar e virou-se para o outro lado para que o médico não a visse chorando. No entanto, a princesa rapidamente se obrigou a suprimir a tristeza. Logo ela seria a nova rainha e todo o reino estaria procurando por *ela* em busca de orientação.

– Ela está acordada? – a princesa perguntou.

O médico assentiu.

– Se há algo que você gostaria de dizer a ela, agora é a hora.

Proxima entrou nos aposentos de sua avó e gentilmente fechou a porta atrás dela. Todos os móveis do espaçoso quarto eram feitos dos preciosos metais do Reino do Leste, desde a penteadeira de cobre da rainha até a estrutura de aço de sua grande cama. A sala também era decorada com retratos de antigos governantes que datavam de centenas e centenas de anos, incluindo a Rainha Imortália, a primeira mulher a sentar-se no trono do Reino do Leste. O reino tinha sido governado por mulheres desde então, e, assim como a Rainha Endústria e a Princesa Proxima, suas ancestrais compartilhavam uma estranha semelhança familiar.

– Proxima, é você?

A voz da Rainha Endústria era tão fraca que mal era um sussurro.

– Sim, vovó, estou aqui.

Proxima correu para o lado da rainha e segurou a mão fria da avó. Os longos cabelos brancos de Endústria cobriam seu travesseiro como uma auréola prateada brilhando ao redor de sua frágil cabeça. Embora não houvesse muita vida por trás dos olhos cansados da rainha, ela sorriu para a neta com afeto suficiente para iluminar uma caverna.

– Temo que este seja o fim – Endústria ofegou.

– Você viveu uma vida longa e maravilhosa – disse Proxima. – Você é a avó mais extraordinária do mundo e seu reinado ficará na história como a era mais próspera do Reino do Leste. Você mereceu seu descanso.

– Estou tão orgulhosa de você, Proxima – disse ela. – Foi um privilégio ver você se tornar a mulher que você é agora. De todas as coisas que realizei em minha longa vida, *você* é meu maior sucesso.

A princesa segurou a mão da rainha contra seu rosto enquanto as lágrimas escorriam pelas bochechas dela.

– Eu te amo tanto, vovó – ela disse aos prantos. – Tudo o que sou e tudo o que tenho é por causa de você. Você me criou bem e prometo cuidar bem do reino quando você se for.

A Rainha Endústria soltou um suspiro longo e angustiado.

– Sim... sobre *o reino* – ela disse. – Antes de nos separarmos, há algo que devo confessar... Um profundo segredo de família que eu escondi de você... Me dói muito sobrecarregar você com isso agora, mas vou descansar muito mais facilmente depois de contar... Você merece saber a verdade...

Proxima inclinou a cabeça com curiosidade.

– A verdade sobre *o que*, vovó? – ela perguntou.

A Rainha Endústria apontou para um bar de aço no canto de seu quarto.

– Você vai querer uma bebida para ouvir isso – disse ela. – Uma bebida *forte*.

A dor da princesa foi imediatamente substituída por preocupação. Ela e sua avó sempre tiveram um relacionamento muito aberto – ela não conseguia imaginar a rainha guardando nenhum segredo dela, muito menos um que ela precisava confessar em seu leito de morte. Proxima foi ao bar e serviu-se de uma generosa quantidade de uísque. Ela tomou um gole e se sentou na cadeira ao lado da cama de sua avó.

– Tudo bem, estou pronta – disse Proxima. – Qual é o segredo?

– É sobre sua décima terceira bisavó, Rainha Imortália – ela disse. – O que você sabe sobre ela?

Proxima deu de ombros.

– Exatamente o que os livros de história nos dizem – disse ela. – Eu sei que ela herdou o trono quando tinha mais ou menos a minha idade e se tornou a primeira mulher a governar o Reino do Leste.

A Rainha Endústria balançou a cabeça lentamente.

– Imortália não tinha *trinta anos* quando se tornou rainha – ela tinha bem mais de *trezentos*.

A princesa olhou para a avó com pena e verificou sua temperatura – obviamente a doença começava a afetar o cérebro dela.

– Vovó, você não está se sentindo bem e sua mente está confusa – disse ela.

A Rainha Endústria de repente agarrou o pulso de Proxima e a puxou para perto. A velha olhou para a neta com a expressão mais séria que a princesa já tinha visto.

– Eu já menti para você antes? – a rainha perguntou.

– Nunca – disse a princesa.

– Então por que diabos eu começaria *agora*?

Proxima não sabia o que dizer. Sua avó podia estar morrendo, mas não havia um pingo de desonestidade ou incerteza em seu olhar fraco. A preocupação da princesa disparou e ela tomou um grande gole de seu uísque.

– Vá em frente, então – ela disse. – Como Imortália viveu até os trezentos anos?

– Antes de te contar, preciso lhe fazer uma pergunta – disse a Rainha Endústria. – Você se lembra das histórias que eu costumava lhe contar quando você era uma garotinha? Em particular, a história sobre a Filha da Morte?

– Vagamente – disse Proxima.

– Diga-me do que você se lembra – disse a rainha. – Por favor, é importante.

Proxima fez o possível para relembrar a história, mas fazia décadas desde a última vez que a ouvira.

– No início dos tempos, a Morte deu a cada pessoa na terra cem anos de vida – disse a princesa. – Ela achava que um século era tempo suficiente, mas os seres humanos sempre *lamentavam* a morte de seus entes queridos e sempre desejavam *mais vida*. Para ajudá-la a entender sua dor, a Morte enviou sua única filha ao mundo dos vivos. A separação fez a Morte vivenciar o luto pela primeira vez. Infelizmente, sua filha gostou tanto do mundo dos vivos que aprendeu a evitar a mãe e viver para sempre. Então a Morte inventou *doenças* e *ferimentos* para encurtar a vida das pessoas, esperando que isso a ajudasse a encontrar sua filha. Mas as duas nunca se reuniram, e a Morte está procurando por sua filha desde então.

– Boa memória – disse a Rainha Endústria. – Agora, e o Rei dos Demônios? Você se lembra dessa história também?

Proxima teve que se concentrar mais para lembrar disso.

– Acredito que sim – disse ela. – Segundo a lenda, existe uma civilização de demônios que vive no centro da terra. Os demônios parecem humanos, mas seus corpos são feitos inteiramente de chamas e eles vivem em um mundo de caos e fogo. Nos tempos antigos, o Rei dos Demônios levou seu povo à superfície na tentativa de dominar o planeta. Mas, felizmente, o rei foi derrotado por um grupo de feiticeiros muito poderosos. Os feiticeiros aprisionaram os demônios no centro da terra, mas para o caso de os demônios escaparem e ressurgirem, os feiticeiros criaram um feitiço para controlá-los. No entanto, há uma profecia de que um dia um *novo* Rei dos Demônios nascerá entre a humanidade. E, quando o novo rei aceitar seu papel e assumir seu trono, os demônios não estarão mais vulneráveis ao feitiço dos feiticeiros.

– Muito impressionante – disse a Rainha Endústria. – Você estava prestando atenção.

– Vovó, o que essas histórias têm a ver com a Rainha Imortália? – perguntou Proxima.

Sua avó parou por um momento, reunindo a pouca energia que lhe restava.

– Imortália é da época dos demônios e feiticeiros – disse a Rainha Endústria. – Ela nasceu escravizada e passou sua infância sendo comprada, vendida e trocada de mestre para mestre. Compreensivelmente, Imortália desenvolveu um ódio pela humanidade e sonhava em buscar vingança – não apenas de seus captores, mas de *todo o mundo*. Eventualmente, ela foi vendida para um poderoso grupo de feiticeiros, os mesmos feiticeiros que derrotaram o Rei dos Demônios. Enquanto Imortália estava sob seu controle, os feiticeiros combinaram todos os feitiços mais poderosos em um único manuscrito que chamaram de Livro da Feitiçaria, incluindo o feitiço que controlava os demônios. Eles esconderam o livro em um cofre com seus bens mais valiosos e então forçaram seus servos a construir um magnífico templo ao redor do cofre para protegê-lo. Imortália sabia que, se ela colocasse as mãos no Livro da Feitiçaria, não haveria nada para impedi-la de destruir o mundo. Mas o templo era incrivelmente perigoso; os feiticeiros projetaram uma série de desafios para completar antes de chegar ao cofre... e, se Imortália quisesse sobreviver, ela precisaria de ajuda.

A princesa se moveu para a beirada de seu assento.

– De quem? – ela perguntou.

– Da *Morte* – disse a rainha. – Imortália escapou dos feiticeiros pulando no coração de um vulcão ardente. Quando ela cruzou o reino entre a vida e a morte, implorou à Morte para deixá-la viver para que pudesse se vingar do mundo. Quando a Morte recusou, Imortália fez uma oferta que ela *não pôde* recusar. Contou à Morte sobre o Livro da Feitiçaria e alegou que continha um *feitiço de eliminação* que era capaz de destruir *qualquer coisa*. Em troca da vida eterna, ela prometeu à Morte que recuperaria o Livro da Feitiçaria e usaria o feitiço de eliminação em sua filha, para que finalmente se reunissem.

– E a Morte concordou com isso? – perguntou Proxima.

– Como uma tola desesperada – disse a Rainha Endústria. – E assim, a Morte deu a Imortália o dom da *imortalidade*... um termo que a Morte cunhou por conta do nome dela. Imortália passou seus primeiros dois séculos dentro do templo, repetindo cada um dos desafios milhares e milhares de vezes até chegar ao cofre. No momento em que ela colocou as mãos no Livro da Feitiçaria, os feiticeiros já tinham ido embora e o mundo havia mudado drasticamente, mas a sede de carnificina de Imortália estava mais forte do que nunca. Ela decidiu abandonar sua promessa à Morte e se concentrar apenas em ganhar o controle dos demônios.

– Ela conseguiu? – perguntou Proxima.

– Só havia um problema – disse a Rainha Endústria. – Para controlar os demônios, Imortália teria que *libertá-los primeiro*. Os feiticeiros haviam selado a entrada do mundo dos demônios com um portão poderoso. E encontrar o portão não era um desafio que Imortália pudesse completar sozinha... ela precisaria dos recursos de uma *rainha*. Assim, Imortália passou o século seguinte seduzindo e se casando com homens da nobreza, subindo lentamente na escala social até finalmente se tornar a rainha. Uma vez que ela estava no trono, ela passou os próximos duzentos anos forçando os prisioneiros a cavar longos túneis sob a terra em busca do portão dos demônios.

– Mas como ela pode ter vivido tanto tempo sem ser descoberta? Certamente alguém deve ter notado uma rainha que não estava *envelhecendo*? – perguntou Proxima.

– Naturalmente, mas Imortália sabia *exatamente* como proteger sua imortalidade – disse a Rainha Endústria. – Ao longo dos anos, ela teve muitas filhas e netas. À medida que seus descendentes cresciam, Imortália teve que usar disfarces para dar a ilusão de que *estava* envelhecendo também. Sempre que ela atingia uma idade suspeitamente velha, Imortália matava um de seus descendentes e tomava sua identidade.

Proxima virou-se para os retratos na parede e estremeceu. Até agora, ela nunca havia questionado a notável semelhança familiar de suas ancestrais, mas de repente fez sentido o motivo pelo qual todas as rainhas eram tão parecidas.

– Você quer dizer que Imortália foi rainha mais de uma vez? – ela disse.

– Ah, sim… – disse sua avó. – Muitas, muitas, muitas vezes.

A descoberta fez a princesa se sentir mal e ela pôs a mão na barriga.

– Como Imortália foi detida? – ela perguntou.

Um brilho apareceu nos olhos da Rainha Endústria e seus lábios enrugados se esticaram em um sorriso perverso. A velha sentou-se na cama com a facilidade de uma jovem.

– Ela *não* foi detida – disse ela.

– *Espere… Imortália ainda está viva*? – perguntou Proxima.

– Viva e bem – disse a Rainha Endústria. – E depois de séculos de busca, ela *finalmente* encontrou o portão dos demônios e os libertou. Infelizmente, não seria sábio para Imortália se revelar até que todos os seus inimigos fossem derrotados. Se ela quiser conquistar o mundo, terá que roubar *mais uma* identidade.

De repente, a dor no estômago de Proxima superou todas as cólicas que ela havia experimentado antes. O copo de uísque escorregou de sua mão e se estilhaçou no chão. A princesa caiu de joelhos, passou os braços em volta do torso e gemeu de agonia.

– *É… é… é você!* – a princesa ofegou. – *Você é Imortália!*

O sorriso de Imortália se transformou em um sorriso completo enquanto ela observava Proxima lutar.

– Estou tão feliz por tirar isso do meu peito – disse ela. – De todos os descendentes que matei ao longo dos anos, você é de longe a minha favorita. Eu não queria que houvesse mentiras entre nós antes de você morrer.

– *Você… você… você me envenenou!* – Proxima tossiu.

– Por favor, diga à Morte que eu mandei um "oi"… ela não vai me ver tão cedo – Imortália disse.

Os olhos de Proxima se fecharam e ela caiu em cima do vidro quebrado. Uma vez que a princesa parou de respirar, Imortália estalou o pescoço e se estendeu vagarosamente na cama.

– Que alívio – disse ela. – Esse disfarce estava ficando insuportável.

Imortália removeu a máscara enrugada, a peruca grisalha e o par de luvas com manchas de fígado que a faziam parecer a velha Rainha Endústria. Ela então pulou da cama e colocou o disfarce em Proxima. Ela também mudou de roupa com a princesa e depois jogou seu corpo morto na cama. Em questão de minutos, as mulheres trocaram de identidade com perfeição.

Uma batida veio de dentro de uma parede pintada com um mural colorido.

– Alteza, você já terminou? – perguntou uma voz rouca.

– Sim, entre – disse Imortália.

Uma porta secreta se abriu e um homem coberto de sujeira entrou na sala. Seus olhos fundos se arregalaram ao ver a princesa morta e ele abaixou a cabeça em respeito.

– Não fique surpreso – Imortália disse. – Você sabia que isso ia acontecer desde que ela nasceu. Todos os prisioneiros foram enterrados?

– Sim, senhora – disse o homem. – Você e eu somos as únicas pessoas vivas que sabem sobre o portão.

– Excelente – disse Imortália. – Então finalmente chegou a hora.

A Imortal caminhou até uma mesa de ferro no canto dos aposentos. Ela torceu e puxou as maçanetas da gaveta em uma ordem específica e uma prateleira secreta projetou-se da lateral da mesa. A prateleira continha um único livro com uma capa de couro decrépita e páginas de pergaminho gastas. A capa era elaborada com vários símbolos majestosos, incluindo a terra, o sol e a lua para representar as horas do dia. Uma pedra, uma brisa, uma gota de chuva e uma chama para representar os elementos da terra, vento, água e fogo. Havia também uma flor, uma folha verde, uma folha de outono e um floco de neve para representar a primavera, o verão, o outono e o inverno. Imortália acariciou o livro como se fosse um animal de estimação amado com o qual ela havia se reunido.

– Senhora, e eu? – o homem perguntou. – Estou livre para ir?

Imortália olhou para o homem com um sorriso malicioso.

– Claro que você está – disse ela. – Depois de uma vida inteira de serviço, você merece férias. Mas me faça um último favor antes de ir?

– Que tipo de favor, senhora? – ele perguntou.

– Vamos brindar ao nosso sucesso – disse ela.

Imortália serviu dois copos de uísque envenenado.

– Aos demônios invocados – o homem disse, e ergueu seu copo.

– Aos demônios invocados – ela disse. – Deus sabe que esperei tempo demais.

Capítulo Dezenove

A bênção de uma maldição

Nas profundezas do Templo do Conhecimento, Brystal e os designados caminharam cautelosamente pelo corredor que levava ao próximo desafio. No fim do corredor, o grupo encontrou uma câmara quadrada do tamanho de um salão de baile. No final da sala, um lance de degraus de pedra levava a um par de portas duplas que estavam fechadas por correntes grossas e uma tranca de aço. Um coração de vidro gigante pairava no ar acima das cabeças deles. O coração era oco e continha uma chave dourada que era tão brilhante que iluminava toda a sala. Cinco rastros de fumaça branca orbitavam o coração de vidro como os fantasmas de estrelas cadentes.

– A julgar pelo grande coração, este deve ser o *desafio emocional* – disse Lucy.

– Acho que essas portas duplas são a saída daqui – especulou Cavallero.

– Eu me pergunto como vamos conseguir a chave – disse Maltrapilho.

– Isso parece um trabalho para um *ANÃO*! – Gobriella exclamou. – Vá pegá-la, *MALTRAPILHO*!

Antes que o anão soubesse o que estava acontecendo, a goblin o agarrou pela cintura e o lançou no ar. Maltrapilho tentou pegar o coração de vidro, mas suas mãos o atravessaram como se o coração e a chave fossem feitos de ar. Gobriella pegou o anão na descida.

– Não adianta... o coração e a chave não são *sólidos* – disse Maltrapilho. – Como podemos destrancar uma porta sem uma chave de verdade?

– Aposto que são mais simbólicos do que físicos – disse Brystal. – Lembrem-se, este é o desafio emocional. Não será como os outros desafios. Vai testar nossos sentimentos e nosso caráter, pode nos atormentar com medo e questões existenciais, ou tentar atacar nossa confiança e esmagar nossos sistemas de crenças.

– Me lembra de um diretor com quem trabalhei – disse Lucy com uma risada.

– Então, como o desafio começa? – perguntou Cavallero.

Os designados ficaram logo abaixo do coração por alguns minutos e esperaram que algo acontecesse, mas nada mudou. Eles olharam ao redor da câmara em busca de uma placa ou sinal com instruções, mas não encontraram nada que explicasse o desafio.

– Vejam o chão – disse Maltrapilho. – Vocês acham que *isso* significa alguma coisa?

O anão apontou para o chão e os designados descobriram cinco ladrilhos pretos gravados com pegadas. Os ladrilhos estavam espaçados uniformemente em um grande círculo ao redor da sala, como os números de um relógio.

– Isso é interessante. Existem cinco conjuntos de pegadas e cinco de nós – observou Cavallero.

– O templo deve saber que restam cinco de nós – disse Brystal. – Aposto que o desafio começará assim que cada um de nós estiver em um ladrilho.

– Bem, fazer o quê? – disse Lucy.

Cada um dos designados ficou em cima de um ladrilho, colocando os pés sobre as pegadas gravadas. Uma vez que estavam todos em posição, os ladrilhos afundaram alguns centímetros no chão como os botões de uma máquina. *DOM!* De repente, quatro gaiolas de metal caíram do teto. As gaiolas prenderam Lucy, Cavallero, Maltrapilho e Gobriella onde estavam, mas, estranhamente, uma gaiola não caiu sobre Brystal. Os designados olharam para o teto, esperando que outra gaiola caísse a qualquer momento, mas uma quinta nunca apareceu.

Enquanto olhavam para cima, os cinco rastros de fumaça branca foram liberados da órbita do coração de vidro. As trilhas passavam pela câmara, ricocheteando nas paredes e no teto, e eventualmente aterrissaram dentro das gaiolas dos designados. A fumaça branca cresceu em diferentes formas e silhuetas, ganhou cor e textura, e logo surgiram aparições de pessoas e criaturas.

Cavallero ficou surpreso quando um homem bonito em um uniforme azul de marinheiro se manifestou diante dele.

– Pai? – ele perguntou incrédulo. – É você?

– Olá, filho – disse o marinheiro.

Cavallero ficou pálido como um fantasma. Ele nunca tinha visto seu pai antes, mas o homem não era difícil de reconhecer. Os dois compartilhavam tantas características semelhantes – os mesmos olhos, nariz e mandíbula –, era como se Cavallero estivesse olhando para uma versão mais velha de si mesmo.

– Espere... você sabe quem eu sou? – ele perguntou.

– Eu sei sobre você desde que nasceu – disse seu pai. – Sua mãe me escreveu e me disse que deu à luz um filho.

– Então por que você não tentou entrar em contato comigo? Por que não veio me visitar?

O marinheiro riu.

– Ah, por favor... você acha que eu quero uma decepção como *você* na minha vida?

– *Decepção?* – perguntou Cavallero.

– Que tipo de homem dedica sua vida a uma raça moribunda de *monstros*? – o marinheiro perguntou, e fez uma careta de desgosto. – Você e sua mãe levam vidas *patéticas* e *sem sentido*... tenho vergonha de chamá-lo de *filho*.

Cavallero ficou chocado com as palavras cruéis de seu pai e não sabia o que dizer.

Dentro da jaula de Lucy, o segundo rastro de fumaça se materializou em um homem e uma mulher. O homem tinha uma cartola alta e um brinco de ouro na orelha esquerda. A mulher tinha vários colares de contas e um lenço na cabeça. O casal também usava maquiagem teatral como se tivesse acabado de sair de um palco.

– Mãe? Pai? – Lucy perguntou. – O que vocês estão fazendo aqui?

– Olá, Lucy – disse o Sr. Nada. – Faz muito tempo.

– Não o suficiente, se quer saber – a Sra. Nada zombou.

– O que *isso* quer dizer? – Lucy perguntou.

– Você não ficou sabendo? – o Sr. Nada perguntou. – A Trupe Nada é a banda mais popular do mundo! Temos nos apresentado para multidões esgotadas todas as noites nos maiores locais do mundo!

– Isso é maravilhoso! – Lucy disse. – Talvez eu possa acompanhá-los para um espetáculo de reunião?

– Ah, querida – disse a Sra. Nada com uma risada condescendente. – Por que você acha que somos tão bem-sucedidos agora? As pessoas estão vindo em massa para nos ver tocar porque *você não está mais na banda*. Deveríamos ter te chutado anos atrás!

Lucy balançou a cabeça, incrédula.

– Vocês... vocês... vocês não estão *falando sério* – questionou ela.

– Vamos ser sinceros, você era uma *péssima tocadora de tamborim* – disse o Sr. Nada. – Sua mãe e eu mal podíamos esperar para nos livrar de você. Temos sorte de encontrar a desculpa perfeita.

Os olhos de Lucy se encheram de lágrimas e seu lábio inferior tremeu.

– Não... não... *isso não é verdade*! – ela disse. – Vocês me enviaram para viver com as fadas porque vocês me amavam... queriam que eu estivesse com pessoas que me entendessem... que Madame Tempora me ajudasse a desenvolver minha magia!

O Sr. e a Sra. Nada se entreolharam e deram gargalhadas.

– Claro, Lucy – disse a Sra. Nada. – Continue dizendo isso a si mesma.

Na gaiola de Gobriella, o terceiro rastro de fumaça se transformou em quatro garotos goblins indisciplinados. Eles tinham sorrisos insidiosos e brilhos desonestos em seus olhos enquanto saltavam ao redor de Gobriella e escalavam as paredes de sua gaiola.

– Eu não acredito nisso... são os meninos da *ESCOLA*! – Gobriella exclamou. – Eu não os vejo desde que eu era uma pequena *GOBLIN*!

– *Pequena*? – o primeiro garoto riu. – Vocês ouviram isso, pessoal?

– Gobriella acha que era *pequena*! – enfatizou o segundo menino.

– Não é possível que acredite nisso – acrescentou o terceiro.

– Gobriella *nunca* foi pequena! – o quarto debochou. – Bem, pequena para um *hipopótamo*, talvez!

Os meninos riram como um bando de assombrações e suas risadas ecoaram por toda a câmara. O rosto de Gobriella corou, ficando com um tom escuro de verde, e suas narinas finas se dilataram.

– Como *vocês se ATREVEM*! – ela disse a eles. – Vocês não podem mais falar comigo *ASSIM*! Eu sou *GRANDE* agora!

– Ah, disso não podemos discordar – afirmou o primeiro menino.

– Você certamente é *grande*! – confirmou o segundo.

– Tão grande quanto uma *baleia*! – emendou o terceiro.

– Vamos, rapazes, não sejam malvados – disse o quarto. – *Isso é um insulto às baleias!*

Gobriella cobriu os ouvidos para ignorar os comentários maldosos dos garotos.

– Isso não pode ser *REAL*! – ela disse. – Eu os deixei no *PASSADO*! Eles não podem mais me *MACHUCAR!*

Dentro da gaiola de Maltrapilho, o quarto rastro de fumaça branca afundou no chão. Algum tempo depois, nove criaturas curtas e peludas rastejaram para fora do solo e cercaram o anão. Cada um deles tinha um focinho comprido, unhas afiadas e grandes dentes frontais. As criaturas olharam para o anão com seus olhinhos redondos e falaram em vozes esganiçadas, mas sinistras.

– *Povo toupeira!* – Maltrapilho gritou.

– Olá, Maltrapilho – cumprimentou a primeira toupeira. – Finalmente nos encontramos.

– *Eu sabia que vocês eram reais!* – declarou o anão. – Vocês podem ter enganado o mundo, mas não vão me enganar!

– Você está tentando nos expor há *décadas* – disse a segunda toupeira.

– Como anda esse seu projeto? Alguma sorte até agora? – perguntou o terceiro espião.

– Estou reunindo provas! – Maltrapilho resmungou. – Vocês cobriram seus rastros até agora, mas um dia terei provas suficientes... um dia todos saberão a verdade!

– Ah, Maltrapilho, quem você quer enganar? – perguntou o quarta toupeira.

– Você nunca vai nos expor porque *nós não existimos*! – disse a quinta.

– Por que você continua mentindo para si mesmo? – perguntou a sexta.

– Não é hora de você enfrentar a verdade? – indagou a sétima.

– Você *nos* inventou porque não podia assumir a responsabilidade por *seus* erros! – constatou a oitava.

– Nós não somos seus inimigos... nós somos sua *desculpa*! – disse a nona.

Maltrapilho ficou vermelho brilhante e gotas de suor apareceram em sua testa.

– *Mentira!* – o anão gritou. – Vocês estão sabotando o mundo há séculos! E vocês estão me incriminando desde que eu era criança!

– *Incriminando você?* – A primeira toupeira riu. – Você quer dizer, como no seu primeiro dia na *Grande Escola de Pequenos Mineradores*? Quando você jogou o saco de diamantes no poço?

– Foram *vocês*! – Maltrapilho acusou. – Vocês queriam me colocar em apuros!

– E quando você bateu naquele pobre e inocente filhote de urso com o carrinho da mina? – a segunda toupeira perguntou.

– *Vocês* o empurraram na frente do carrinho! – exclamou o anão.

– Ou aquela vez em que você falhou no teste de gestão e o *Sr. Ardósio* se tornou o líder das minas? – a sétima toupeira questionou.

– Vocês *mudaram* nossas provas! – Maltrapilho gritou. – Essa é a única razão pela qual eu não consegui o emprego! Foram *vocês... sempre foram vocês*!

De repente, os ladrilhos sob os pés dos designados enjaulados se transformaram em areia movediça. Cavallero, Lucy, Gobriella e Maltrapilho começaram a afundar lentamente no chão – no entanto, eles estavam tão fixados nas aparições em suas gaiolas que nenhum deles notou a areia. Quanto mais as aparições os provocavam, mais rápido os designados afundavam.

Os olhos de Brystal dispararam de um lado para o outro, desesperados para entender o que estava havendo e por que nada disso estava acontecendo com ela.

– Eu não entendo – pensou Brystal em voz alta. – Por que o desafio não está me afetando?

– **Isso não é nenhum mistério.**

Brystal pulou quando ouviu uma voz muito familiar atrás dela. Ela olhou por cima do ombro e percebeu que a quinta aparição havia se manifestado para *ela*. Descansando nos degraus na parte de trás da câmara, Brystal viu a *si mesma*, mas esta versão de Brystal era exatamente o oposto dela. Tinha maquiagem escura ao redor dos olhos fundos, usava um terninho preto como breu e seus longos cabelos estavam cheios de flores mortas.

– Eu conheço você – disse Brystal. – Você é a voz na minha cabeça... *você é a maldição*!

– **Finalmente nos encontramos cara a cara** – confirmou a maldição. – **Que bom, eu estava ficando tão entediada, sozinha em seu subconsciente.**

Brystal estudou a aparição, e lentamente percebeu o que estava acontecendo.

– O desafio emocional é forçar as pessoas a enfrentar seus *demônios internos* – disse ela.

A maldição bateu palmas ironicamente para ela.

– **Muito bom** – disse ela. – **Você é inteligente quando quer ser.**

– Então por que não *estamos* em uma gaiola? – Brystal perguntou. – Por que não estou afundando em areia movediça como os outros?

– **Eu pensei que essa parte seria óbvia** – disse a maldição. – **Porque *você* já enfrentou seus demônios internos.**

Brystal estava confusa.

– Já? – ela perguntou.

– **Ano passado, na fortaleza, você aprendeu a me silenciar** – a maldição explicou. – **E se isso não bastasse, no desafio mental, você aprendeu a me usar para o *bem*. Nunca mais poderei sabotar você depois *dessa* pequena façanha. Infelizmente, seus amigos ainda são vulneráveis aos pensamentos negativos nas cabeças deles. Até agora, eles nunca tiveram que enfrentar os sussurros sombrios que os acordam durante a noite. Então o desafio prendeu cada um deles em uma gaiola de insegurança, está provocando-os com seus maiores medos, e eles estão afundando nas profundezas do próprio desespero. É bastante poético, você não acha?**

Brystal verificou os designados e viu que eles já estavam até a cintura na areia movediça. Em poucos momentos, eles desapareceriam completamente.

– O que acontece se eles afundarem até o fim? – ela perguntou.

– **Eles vão morrer** – disse a maldição. – **Mas, felizmente, você poderá seguir em frente sem eles.**

– Mas se eles aprenderem a silenciar seus próprios pensamentos perturbadores como eu fiz, eles também podem vencer o desafio? – Brystal perguntou.

– **Sim, mas como você deve se lembrar, era muito mais fácil falar do que fazer** – a maldição disse. – **Você levou *meses* para me derrotar. E pelo que parece, seus amigos têm apenas alguns minutos antes de partirem para sempre. Se eu fosse você, passaria esse tempo me despedindo.**

Brystal estremeceu ao se lembrar da noite em que ela e seus amigos lutaram contra a Irmandade da Honra.

– Aquela foi a noite mais difícil da minha vida – constatou ela.

– **Ah, eu me lembro** – disse a maldição. – **Você cruzou uma ponte impressionante, uma ponte que seus amigos não são fortes o suficiente para atravessar.**

– Sim, mas *eu* não tinha ninguém para me ajudar – acrescentou Brystal. – Eu tive que aprender sozinha a silenciar você. Foi difícil e doloroso... tive que reunir forças que não sabia que tinha, mas agora sei *exatamente* como ajudar outra pessoa a passar por isso. E talvez essa seja *a bênção de uma maldição*? Fui ao inferno e voltei, mas aprendi onde ficam todas as estradas!

A nova percepção fez Brystal sorrir de orelha a orelha, e a julgar pela reação da maldição, ela percebeu que estava mesmo no caminho certo. A maldição soltou um suspiro longo e desapontado e balançou a cabeça lentamente.

– **Lá vai você de novo, transformando o negativo em positivo** – disse ela. – **O tormento adorava ter companhia até você aparecer. Adeus, Brystal.**

A maldição desapareceu de volta em uma nuvem de fumaça branca e evaporou da câmara.

Impulsionada pela nova descoberta, Brystal correu para o topo da escada e ficou onde todos os designados pudessem vê-la. Ela removeu sua espada de osso de dragão e bateu contra as portas duplas acorrentadas o mais forte que pôde. O barulho tirou temporariamente das aparições a atenção dos designados e todos se voltaram para ela.

– Todo mundo, me escute! – ela implorou. – Eu sei exatamente como vocês estão se sentindo! Eu costumava ficar paralisada pelo medo, costumava ser atormentada por dúvidas e costumava deixar minhas inseguranças dominarem minha voz da razão. Achei que meus pensamentos estavam me dizendo a verdade, achei que merecia sentir a dor e o desespero que eles me causavam, e pensei que estava quebrada de uma forma que não podia ser consertada, *mas nada disso era real*! O desafio é usar seus medos e inseguranças para impedi-los de seguir em frente! O que quer que as aparições estejam dizendo para fazer vocês se sentirem rejeitados, sem talento, feios ou envergonhados é *mentira! Mas só vocês podem provar que estão errados*!

Como se um véu tivesse sido retirado de seus olhos, os designados finalmente olharam para baixo e perceberam que estavam afundando em areia movediça. Eles grunhiram e gritaram enquanto tentavam sair da armadilha do desafio – física e emocionalmente.

– Ignore ela! – o marinheiro disse a Cavallero. – Ouvir as mulheres é o que torna você tão fraco! Se você tivesse sido criado por um *pai*, não seria uma vergonha! Seria um *homem de verdade* e um filho do qual eu poderia me orgulhar!

Cavallero ficou quieto. A escolha de palavras de seu pai o fez perceber algo pela primeira vez.

– Mas eu *tive* um pai – disse ele. – Minha *mãe* era meu pai. Ela tinha que ser tanto pai quanto mãe porque você me abandonou! Ela me ensinou a ser inteligente, compassivo, forte, corajoso, leal e orgulhoso sem nenhuma ajuda sua! E se não é isso que um *homem de verdade* é, então não tenho interesse em me tornar um!

– Não! – o marinheiro rosnou. – Você nunca vai se sentir completo sem um pai! *Você precisa de mim!*

– Você está errado – disse Cavallero. – Eu não vou cometer os mesmos erros que o príncipe elfo! Eu *nunca* precisei de você ou de sua aprovação, e certamente não preciso de você agora!

De repente, Cavallero parou de afundar na areia movediça. Sua gaiola de metal se transformou em pó e o marinheiro desapareceu em uma névoa esfumaçada. Brystal correu para o lado de Cavallero e o ajudou a sair da areia.

– Você conseguiu, Cavallero! – ela aplaudiu. – Você venceu o desafio!

– Obrigado pela orientação – disse ele. – Eu não poderia ter feito isso sem você.

Do outro lado da sala, Lucy estava até o peito na areia movediça. As aparições de seus pais pairavam sobre seu corpo afundando, bloqueando a visão de seus amigos.

– Você não vai sair disso tão facilmente quanto *ele* – o Sr. Nada disse a ela.

– No fundo, você sabe que estamos dizendo a verdade – disse a Sra. Nada. – No fundo, sabe que era uma péssima musicista e que estamos melhor sem você!

Lucy revirou os olhos e soltou um gemido alto.

– *Eeeee daí?* – ela retrucou. – Há coisas piores na vida do que ser expulsa de uma banda familiar! E quem se importa se eu me apresentar de novo? Eu não preciso de aplausos ou afeição de *estranhos* para me sentir realizada... eu tenho *amigos*! E eles me fazem sentir mais *amada* do que uma multidão esgotada jamais poderia! Viver com as fadas foi a *melhor* coisa que me aconteceu! E eu não trocaria isso por todos os elogios e fama do mundo!

Assim como Cavallero, depois de enfrentar as aparições, Lucy parou de afundar na areia movediça. Sua gaiola se desintegrou em uma pilha de poeira e seus pais desapareceram de vista. Brystal e Cavallero agarraram Lucy por um braço e a levantaram da areia.

– Muito bem, Lucy! – elogiou Brystal. – Estou tão orgulhosa de você!

– Obrigada por me dizer como lidar com isso, como uma professora de canto – disse ela.

– Para deixar registrado, eu acho que você é uma *grande* musicista – comentou Brystal.

– Não, as aparições estavam certas: a Trupe Nada está melhor sem mim – Lucy confessou. – Mas, em minha defesa, que banda não *fica melhor* sem um tamborim?

Na gaiola seguinte, os meninos goblins ficaram mais indisciplinados e inquietos do que antes. Eles pularam de parede em parede, batendo na cabeça de Gobriella e provocando-a com piadas maldosas. Gobriella tentou com todas as suas forças sair da areia movediça, mas ela afundava cada vez mais depois de cada piada cruel.

– Gobriella é tão grande que ela ganhou um casaco de pele e todos os mamíferos foram extintos! – zombou o primeiro menino.

– Gobriella é tão feia que fez seu próprio reflexo vomitar! – acrescentou o segundo.

– Gobriella é tão pesada que eu a imaginei na minha cabeça e meu pescoço quebrou! – emendou o terceiro.

– Gobriella é tão assustadora que seu rosto esvaziou uma casa mal-assombrada! – disse o quarto.

Gobriella rosnou com raiva e bateu as mãos contra a areia.

– Tudo bem, já *CHEGA*! – ela gritou. – Seus comentários maldosos podem ter me machucado quando eu era jovem, mas eles também me fizeram *FORTE*! E eu me tornei a melhor guerreira que a Terra dos Goblins já *VIU*! E agora olhem para *MIM*! Estou explorando templos antigos e salvando o *MUNDO*! E o que *VOCÊS* estão fazendo? O que aconteceu com *SUAS* vidas? Vocês provavelmente estão sentados em suas casas goblins nojentas, presos em seus casamentos goblins ruins, com um bando de crianças goblins correndo por aí quebrando suas *COISAS*! Então, quem está rindo *AGORA*?

Um por um, os quatro meninos goblins desapareceram, e a gaiola de Gobriella se desfez em pó. Ela parou de afundar na areia movediça e conseguiu se levantar do chão. Brystal, Lucy e Cavallero aplaudiram a goblin – no entanto, não havia tempo para comemorar seu triunfo. Os designados se voltaram para a jaula de Maltrapilho e viram que o anão estava até o pescoço na areia movediça. As toupeiras o cercaram como predadores enquanto ele lutava para manter a cabeça acima da areia.

– Pobre Maltrapilhozinho – lamentou a primeira toupeira.

– Se ele pudesse admitir seus erros, sobreviveria ao desafio – constatou a segunda.

– Vamos lá, apenas diga que você estava errado – sugeriu a terceira.

– *Você* deixou cair os diamantes no poço porque *foi* desajeitado – acusou a quarta.

– *Você* bateu no filhote de urso com o carrinho da mina porque *foi* descuidado – insistiu a quinta.

– E *você* falhou no teste de gerenciamento porque *não* foi inteligente o suficiente – constatou a sexta.

– Você não tem ninguém para culpar além de si mesmo – disse a sétima.

– Apenas confesse e tudo isso vai parar – propôs a oitava.

– *Nunca!* – o anão gritou apaixonadamente. – *Nada disso foi minha culpa... foram vocês!*

Enquanto os outros designados completaram o desafio *abraçando suas verdades*, Brystal percebeu que o desafio de Maltrapilho era *abraçar sua desonestidade*. Ela se ajoelhou ao lado de sua jaula, desesperada para falar com ele antes que fosse tarde demais.

– Maltrapilho, se o povo toupeira está dizendo a verdade, você tem que admitir! – ela implorou.

– Eles não são confiáveis! – ele disse. – Não os deixe enganar você!

– *O anão está em negação! O anão está em negação! O anão está em negação!* – o povo toupeira cantou.

– Maltrapilho, não há vergonha em admitir que você cometeu erros no passado – disse ela. – Todos nós fizemos coisas das quais não nos orgulhamos, e às vezes essas coisas são tão dolorosas que é mais fácil inventar *mentiras* em vez de assumir a responsabilidade. Quando culpamos outras pessoas por nossas falhas, quando inventamos *conspirações* para justificar nossas ações, nunca crescemos com nossos erros! Esta é a sua chance de pegar toda essa vergonha e transformá-la em algo bom!

– Sinto muito, Fada Madrinha – Maltrapilho disse. – Eu *não vou* deixá-los ganhar.

O anão respirou fundo e deixou que a areia movediça o engolisse. Brystal, Lucy, Cavallero e Gobriella gritaram quando seu amigo desapareceu. Acima deles, o coração de vidro flutuante explodiu em centenas de pedaços e a chave de ouro voou pela sala para destrancar as portas duplas. Os designados ouviram as correntes e fechaduras se desenrolando das portas, mas ninguém se virou para olhar. Mesmo tendo vencido o desafio, os designados esperaram com a respiração suspensa, rezando para que Maltrapilho voltasse, mas o anão nunca voltou.

– Eu não posso acreditar que ele escolheu a *morte* ao invés de encarar a verdade – Lucy lamentou.

– Ele foi uma vítima de suas próprias *CONSPIRAÇÕES*! – disse Gobriella.

Brystal enxugou as lágrimas que escorriam pelo rosto, desejando que pudesse ter feito mais para ajudar o anão.

– As mentiras mais perigosas são as mentiras que contamos a nós mesmos – constatou ela.

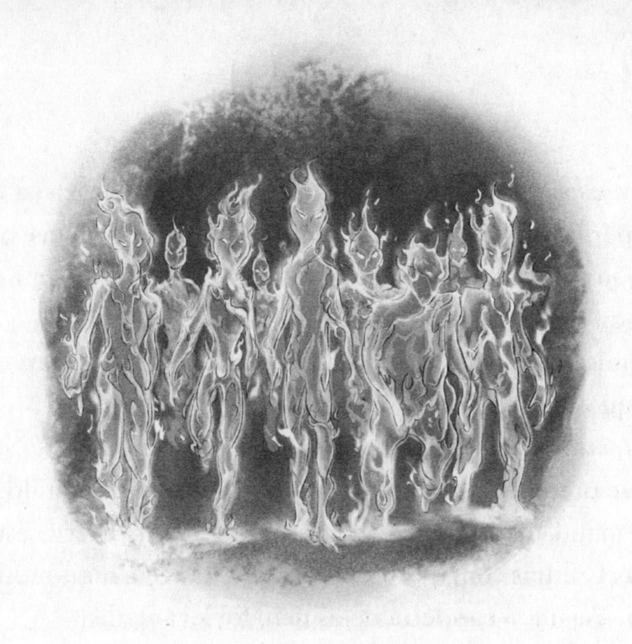

Capítulo Vinte

Demônios à solta

As fadas e bruxas estavam ficando sem lugares para procurar Áureo. Nos últimos três dias, elas procuraram minuciosamente nas montanhas frias do norte, vasculharam as densas florestas do oeste e exploraram os contrafortes do leste, mas, ainda assim, não encontraram nenhum vestígio do amigo em qualquer lugar. Se não estivessem tão preocupadas com Áureo, teriam ficado impressionadas com quão bem ele cobriu seus rastros.

O único lugar em que as fadas e bruxas não tinham procurado era no Império da Honra – e *nenhuma* delas queria pôr os pés lá. No entanto, seu desejo de encontrar Áureo superou as reservas que tinham e todas concordaram em ir.

Para atrair o mínimo de atenção, as fadas e bruxas esperaram até escurecer para viajar para o Império. Smeralda lançou um feitiço sobre sua carruagem dourada e unicórnios, e os disfarçou como uma carruagem e cavalos comuns. Eles decidiram começar sua busca no sul do Império e seguir para o norte. Quando a carruagem e os cavalos chegaram ao ponto mais extremo da Costa Sul, a visão de uma estrutura abandonada causou arrepios na espinha.

– A fortaleza – Brotinho disse com um nó nervoso na garganta. – Aí está algo que eu esperava nunca mais ver.

– Nós *temos* que entrar lá? – Horizona perguntou.

– Não se preocupem, provavelmente está vazio – Smeralda assegurou. – A Irmandade da Honra e o Exército da Honra Eterna estão todos em Via das Colinas com o Imperador. Eles não têm mais motivos para estar aqui. Vejam, a bandeira deles nem foi levantada.

– Por que Áureo se esconderia *ali*, de todos os lugares? – indagou Tangerin. – Ele já não passou por traumas suficientes?

– Ninguém em sã consciência esperaria que Áureo estivesse escondido na fortaleza. É por isso que seria o esconderijo *perfeito* para ele – disse Smeralda. – Vale a pena dar uma olhada.

– Sra. Vee? Você trouxe utensílios de cozinha com você? – Horizona perguntou. – Isso realmente salvou nossas peles da última vez que estivemos aqui.

– Eu embalei meus melhores talheres e meu melhor conjunto de panelas e frigideiras – disse a Sra. Vee. – Estou pronta para a batalha ou um jantar improvisado, e, para ser honesta, não tenho certeza de qual estou com mais medo de encarar! *HA-HA!*

A carruagem e os cavalos estacionaram ao lado da entrada da fortaleza e os passageiros saíram. A fortaleza era tão inquietante quanto as fadas e bruxas se lembravam. Parecia mais os restos de uma criatura enorme do que ruínas de uma estrutura antiga. As paredes desgastadas pareciam a pele de uma carcaça em decomposição e suas cinco torres esticavam em direção ao céu noturno como os dedos de uma mão esquelética gigante.

– Este lugar m-m-me dá arrepios! – Belha estremeceu.

Pi cheirou o ar.

– Ele cheira a *medo* e *morte* – disse ela.

– Puxa, eu senti falta disso – disse Malhadia com um sorriso torto.

As fadas e bruxas se dividiram em grupos de dois e revistaram a fortaleza. Horizona e a Sra. Vee revistaram os níveis inferiores, Belha e Pi revistaram os andares superiores, e Malhadia e Brotinho revistaram as torres. Enquanto isso, Smeralda e Tangerin caminhavam pelo vasto pátio bem no centro. Tudo o que olhavam as lembrava da noite horrível na qual quase foram mortas pela Irmandade da Honra e pelo Exército da Honra Eterna. Infelizmente, elas não encontraram uma única pista de Áureo em qualquer lugar.

– Puxa, ele está realmente jogando duro – disse Tangerin enquanto procurava no pátio – Por que ele está se esforçando tanto para ficar longe de *nós*? Nós somos amigas dele! Nós podemos ajudá-lo!

– Ele está tentando nos proteger de si mesmo – constatou Smeralda. – Mas se *nós* estamos tendo tanta dificuldade em encontrá-lo, vamos torcer para que os alquimistas também estejam. Só torço para que ele continue vivo até que Brystal e Lucy voltem com o Livro da Feitiçaria.

– *Se* elas voltarem com o Livro da Feitiçaria – emendou Tangerin. – Nós provavelmente deveríamos começar a pensar em um plano B caso elas não retornem.

Smeralda soltou um suspiro derrotado e sentou-se em uma pilha de escombros.

– Você está certa – disse Smeralda. – Mas Brystal ainda tem uma semana de vida... não vamos desistir dela já.

As meninas estavam distraídas quando notaram Malhadia no telhado da torre mais alta. A bruxa estava assobiando e acenando com os dois braços para chamar a atenção das fadas.

– Ei, pessoal, há algo que vocês deveriam ver! – ela gritou para as colegas.

– É melhor que isso não seja mais uma de suas brincadeiras, Malhadia! – Tangerin a avisou. – Se subirmos aí e encontrarmos *outro* esqueleto em posição sugestiva, vou empurrá-la pela janela!

– Não, não é nada disso – disse Malhadia. – Só esperem um segundo, vocês não vão se arrepender!

Smeralda e Tangerin trocaram um olhar curioso, mas algum tempo depois, elas entenderam exatamente do que Malhadia estava falando. A Costa Sul estava coberta por uma sombra escura enquanto um grupo de nuvens carregadas pairava sobre o oceano e bloqueava a lua cheia. As meninas podiam ver os telhados e pináculos do Instituto da Alquimia espreitando das nuvens enquanto todo o *campus* flutuava sobre suas cabeças em direção ao Norte.

– É o Instituto da Alquimia! – Smeralda exclamou.

– Mas por que está se movendo? Para onde estão indo os alquimistas? – Tangerin perguntou.

Smeralda se fez a mesma pergunta e de repente se encheu de pavor: havia apenas *uma* explicação razoável que ela poderia encontrar.

– Ai, não. *Áureo!* – ela arfou. – Os alquimistas devem tê-lo encontrado! *Temos que segui-los.*

• • ★ • •

Como o Dr. Estatos e o Imperador da Honra haviam combinado, naquela noite, à meia-noite, os alquimistas chegaram a Via das Colinas para eliminar com segurança Áureo dos Fenos. O Instituto da Alquimia desceu em Via das Colinas e pairou acima da praça da cidade. O Dr. Estatos e os outros alquimistas estavam reunidos em uma sacada abaixo da grande esfera armilar no centro do *campus*. De lá, os alquimistas podiam ver toda a cidade e o campo ao redor. Depois de esperarem vários minutos, o Imperador da Honra, seu Alto Comandante e o resto da Irmandade da Honra apareceram no telhado do Palácio da Honra para cumprimentar os visitantes – mas, estranhamente, nem um único soldado do Exército da Honra Eterna estava com eles.

– Boa noite, senhores – Sete os cumprimentou. – Bem-vindos a Via das Colinas! Espero que tenham tido uma viagem agradável.

– Receio que não temos tempo para gentilezas, Vossa Alteza – disse o Dr. Estatos. – Precisamos realizar a eliminação de uma vez. Se você puder gentilmente entregar o Sr. dos Fenos, vamos acabar com isso.

Um sorriso malicioso cresceu no rosto do Imperador.

– Na verdade, Dr. Estatos, eu pensei um pouco melhor sobre o nosso *acordo* – insinuou Sete.

– O que você quer dizer com *pensou melhor*? – ele perguntou.

– Pensei muito na situação e decidi ficar com o menino para mim – respondeu Sete. – Eu não tenho certeza se posso *confiá-lo* a vocês.

O Dr. Estatos grunhiu impacientemente.

– Pelo amor de Deus, não é hora de iniciar um debate sobre *confiança* – enfatizou ele. – O mundo está em perigo! Temos que destruir o menino antes que ele destrua todos nós!

– Concordo, o mundo *está* em perigo, mas não por causa do *menino* – disse Sete. – Depois de visitar seu instituto, fiquei profundamente preocupado com as intenções de você e de seus colegas. Vocês afirmam que não têm interesse em ganhar poder, mas eu digo que a tecnologia que vocês possuem conta uma história diferente. Eu digo que vocês estão apenas esperando a oportunidade certa para atacar e escravizar a todos nós.

O Dr. Estatos ficou horrorizado com as acusações do Imperador.

– Vossa Alteza, somos homens da *ciência*! – declarou o alquimista. – Não temos absolutamente nenhum interesse em atacar você ou seu Império!

– Isso não significa que vocês não vão mudar de ideia – disse Sete. – Vocês poderiam facilmente usar suas *ciências* contra mim e meu povo se vocês quisessem. O que os impede de transformar o Sr. dos Fenos em mais um de seus experimentos? O que os impede de aproveitar os poderes do garoto e transformá-lo em uma *arma*? Nenhum homem deveria ter *esse* tipo de poder... e pelo bem do mundo, acredito que é minha responsabilidade detê-lo.

BUM! BUM! Os alquimistas ouviram o som de explosões ao redor deles. *BUM! BUM!* O Exército da Honra Eterna apareceu nos telhados da praça da cidade e disparou canhões contra o instituto. *BUM! BUM!* Em vez de balas de canhão, os canhões disparavam enormes arpões conectados a longas correntes. *BUM! BUM!* Os arpões perfuraram as paredes das diferentes instalações. *BUM! BUM!* Os soldados mortos acionaram as correntes com carretéis gigantes, puxando o Instituto da Alquimia cada vez mais em direção à praça da cidade.

Os alquimistas ficaram indignados enquanto observavam o Exército da Honra Eterna atacar seu *campus*. O Dr. Estatos e o Imperador da Honra cruzaram os olhos, trocando um olhar inflamado.

– Então você nos trouxe a uma armadilha – disse o Dr. Estatos. – Eu deveria ter imaginado. Homens como *eu* lutam com homens como *você* desde o início dos tempos. Por muito tempo, os alquimistas permaneceram nas sombras enquanto os tiranos espalhavam ignorância e ódio. É hora de tomarmos uma posição e acabar com isso! Então, se é uma guerra que você quer, *uma guerra você terá*!

O alquimista bateu com a bengala no chão quatro vezes. De repente, o instituto se encheu com o som de marchas, mas, em vez do bater de botas, o Imperador da Honra ouviu o tinido de metal. Todas as portas do *campus* se abriram e centenas de Magibôs surgiram. Eles formaram uma linha de proteção ao redor do Instituto da Alquimia, prontos para defender o *campus* a todo custo.

O Imperador da Honra deu ao Alto Comandante um aceno ansioso.

– *Comecem o ataque* ordenou.

• • ★ • •

As fadas e bruxas correram pelo interior do Império da Honra a bordo de sua carruagem disfarçada. Elas seguiram o Instituto da Alquimia do chão o mais próximo que puderam, mas o *campus* flutuante acabou ficando à frente delas e desapareceu de vista. Logo, a cidade de Via das Colinas apareceu no horizonte e Smeralda avistou o instituto pairando sobre ela.

– Ali está! – Smeralda contou aos outros. – Eles pararam em Via das Colinas!

Ela estalou os dedos e os cavalos avançaram, correndo ainda mais rápido do que antes. No entanto, quando estavam a poucos quilômetros da cidade, os cavalos relincharam de medo e pararam inesperadamente.

– O que deu neles? – Horizona perguntou.

As fadas e bruxas enfiaram a cabeça pela janela para ver o que havia assustado os cavalos. A alguns hectares de distância, elas viram uma mulher parada no meio do campo sozinha. A mulher usava um vestido metálico, uma touca que tinha a forma de uma chave inglesa, e segurava um livro velho com força contra o peito.

– Essa é a Princesa Proxima do Reino do Leste – disse Tangerin. – O que ela está fazendo aqui sozinha?

As fadas e bruxas saíram da carruagem para ver melhor. A princesa abriu o livro e leu uma passagem em voz alta.

– *Demis-dule demis-dole, demis-see demis-sole!* – Proxima recitou.

– O que ela disse? – Brotinho perguntou.

– Se você me perguntasse, eu diria que ela estava lançando um feitiço antigo – a Sra. Vee respondeu.

Pi sentiu o cheiro de algo no ar.

– Sou só eu, ou mais alguém está sentindo cheiro de *fumaça*? – ela perguntou.

Antes que os outros tivessem a chance de sentir o cheiro, o chão começou a roncar sob seus pés. As fadas e bruxas viram brilhantes flashes de luz por todo o campo. Quando seus olhos se ajustaram, elas perceberam que o *fogo* estava subindo do chão! Em questão de segundos, todo o campo estava coberto de *chamas*! E embora o fogo mais próximo estivesse a alguns acres de distância delas, as fadas e bruxas podiam sentir seu calor como se estivesse a poucos metros.

– Por que o fogo está saindo do chão?! – gritou Tangerin.

Smeralda reconheceu instantaneamente o fogo – ela *nunca* o esqueceria enquanto vivesse.

– Este é o fogo que atacou o Reino do Leste! – ela constatou.

– Mas Áureo não está nem perto daqui! – disse Horizona. – Isso prova que ele é *inocente* afinal!

– Proxima é quem está causando o incêndio! – acrescentou Smeralda. – *Ela está* por trás do fogo o tempo todo!

– Ei, meninas, vocês notaram alguma coisa *engraçada* sobre essas chamas? – Malhadia perguntou.

A princípio, as fadas e bruxas não sabiam do que Malhadia estava falando, mas, enquanto observavam com atenção as chamas, rapidamente perceberam o que a bruxa queria dizer. O fogo não era apenas mais quente do que o fogo normal – o fogo era, na verdade, centenas de *pessoas* cujos corpos eram feitos inteiramente de chamas.

As fadas e bruxas não podiam acreditar no que estavam vendo e se entreolharam perplexas.

– O fogo está *vivo*! – Brotinho exclamou.

– Nunca vi nada assim na minha vida! – a Sra. Vee disse.

– Que tipo de magia é essa? – perguntou Tangerin.

– Então é por isso que o fogo estava nos perseguindo em Mão de Ferro... *ele tinha pernas*! – disse Smeralda.

A Princesa Proxima estava em êxtase enquanto observava mais e mais pessoas de fogo rastejando do chão para se juntar a ela. Logo ela estava cercada por milhares e milhares de corpos de fogo, mas, estranhamente, nem a princesa nem seu livro foram afetados pelo calor que as pessoas emitiam.

Proxima começou a marchar em direção a Via das Colinas e os corpos em chamas a seguiram. Enquanto se moviam pela terra, deixavam um rastro de destruição atrás deles. O chão estava chamuscado sob seus pés, o céu cheio de fumaça escura, e pequenas fogueiras espalhavam-se em todas as direções. Se algo não parasse o fogo logo, todo o Império da Honra – talvez o mundo – queimaria até derreter.

– O Dr. Estatos estava certo – disse Smeralda. – O fogo vai destruir o mundo!

– Como podemos parar isto? – perguntou Tangerin.

Smeralda ficou em silêncio enquanto pensava nisso. Ela se lembrou de algo que o Dr. Estatos havia dito anteriormente e que chamara sua atenção – e isso lhe deu uma ideia *muito* preocupante. Era absurdo, era irresponsável, e a fazia vomitar só de pensar, mas não via outra solução.

– O fogo destrói, o *gelo* preserva – disse Smeralda. – E vamos precisar de *muito* gelo.

Todo o corpo de Tangerin ficou rígido.

– Sme, por favor me diga que você não está dizendo o que eu *acho* que você está dizendo – disse ela.

– Na verdade, eu *estou* – Smeralda confessou.

– Não, absolutamente não! – Tangerin se opôs. – Tem que haver outra opção!

– Nós não temos tempo para pensar em uma! Se não fizermos algo drástico, todo o reino vai virar fumaça! – Smeralda disse, e rapidamente se virou para as bruxas. – Malhadia? Brotinho? Belha? Pi? Vocês trouxeram suas vassouras?

– N-n-nós nunca saímos de casa s-sem elas – disse Belha.

– Ótimo – disse Smeralda. – Eu preciso que vocês nos levem para as Montanhas do Norte. *Agora*.

Capítulo Vinte e Um

O cofre dos feiticeiros

Na câmara do desafio emocional, Brystal e os designados estavam diante das portas duplas no topo das escadas. Sentiam-se ao mesmo tempo encorajados e exaustos depois de completar os desafios físicos, mentais e emocionais, mas *nada* poderia prepará-los física, mental ou emocionalmente para o que estava prestes a acontecer. A criatura mais mortal e perigosa que já existiu estava à espreita em algum lugar além das portas, e, mesmo que eles não soubessem o que esperar, todos tinham uma sensação estranha de que a criatura estava aguardando por eles.

– Lembrem-se, este é o fim – Brystal disse aos outros. – Se sobrevivermos ao que quer que esteja esperando atrás dessas portas, *venceremos*.

Lucy, Cavallero e Gobriella respiraram fundo e empunharam suas armas.

– Devemos apostar no que é a criatura? – Lucy perguntou.

– Acho que é uma espécie de dragão extinta – propôs Cavallero. – Se for assim, temos que ficar o mais quietos e silenciosos possível. Os dragões não atacam a menos que se sintam ameaçados, mas no minuto em que pensam que você é um inimigo, não há praticamente nada que você possa fazer para detê-los.

– Talvez seja um animal da *MITOLOGIA*! – especulou Gobriella. – Estou imaginando uma criatura com cabeça de *LEÃO*! O corpo de um *URSO*! As presas de uma *SERPENTE*! As pernas de um *CAVALO*! Eu deveria ser capaz de lidar com uma criatura assim... me lembra um goblin que eu costumava *NAMORAR*!

– Estou defendendo minha tese de *mãe exploradora* – disse Lucy. – Se for esse o caso, todos me chamem de *Madame Diretora* e preparem-se para uma audição manipulada.

– Neste ponto, nada poderia ser pior do que o suspense – afirmou Brystal. – Vamos entrar.

Ela girou lentamente as maçanetas, abriu as portas e os designados a seguiram até a próxima câmara. Descobriram uma sala muito grande e muito escura do outro lado, mas, assim que passaram pelas portas, perceberam que não era uma sala – eles haviam entrado em um *espaço infinito* que se estendia por quilômetros em cada direção.

O chão estava inundado em uma poça rasa de água cristalina que chegava até os tornozelos. A água refletia perfeitamente milhares de estrelas do céu noturno cintilante acima deles. O reflexo dava a ilusão de que as estrelas continuavam eternamente ao redor deles, mas a ilusão foi interrompida pelas ondulações que seus passos criaram.

As portas duplas se fecharam atrás dos designados e depois afundaram na água e desapareceram. Os designados vagaram pelo espaço infinito, mas não encontraram nada além de um espelho alto e retangular. Brystal olhou no espelho, mas só viu os reflexos dela e de seus amigos olhando de volta.

– Por que a criatura mais perigosa da história precisa de um espelho? – perguntou Cavallero.

– Ou de toda essa *ÁGUA*? – indagou Gobriella.

Lucy deu de ombros.

– Talvez seja um tubarão narcisista?

Os designados se espalharam e continuaram vasculhando o espaço, mas Brystal se sentiu compelida a ficar na frente do espelho. Uma sensação estranha lhe dizia que o espelho significava mais do que eles imaginavam – ela apenas não conseguia identificar *o quê*. Depois de mais de uma hora explorando a área, os designados ainda não tinham encontrado nada nem ninguém.

– E se a criatura não estiver aqui? – sugeriu Cavallero. – Poderia ter morrido ou escapado do templo.

– Você quer dizer que toda essa jornada foi uma perda de *TEMPO?* – disse Gobriella.

– Santa procrastinação! – exclamou Lucy. – Gobriella, talvez seja isso! Talvez a criatura mais mortal e perigosa do planeta seja o *tempo*!

Cavallero e Gobriella franziram a testa.

– O tempo? – perguntou Cavallero.

– Como você chegou a *isso*? – acrescentou Gobriella.

– Brystal e minha antiga professora Madame Tempora nos disseram que o *tempo* é a coisa mais complexa do universo – explicou Lucy. – É simultaneamente o culpado e a solução para todos os problemas; você sempre tem falta de tempo ou tempo de sobra, mas nunca a quantidade que deseja; e, no final, o *tempo mata a todos nós*!

Os designados consideraram a teoria de Lucy e se convenceram de que ela estava certa, mas Brystal não tinha tanta certeza. Ela ficou na frente do espelho, nunca afastando os olhos dela e dos outros reflexos.

– Mas o que um *espelho* tem a ver com o tempo? – ela pensou em voz alta. – Se o *tempo* fosse a criatura mais mortal, certamente o templo nos colocaria cara a cara com um *relógio* em vez do nosso...

Brystal ficou quieta, de repente ela foi atingida por uma teoria própria. A ideia foi tão chocante que Brystal colocou a mão sobre a boca.

– *Ai, meu Deus* – ela sussurrou para si mesma. – *Acho que acabei de descobrir!*

Os designados se reuniram em torno de Brystal e procuraram no espelho em busca de algo escondido no reflexo.

– Onde está, Brystal? – perguntou Cavallero.

– Eu não vejo nada além de nós – disse Lucy.

– Isso é porque *somos* nós – explicou Brystal.

– O que você quer dizer com *NÓS*? – perguntou Gobriella.

– A criatura mais perigosa e mortal do planeta não é um animal... são *pessoas* – explicou Brystal. – Pensem nisso! Vocês conseguem citar outra espécie que causou mais danos a si mesma ou ao planeta? As pessoas poluem os céus, enchem os oceanos de lixo e caçam outros animais até a extinção! As pessoas começam *guerras* umas contra as outras, *odeiam* por esporte, e elas são a única criatura na terra que *mentem*.

Os designados deram uma longa olhada no espelho e seus estômagos reviraram – *Brystal estava certa*.

– Mas como podemos *derrotar* a criatura, se a criatura somos *nós*? Lucy perguntou. – Mesmo para os padrões de feiticeiros, isso parece uma tarefa difícil.

– A lenda não disse que temos que *derrotar* a criatura, ela disse que temos que *enfrentá*-la – lembrou Brystal. – Talvez seja por isso que o espelho está aqui? Antes de entrar no cofre, temos que assumir a responsabilidade e reconhecer todos os danos que as pessoas causaram. E, assim como aprendemos com Maltrapilho, às vezes *enfrentar a verdade* é o maior desafio de todos.

De repente, o espelho afundou na água e desapareceu exatamente como as portas duplas haviam feito antes. Os designados sentiram um poderoso estrondo sob seus pés e a água começou a ondular descontroladamente. Milhares e milhares de enormes pilares dourados saíram da água e se estenderam alto para o céu noturno. A água se esvaiu e os designados se viram em cima de uma estrela prateada gravada em um piso de mármore branco. A estrela apontava em quatro direções como uma bússola, e os designados perceberam que os pilares dourados formavam quatro intermináveis corredores ao redor deles.

À medida que os designados observavam a visão incrível, milhões de objetos começaram a se materializar pelos quatro corredores. Tudo, de ouro a lixo, apareceu diante de seus olhos e preencheu os vastos espaços.

– Conseguimos! – Brystal disse sem fôlego. – *Estamos no cofre dos feiticeiros!*

Os designados aplaudiram e Gobriella os levantou do chão em um abraço comemorativo.

Quando a goblin colocou seus amigos de volta no chão, um redemoinho de luzes cintilantes apareceu ao lado deles. As luzes giraram cada vez mais rápido, e, antes que pudessem dizer o que estava acontecendo, um homem alto estava parado diante deles. Tinha um rosto enrugado, uma longa barba prateada e usava um grosso manto marrom com um capuz sobre a cabeça. Os designados ficaram intimidados por seu olhar severo e sábio, e todos deram um passo para trás. Brystal reconheceu o homem – ele tinha o mesmo rosto de uma das sete estátuas no início do templo.

– Você é um feiticeiro? – Brystal perguntou a ele.

– Eu era – ele respondeu.

Lucy engoliu em seco.

– Então você é um *fantasma*?

– Não estou vivo nem morto, sou uma *lembrança* – disse o feiticeiro. – Agora que vocês passaram pelos desafios, vocês podem pegar *um* item do templo. Estou aqui para ajudá-los em sua decisão e ajudá-los a navegar em nosso cofre. Vocês gostariam que eu lhes mostrasse o que o templo tem a oferecer?

– Sim, *POR FAVOR*! – Gobriella exclamou.

O feiticeiro virou-se para o primeiro corredor com um grande gesto. Tinha montanhas de moedas de ouro, joias, móveis, roupas, comida, vinho, carruagens e navios.

– Se são *bens materiais* que vocês desejam, esta é a Galeria de Bens – disse ele. – Qualquer coisa que uma pessoa possa precisar ou querer está dentro desta galeria. Todos esses itens pertenciam aos feiticeiros quando estávamos vivos, e tudo ainda está em boas condições.

O feiticeiro caminhou ao redor dos designados e gesticulou para o segundo corredor. Ele continha uma biblioteca sem fim com prateleiras tão altas que desapareciam no céu.

– Se é *conhecimento* que vocês almejam, esta é a Biblioteca da Vida – disse ele. – Nossa biblioteca tem uma cópia de cada livro que já foi publicado, escrito ou apenas *imaginado* na mente de um autor. Mesmo que os fundadores tenham falecido há muitos séculos, vocês verão que nossa coleção é muito atual.

O feiticeiro estava diante da abertura do terceiro corredor. Estava forrado com armários contendo bilhões de pergaminhos, e o ar estava cheio de penas flutuantes tomando notas em pedaços flutuantes de papel.

– Se são *respostas* que buscam, este é o Salão dos Fatos – disse ele. – Tudo o que já aconteceu, está acontecendo ou *acontecerá* foi documentado nesses arquivos. As respostas para os maiores mistérios da terra podem ser encontradas nos pergaminhos dos feiticeiros.

O feiticeiro apontou para o quarto e último corredor. O quarto corredor continha cinco portas abertas – e cada uma das portas levava a uma sala cheia de milhares e milhares de *bolhas*.

– Se é *visão* que vocês querem, estas são as Alas da Humanidade – disse ele. – Ao olhar para as bolhas dentro dessas portas, vocês podem ver todas as emoções presentes na terra. Na Ala dos Sonhos, cada bolha contém visões sobre os maiores desejos de alguém. Na Ala dos Pesadelos, cada bolha contém visões dos piores medos de alguém. Na Ala das Ideias, cada bolha contém visões sobre os pensamentos e opiniões de alguém. Na Ala do Amor, cada bolha contém visões sobre a afeição mais profunda de alguém. E na Ala do Ódio, cada bolha contém visões sobre o mais profundo e vergonhoso preconceito de alguém.

Brystal foi atraída para as Alas da Humanidade como uma mariposa para uma chama. Ela olhou para cada uma das portas e se maravilhou com quão bonitas e únicas eram as bolhas. Os sonhos brilhavam e flutuavam caprichosamente pelo ar; os pesadelos eram nublados e voavam erraticamente do outro lado do corredor; as ideias tinham relâmpagos e ricocheteavam energicamente umas nas outras; as bolhas de amor pareciam estar corando e flutuavam em círculos vagarosos umas em torno das outras; e as bolhas de ódio eram escuras como breu e congeladas no lugar.

Brystal estava muito intrigada com as Alas da Humanidade – ela não conseguia imaginar todo o bem que alguém poderia espalhar com visões sobre os sonhos mais loucos das pessoas –, mas, ao mesmo tempo, havia algo sobre as alas que Brystal achava muito perturbador.

– Por que as Alas dos Pesadelos e do Ódio são mais cheias do que as outras? – ela perguntou ao feiticeiro.

– Essa é uma realidade infeliz sobre a humanidade – disse ele. – Seus sonhos, ideias e amor nunca excederam seu ódio ou medo. E até que isso mude, temo que sempre será a espécie mais mortal e mais perigosa do planeta.

Ouvir isso fez Brystal sentir como se tivesse levado um soco – não em qualquer lugar do corpo, mas em sua alma. Ela sabia que a humanidade era capaz de mudar – ela *viu* o mundo fazer mudanças profundas com seus próprios olhos. Mas, infelizmente, Brystal sabia que ela nunca viveria para ver o dia em que as Alas dos Sonhos, Ideias e Amor estivessem cheias. Ela só tinha mais uma semana de vida, e, naquele instante, ela não podia perder um momento dela.

– Senhor, nós sabemos exatamente o que queremos levar – disse Brystal.

– Hum? – o feiticeiro questionou com um olhar estranho. – Têm certeza de que não querem mais tempo para passear pelos corredores?

– Infelizmente, o tempo é um luxo que não temos – disse Brystal. – Viemos ao Templo do Conhecimento para levar o Livro da Feitiçaria.

O feiticeiro ergueu a sobrancelha com curiosidade e acariciou sua longa barba.

– Que interessante – disse ele. – De todas as posses neste cofre, o Livro da Feitiçaria é o único objeto que *já* foi levado.

– Foi *LEVADO*? – Gobriella exclamou.

– Você quer dizer que essa coisa toda foi um completo desperdício? – Lucy perguntou.

– Mas *quem* venceu todos os desafios antes de nós? – Cavallero indagou.

– Apenas uma outra pessoa sobreviveu até aqui – disse o feiticeiro. – Há vários séculos, uma mulher viajou para o templo e completou os desafios sozinha. Demorou mais de trezentos anos para terminar, mas ela finalmente alcançou o cofre.

Brystal e Lucy ofegaram em uníssono, pensando a mesma coisa:

– *A Imortal!* – disseram.

– Então ela *conseguiu* o Livro da Feitiçaria, afinal! – constatou Brystal.

– Mas se a Imortal pegou o livro, por que ela não o usou para destruir a Filha da Morte? Por que não cumprir sua parte no trato? – Lucy perguntou.

O Cavallero olhou incrédulo.

– Desculpe, você acabou de dizer *Filha da Morte* e *Imortal*?

Lucy acenou para o assunto como se não fosse importante.

– Um dia nós vamos levá-lo para almoçar e explicar tudo – ela disse a ele.

– A Imortal devia querer isso *antes* de fazer seu acordo com a Morte – Brystal determinou. – Caso contrário, como ela poderia propor esse acordo em primeiro lugar? Talvez a imortalidade não fosse o que ela queria afinal… talvez ela só precisasse da imortalidade para ajudá-la a *obter* o Livro da Feitiçaria!

– Então você está me dizendo que há algo no Livro da Feitiçaria que é *mais chamativo* que a imortalidade? – Lucy perguntou.

Brystal estremeceu com o pensamento e voltou-se para o feiticeiro.

– Senhor, você se lembra quem era a mulher? Ou onde ela pode ter levado o livro?

– Sinto muito, mas não me lembro do nome da mulher – disse o feiticeiro.

– Senhor, eu costumava trabalhar em uma biblioteca – disse Brystal. – Se a Biblioteca da Vida é tão grande quanto você diz que é, certamente deve haver algum tipo de *catálogo de fichas* para manter o registro dos livros.

O feiticeiro deu a ela outro olhar estranho, mas, desta vez, ele ficou impressionado.

– Sigam-me – convidou ele.

Os designados seguiram o feiticeiro até a Biblioteca da Vida. Depois de caminharem por mais de um quilômetro e meio de estantes intermináveis, eles pararam em frente a um armário enorme. O armário tinha milhares de pequenas gavetas e, como as prateleiras que o cercavam, era tão alto que desaparecia no céu noturno. O feiticeiro levitou fora de vista, flutuando em direção às gavetas mais altas do armário, e, alguns minutos depois, voltou com um cartão.

– Aqui está – disse ele.

Brystal pegou o cartão do feiticeiro e leu o nome escrito nele.

– *Imortália* – disse ela.

– Parece uma cantora de salão – disse Lucy.

– Esperem um segundo, já ouvi esse nome antes – disse Brystal. – Rápido! Eu preciso de um livro de história!

O feiticeiro conduziu os designados por mais um quilômetro e meio na Biblioteca da Vida até uma seção que continha centenas de milhares de livros de história. Brystal vasculhou a coleção até encontrar uma dedicada ao Reino do Leste. Ela encontrou o nome da Rainha Endústria na base de uma árvore genealógica real e então o traçou para trás, subindo na linha de sucessão. Seu dedo pousou no retrato de uma jovem rainha com feições muito familiares. Brystal virou o livro e mostrou o retrato para os outros.

– Eu sabia que reconhecia esse nome – disse ela. – *Rainha Imortália* foi a primeira mulher a sentar-se no trono do Reino do Leste! E há uma mulher no trono desde então!

– Uau – soltou Lucy. – Ela se parece com a Rainha Endústria e a Princesa Proxima!

– Imortália se parece com *todas* as rainhas!

Brystal folheou o livro de história e mostrou a seus amigos os retratos de todas as rainhas dos últimos três séculos.

– Algo me diz que isso é mais do que uma genética forte – disse Lucy.

– A Imortal esteve bem debaixo do nosso nariz o tempo todo! – constatou Brystal. – Temos que chegar ao Reino do Leste o mais rápido possível! *A Rainha Endústria está com o Livro da Feitiçaria!*

Capítulo Vinte e Dois

O Rei dos Demônios e a Rainha da Neve

Áureo não fazia ideia por que motivo havia sido levado para o Império da Honra, mas sabia que suas chances de escapar eram quase impossíveis. Ele estava encolhido no chão de sua pequena gaiola com as mãos e os pés amarrados atrás das costas e um pano enrolado na boca. Áureo era o único prisioneiro na masmorra do Palácio da Honra e sua jaula estava cercada por uma dúzia de soldados do Exército da Honra Eterna. A qualquer momento, esperava que o Imperador da Honra viesse pisoteando os degraus da masmorra e o usasse como um fantoche em algum esquema macabro – e isso se os alquimistas não o encontrassem e o executassem *primeiro*. De qualquer forma, Áureo não precisaria de nada menos que um *milagre* para sobreviver à noite.

Assim que Áureo começou a aceitar seu destino sombrio, um *estrondo* veio do topo da escada. Dois dos soldados mortos subiram correndo as escadas para inspecionar a origem do barulho e desapareceram de vista. Um momento depois, houve outro *estrondo* quando o primeiro soldado caiu da escada sem o crânio preso ao pescoço. Um jovem de armadura quadriculada em preto e branco surgiu escada abaixo, se equilibrando sobre o segundo soldado como uma prancha. Ele ergueu um estilingue enquanto descia os degraus, lançando pedras nos guardas esqueléticos e, um por um, arrancou seus crânios de seus pescoços ossudos.

– *Mmmmmm!* – Áureo murmurou sob a faixa que tapava a boca dele.

Enquanto os esqueletos sem cabeça vasculhavam a masmorra em busca de seus crânios decapitados, Elfik arrancou um molho de chaves do cinto de um soldado e correu em direção à cela de Áureo.

– Áureo! Graças a Deus você ainda está vivo! – Elfik disse. – Eu estava preocupado que chegaria tarde demais!

O elfo destrancou a porta da jaula e desamarrou o pano que envolvia a boca da fada.

– Elfik! Como você chegou aqui? Seu pai disse que trancou você! – Áureo disse.

– Ah, *ele trancou*, mas eu escapei – explicou Elfik. – Elfos são alfaiates horríveis, mas, felizmente, eles são arquitetos ainda piores. Você acredita que nossa prisão é feita de *gravetos*?

Áureo estava tão emocionado de alegria que lágrimas brotaram em seus olhos.

– Estou tão feliz em vê-lo! – ele declarou. – Obrigado por vir me resgatar!

– Não há de quê – disse Elfik. – Eu não poderia deixar o Imperador da Honra machucar um menino tão...

– *Elfik, atrás de você!*

Os soldados mortos haviam enroscado os crânios de volta em seus pescoços e estavam avançando novamente em direção ao elfo. Elfik desviou do caminho, escapando por pouco de ser atingido pelas espadas. As lâminas dos soldados bateram nas barras da jaula de Áureo e as cortaram. Áureo rolou para o chão e tentou desesperadamente se levantar, mas lembrou que não deveria ficar de pé.

– Elfik, você precisa me ajudar! – ele gritou – Tenho que sair do chão ou os incêndios vão começar!

– Um segundo. Estou um pouco ocupado! – Elfik disse.

O elfo estava lutando contra os soldados, doze contra um. Ele rapidamente disparou seu estilingue, arrancando os braços e pernas dos soldados, mas não conseguiu acompanhar o ataque. Um esqueleto chutou as pernas de Elfik e o elfo caiu com força de costas no chão, e o estilingue foi arrancado de suas mãos.

– *Deixem-no em paz!* – Áureo gritou.

A fada rolou pelo chão e derrubou os soldados, mas eles rapidamente se recuperaram. Os esqueletos cercaram Áureo e Elfik, surgindo em sua direção com espadas erguidas acima das cabeças. Os meninos estremeceram quando perceberam que seriam cortados, mas, de repente, a masmorra escura se encheu de luzes brilhantes. Áureo e Elfik protegeram seus olhos, mas quando a visão deles se ajustou, viram *fogo* explodindo do chão ao seu redor ! O fogo distraiu os esqueletos e eles se voltaram para as chamas com espanto.

A temperatura na masmorra subiu instantaneamente para alturas sufocantes. Áureo sentou-se de joelhos e usou seu corpo para proteger Elfik do calor.

– Saia da masmorra antes que o fogo te mate! – ele disse.

A boca do elfo se abriu enquanto observava o fogo.

– Você quer dizer antes que *eles* me matem – corrigiu ele, e apontou para as chamas.

Áureo virou-se para o fogo e apertou os olhos para as chamas. Depois de observar por um tempo, ele entendeu por que Elfik estava tão atordoado. A masmorra não estava cheia de *um* fogo poderoso, mas de *doze* pequenos fogos – e cada conjunto de chamas tinha a forma de uma *pessoa*.

– Ai, meu Deus – Áureo arfou. – São *pessoas*!

Os soldados mortos miraram nos novos alvos, balançando as espadas e empurrando seus escudos contra o povo do fogo, mas as armas dos esqueletos os atravessaram. Cada pessoa do fogo agarrou um soldado, envolvendo seus braços e pernas em chamas firmemente ao redor dos torsos ocos dos esqueletos. Os esqueletos enlouqueceram enquanto tentavam extinguir as chamas, batendo nas paredes uns contra os outros, mas o povo do fogo nunca afrouxou. Eles se agarraram aos soldados até que cada um de seus corpos se desmanchasse em uma pilha de ossos carbonizados. As cinzas dos esqueletos ainda estavam cheias de vida, mas foram danificadas muito além do ponto de reparo.

Uma vez que o povo do fogo derrotou os soldados, eles se reuniram em torno de Áureo e Elfik. O elfo rapidamente desfez as amarras de Áureo e eles tentaram escapar da masmorra, mas o fogo os encurralou em um canto. No entanto, o povo do fogo não tentou prejudicar os meninos como os esqueletos – pelo contrário, eles mantiveram distância para garantir que Elfik não fosse queimado.

O povo do fogo ficou estranhamente parado com suas cabeças em chamas apontadas na direção de Áureo. Quanto mais esperava que eles fizessem alguma coisa, mais irritado Áureo ficava.

– *Vocês arruinaram minha vida!* – ele gritou. – *Por que estão fazendo isto comigo?!*

Um dos homens em chamas caminhou até a parede mais próxima e acenou com a mão sobre ela, queimando uma mensagem nos tijolos de pedra:

NÓS SABEMOS O QUE VOCÊ É.

Frustrado, Áureo levantou-se e aproximou-se da parede. Ele inspecionou a mensagem como se a resposta estivesse escondida em algum lugar entre as letras queimadas.

– Eu não entendo – disse a eles. – Quem são vocês? E *o que* vocês acham que eu sou?

O homem em chamas acenou com a mão sobre a parede novamente e uma nova mensagem apareceu:

SOMOS SUA FAMÍLIA.

ESTÁVAMOS PROCURANDO POR VOCÊ.

NÓS PRECISAMOS DA SUA AJUDA.

– *O quê?* – perguntou Áureo. – Como *nós* somos da mesma família?

VOCÊ É UM DEMÔNIO ENTRE OS HOMENS.

E O HERDEIRO DO TRONO DO DEMÔNIO.

É SEU DESTINO NOS GOVERNAR.

Áureo ficou tão perplexo que se sentiu tonto.

– Sinto muito, mas vocês devem ter me confundido com outra pessoa – disse ele. – Eu nem sei o que é um *demônio*.

– Aaaaah – soltou Elfik. – Eles são *demônios*!

– Elfik? Você sabe quem são essas pessoas? – ele perguntou.

– Sim. Bem, mais ou menos... eu não sabia que as histórias eram *reais*!

– Que histórias?

– Você nunca ouviu a Lenda do Rei dos Demônios? – perguntou Elfik.

Áureo olhou para Elfik como se ele estivesse falando uma língua diferente.

– É uma história que minha mãe me contava quando eu era mais jovem – contou ele. – De acordo com um mito antigo, o centro da terra é habitado por uma raça de pessoas em chamas, conhecidas como *demônios*. Eles protegem o núcleo do nosso planeta e mantêm o mundo girando – eles sempre foram um povo pacífico, mas, alguns milhares de anos atrás, o Rei dos Demônios se tornou corrupto e travou uma guerra com a humanidade. Ele levou seus demônios à superfície e causou incêndios que quase destruíram o planeta. Felizmente, um grupo de feiticeiros matou o rei e aprisionou os outros demônios. Sem um governante, os demônios viveram em um caos absoluto desde então, mas a Lenda do Rei dos Demônios afirma que um dia um *novo rei* nascerá entre a humanidade. É seu destino sentar-se no Trono do Demônio e restaurar os demônios à raça pacífica que já foram.

– E eles pensam que *eu sou* o Rei dos Demônios? – ele perguntou.

– Você pode culpá-los? – questionou Elfik. – Você é uma fada que controla *o fogo*! Quem seria um candidato melhor?

O homem em chamas acenou com a mão sobre a parede e escreveu outra mensagem:

BUSQUE EM SEU CORAÇÃO, ÁUREO.

VOCÊ ESTÁ PROCURANDO POR NÓS TANTO QUANTO NÓS ESTAMOS PROCURANDO POR VOCÊ.

SOMOS A SUA PEÇA QUE FALTAVA.

Áureo ficou sem palavras. Desde que se lembrava, sempre tentou preencher um vazio em seu coração. Ao longo dos anos, ele tentou preenchê-lo com aprovação, amizades, aventuras e, mais recentemente, com *amor*. No entanto, não importava onde morasse ou quem conhecesse, o vazio sempre voltava. Mas e se Áureo não *devesse* ser preenchido por magia, fadas ou mesmo Elfik? Talvez os demônios *fossem* a peça que faltava o tempo todo.

Infelizmente, Áureo não teve tempo de descobrir. Como se os demônios estivessem sendo arrastados para o subsolo por um laço invisível, começaram a cair abruptamente pelo chão. Eles se seguraram com todas as suas forças, desesperados para ficar acima da superfície, mas não eram fortes o suficiente para lutar contra qualquer que fosse a força que os estivesse puxando para baixo.

– O que está acontecendo com vocês? – Áureo perguntou.

Apenas um demônio permaneceu e ele usou suas últimas forças para queimar outra mensagem na parede ao lado deles:

ELA ESTÁ NOS OBRIGANDO!

VOCÊ TEM QUE NOS LIBERTAR DELA!

Áureo se jogou no chão e agarrou a mão do demônio antes que ele desaparecesse no subsolo.

– Livrar vocês de *quem*? – Áureo perguntou – Quem está obrigando vocês?

AQUELA QUE NOS LIBEROU DO NÚCLEO!

ELA ESTÁ NOS CONTROLANDO COM O LIVRO!

ELA VAI ATACAR A CIDADE!

ELA DESTRUIRÁ TUDO SE VOCÊ NÃO A DETER!

A mente de Áureo estava borbulhando com dezenas de perguntas, mas ele sabia que só tinha tempo de fazer uma antes que o demônio fosse afastado.

– Como faço para pará-la? – ele perguntou.

ENCONTRE O LIVRO!

RECITE O JURAMENTO!

E O TRONO É SEU!

A mão flamejante do demônio escorregou da de Áureo e ele foi arrastado para o subsolo.

– Temos que encontrar esse livro – disse Áureo.

– Você está pronto para isso? Você *quer* ser o Rei dos Demônios? – perguntou Elfik.

A pergunta nunca passou pela cabeça de Áureo.

– Que escolha eu tenho? – ele respondeu. – Você viu o que os demônios fizeram com os soldados… se não pararmos quem os está controlando, o mundo inteiro vai queimar!

BUM! BUM! Os meninos ouviram uma forte comoção vindo de fora. *BUM! BUM!* Eles correram para a janela gradeada da masmorra e olharam para a praça da cidade de Via das Colinas. *BUM! BUM!* Áureo e Elfik ficaram chocados ao ver uma cidade inteira de edifícios de ouro, prata e bronze empoleirada em nuvens sobre a capital. *BUM! BUM!* E, ainda mais chocante, o Exército da Honra Eterna estava a atacando com canhões e arpões.

– Deve ser o Instituto da Alquimia! – Áureo exclamou.

– O que está fazendo em Via das Colinas? – perguntou Elfik.

– Então é por *isso* que o Imperador me queria aqui – disse ele. – Ele estava me usando como isca para os alquimistas! Ele os levou para uma armadilha!

– Mas por que o Imperador da Honra está atacando os alquimistas? – perguntou Elfik.

– Sete quer eliminar *todos* que representam uma ameaça para ele – disse Áureo. – Esta pode ser a distração exata de que precisamos! Enquanto os alquimistas e o Exército da Honra Eterna estão ocupados lutando, vamos fugir do Palácio da Honra e encontrar a mulher que controla os demônios! Temos que pegá-la antes que chegue à cidade! *Vamos!*

· • ★ • ·

Enquanto as fadas e bruxas desciam pelo túnel gelado nas Montanhas do Norte, elas ficaram em um amontoado apertado para se aquecer e proteger. As meninas esperavam que a aterrorizante Rainha da Neve saísse da escuridão a cada volta, então elas atravessaram o túnel na ponta dos pés o mais silenciosa e cautelosamente possível. Pi liderou a procissão trêmula e hesitante, farejando o ar a cada passo.

– Você já sentiu o cheiro dela? – perguntou Tangerin.

– Pode parar de me perguntar isso – Pi reclamou.

– Desculpe, mas essas montanhas são enormes! – disse Tangerin. – Quero ter certeza de que estamos indo na direção certa.

– Eu te disse, este é o único túnel onde senti o cheiro de algo além de pedras e gelo pendurado – enfatizou Pi. – Ou a Rainha da Neve está apodrecendo no final deste túnel ou estamos prestes a encontrar um alce em decomposição.

– Só vejo vantagens – disse Malhadia.

As fadas e bruxas finalmente chegaram ao fim do túnel e entraram em uma enorme caverna congelada. Smeralda acenou com as mãos e cobriu todas as estalagmites e estalactites com joias brilhantes para iluminar a área.

– Eu não consigo imaginar Madame Tempora morando aqui – a Sra. Vee disse. – Por outro lado, é incrível quão longe as pessoas vão para ter mais metros quadrados e tetos altos! *HA-HA!*

– Morar não é como eu descreveria.

As fadas e bruxas se voltaram para a voz inesperada. Elas ficaram completamente hipnotizadas quando notaram que uma linda mulher de cabelos escuros apareceu nos fundos da caverna. Ela usava um vestido cor de ameixa, um chapéu estiloso e um sorriso que era mais brilhante do que todas as joias de Smeralda juntas.

– Madame Tempora! – Tangerin e Horizona comemoraram.

As meninas correram para abraçar sua antiga professora de braços abertos, mas, infelizmente, elas atravessaram a fada.

– Desculpe, eu quase esqueci – disse Horizona. – Brystal nos disse que você está *dimensionalmente indisponível* agora.

– Infelizmente – lamentou Madame Tempora. – É tão maravilhoso ver vocês, meninas! Eu não posso acreditar que mulheres bonitas vocês se tornaram! Quem são suas amigas?

– Estas são Malhadia, Brotinho, Belha e Pi – disse Smeralda. – Elas vieram morar conosco depois que a Escola de Bruxaria Corvista fechou.

– Você quer saber *por que* me chamam de Malhadia? – a bruxa perguntou.

– Ignore ela, é o que *nós* fazemos – disse Tangerin.

– É um prazer conhecê-las, senhoritas – Madame Tempora cumprimentou. – Brystal me manteve atualizada sobre todas as suas provações e tribulações. Estou tão orgulhosa de tudo que vocês realizaram. Eu esperava que Brystal trouxesse vocês para me visitar um dia para que eu pudesse parabenizá-las pessoalmente.

Madame Tempora olhou para as convidadas, mas não viu todas que esperava.

– Espere um segundo, por que Brystal e Lucy não estão com vocês? – ela perguntou.

As fadas e bruxas se entreolharam com aflição estampada em seus rostos. Madame Tempora imediatamente soube que algo estava errado.

– Então esta não é uma visita *social* – disse a fada. – Digam-me o que aconteceu.

Smeralda resumiu rapidamente os eventos da semana anterior. Ela contou a Madame Tempora sobre o incêndio que destruiu mais da metade de Mão de Ferro, como todos os líderes mundiais foram convidados para uma Conferência dos Reis no Instituto da Alquimia para discutir o assunto, como os alquimistas estavam planejando eliminar Áureo e como Brystal estava atualmente liderando uma equipe de designados através do Templo do Conhecimento para encontrar o Livro da Feitiçaria.

– Todos nós sabíamos que Áureo era inocente, mas, até algumas horas atrás, não tínhamos nenhuma prova – disse Smeralda. – Agora mesmo no Império da Honra, vimos a Princesa Proxima invocando o fogo com um feitiço! Os alquimistas podem estar errados sobre Áureo, mas estão certos sobre o fogo! Está se espalhando pelo interior do sul enquanto falamos e destruindo *tudo* em seu caminho! Se não pararmos logo, o mundo inteiro vai arder em chamas!

– Então por que viajaram até aqui? – Madame Tempora perguntou.

Smeralda se encolheu.

– Porque há apenas *uma pessoa* que conhecemos que é poderosa o suficiente para parar um incêndio como esse – disse ela.

Madame Tempora ficou muito tensa quando percebeu de *quem* Smeralda estava falando. A fada olhou por cima do ombro para a Rainha da Neve congelada. Suas convidadas gritaram quando descobriram a bruxa monstruosa na parede de gelo atrás dela.

– Então vocês vieram para libertá-la – Madame Tempora constatou.

– Eu sei que isso parece loucura, mas não sei mais o que fazer – disse Smeralda. – Não há como dizer *se* ou *quando* Brystal vai voltar com o Livro da Feitiçaria, então temos que fazer algo drástico antes que...

Smeralda parou de falar no meio da frase quando notou algo bizarro na prisão congelada da Rainha da Neve. A parede estava *pingando* e uma das mãos congeladas da bruxa já estava se projetando para fora do gelo.

– Madame Tempora, você está *descongelando ela*? – perguntou Smeralda.

A fada virou-se para as meninas e soltou um suspiro pesado.

– Eu estou – ela disse.

– Mas... mas... mas *por quê*? – perguntou Tangerin.

– Eu tenho minhas próprias razões para libertá-la – Madame Tempora disse. – Embora pareça que as suas são muito mais urgentes do que as minhas.

As fadas e bruxas não podiam acreditar no que ouviam.

– Quer dizer que você não vai nos convencer a não fazer isso? – Horizona perguntou.

Pelo contrário, Madame Tempora queria dissuadi-los com cada fibra de seu ser. No entanto, a fada tinha seu *próprio* plano em andamento – e sabia que o realizaria muito mais cedo com a ajuda de suas ex-alunas.

– Receio que concordo com vocês – disse Madame Tempora. – Se o mundo está em perigo, devemos fazer o que for necessário para salvá-lo. Mas se vão libertar a Rainha da Neve, vocês devem estar preparadas para detê-la por qualquer meio necessário também. Vocês estão prontas para fazer isso?

Smeralda engoliu em seco.

– Nós estamos – assegurou ela com um movimento de cabeça confiante.

– Ótimo – Madame Tempora disse, e saiu do caminho delas. – *Libertem-na.*

Capítulo Vinte e Três

Uma batalha de fogo, gelo e alquimia

Com ou sem toque de recolher, os cidadãos de Via das Colinas estavam *saindo* de suas casas. Pouco depois da meia-noite, todos na capital foram acordados pelos estrondosos disparos de canhões na praça da cidade. Os cidadãos espiaram pelas janelas para ver o que estava causando a agitação e ficaram surpresos ao ver o Instituto da Alquimia flutuando acima de suas cabeças. No entanto, seu choque rapidamente se transformou em terror quando viram o Exército da Honra Eterna atacando o *campus* com arpões. Em questão de minutos, a sonolenta capital se transformou em um perigoso campo de batalha. Os cidadãos começaram a entrar em pânico, sabendo que, se não saíssem de Via das Colinas imediatamente, poderiam não sobreviver até o amanhecer.

Enquanto as ruas se tornaram caóticas com cidadãos em fuga, o Exército da Honra Eterna continuou sua emboscada no Instituto da Alquimia. Os soldados mortos puxaram as correntes de seus arpões até que todas as treze instalações caíram na praça da cidade. Após o impacto, as nuvens sob o *campus* evaporaram completamente. Os alquimistas ainda estavam posicionados na sacada abaixo da grande esfera armilar e assistiam horrorizados enquanto o exército de esqueletos marchava para a praça da cidade e aproximava-se sinistramente do instituto.

– Eles nos cercaram! – o Dr. Compostos gritou.

– Como *vamos* detê-los? – o Dr. Tornatos perguntou.

– Nós somos cientistas, não soldados! – o Dr. Animatos disse.

O Dr. Estatos não parecia tão perturbado quanto seus colegas. O alquimista observou o inimigo se aproximando como se estivesse olhando para as peças de xadrez de um oponente. Ele bateu sua bengala no chão três vezes e todos os Magibôs ao longo do perímetro do *campus* deram os braços, formando uma barreira protetora ao redor do instituto.

– Os Magibôs não vão detê-los por muito tempo! – o Dr. Vitatos disse.

– Os soldados superam eles em dez para um! – o Dr. Calculatos observou.

– Os Magibôs não deveriam *parar* os soldados – explicou o Dr. Estatos. – Eles são apenas uma distração enquanto reunimos *nossas* próprias tropas.

– Mas, senhor, não *temos* um exército! – o Dr. Estrelatos disse.

– Claro que nós temos! – o Dr. Estatos resmungou. – Parem de ser cientistas por um minuto e usem sua imaginação! Temos o maior exército que o mundo já viu, ao nosso alcance! Todos se reportem aos seus departamentos de uma vez e esperem pelos meus comandos! O Exército da Honra Eterna pode nos superar em número, mas podemos ser mais espertos do que eles! Agora vão!

Os alquimistas se dispersaram e correram para seus departamentos. Do outro lado da praça da cidade, no telhado do Palácio da Honra, o Imperador da Honra estava empoleirado em um trono confortável, sendo servido com vinho e sobremesas enquanto observava o início da batalha. A Irmandade da Honra aplaudia o Exército da Honra Eterna como se estivesse assistindo a uma partida esportiva.

– Alto Comandante, mande buscar o champanhe – ordenou Sete. – Esta batalha vai terminar antes que percebamos.

Pelo que ele podia ver, o Imperador da Honra tinha boas razões para se sentir vitorioso. O Exército da Honra Eterna atingia os Magibôs com suas espadas e escudos, amassando e dobrando seus membros de metal. Eventualmente, os soldados mortos abriram caminho pelos robôs mágicos e romperam seu perímetro, destruindo-os. Uma vez que todos os esqueletos passaram pelos Magibôs, os soldados mortos correram em direção ao instituto sem nada para detê-los – ou assim eles pensavam.

O Dr. Estatos olhou para o exército que se aproximava.

– Vocês bárbaros já violaram as leis da *natureza* – ele disse baixinho. – Mas vamos ver quão bem vocês se saem contra as leis da *física*.

O alquimista bateu sua bengala no chão três vezes, e as portas do Departamento de Física se abriram. Milhares de bolas vermelhas brilhantes, centenas de ioiôs amarelos e dezenas de ímãs saíram rolando da instalação e colidiram com os soldados que se aproximavam. As bolas vermelhas ricochetearam nos corpos ossudos dos esqueletos, derrubando dedos das mãos e dos pés. Os ioiôs amarelos envolveram suas cordas em volta dos pés dos soldados e os fizeram tropeçar enquanto corriam. Os ímãs magnetizaram a armadura dos esqueletos, fazendo com que os soldados batessem uns nos outros e ficassem juntos.

O Imperador da Honra zombou da primeira onda de defesa do instituto.

– Os cientistas estão lutando mais do que eu previ – disse Sete. – Mas eles vão precisar de mais do que *brinquedos infantis* para nos derrotar.

– *Dr. Vitatos! Solte os micro-organismos!* – ordenou o Dr. Estatos, com a voz ecoando pelo instituto.

O biólogo abriu as portas do Departamento de Biologia e uma debandada de células gigantes, vírus e bactérias atacou o exército. Os glóbulos brancos devoravam os soldados mortos e os mantiveram prisioneiros dentro de seus núcleos. Neurônios lançavam os longos corpos como chicotes e se enrolavam em torno dos esqueletos. Vírus se espalharam pelo exército, infectando cada um dos soldados que tocaram, e as articulações dos esqueletos ficaram doloridas demais para se mover. Uma pequena bactéria foi encurralada por uma dúzia de soldados mortos, mas a bactéria começou a se multiplicar e rapidamente os superou.

O Imperador da Honra cuspiu seu vinho enquanto testemunhava os micro-organismos devorando seu exército.

– É apenas sorte de principiante – disse Sete com uma risada arrogante. – Esta batalha vai ser mais divertida do que pensávamos!

– *Dr. Tornatos! Solte o clima!* – o Dr. Estatos instruiu.

O telhado de guarda-chuva do Departamento de Meteorologia se ergueu como a tampa de uma chaleira e várias tempestades em miniatura irromperam de dentro. Tornados giravam pelo instituto, sugando os soldados em seus vórtices. Um furacão em miniatura atravessou o exército, jogando os esqueletos pela cidade com ventos fortes. Nuvens escuras pairavam sobre os soldados, encharcando-os de chuva e atingindo-os com raios. Nevascas perseguiram os esqueletos pelo *campus* e congelaram seus pés no chão.

O Imperador da Honra e os membros do clã estavam ficando mais nervosos a cada segundo.

– É tudo o que eles têm, certo?! – Sete perguntou aos membros do clã. – Eles *não podem* ter mais nada nas mangas!

– *Dr. Sociatos! Solte os artefatos!* – o Dr. Estatos ordenou. – *E Dr. Larvatos! Solte os enxames!*

Os restos de um enorme Tiranossauro, um mamute lanudo e uma dúzia de homens das cavernas saíram correndo do Departamento de Antropologia. O dinossauro amassou os soldados mortos com sua enorme cauda, o mamute os esmagou com as grandes presas, e os homens das cavernas os derrubaram no chão com seus tacapes. Em seguida, as janelas do Departamento de Entomologia foram escancaradas e pragas de gafanhotos, enxames de vespas e colônias de formigas choveram sobre os soldados mortos. Os gafanhotos empilharam-se sobre os esqueletos até não conseguirem mais se mexer, as vespas cobriram seus corpos em ninhos e as formigas separaram seus ossos.

O Imperador da Honra rosnou com raiva e arrancou punhados de seu cabelo.

– Devo cancelar o champanhe, meu senhor? – perguntou o Alto Comandante.

– Precisamos de mais soldados! Envie todos os homens que temos! – Sete gritou.

– Senhor, não temos mais soldados – disse o Alto Comandante.

– Então pegue algumas bestas e canhões! – Sete ordenou. – Os membros do clã atacarão dos telhados!

– Meu senhor, você armou o Exército da Honra Eterna com *todo o nosso arsenal* – disse o Alto Comandante. – Não há mais bestas ou canhões.

Os olhos do Imperador da Honra se arregalaram e as veias de seu pescoço saltaram. Ele agarrou o Alto Comandante pela gola do uniforme e o segurou sobre a beirada do telhado.

– Você está dizendo que não temos mais NADA para nos defender? – Sete rugiu.

– Podemos ter algumas facas de manteiga na cozinha – o Alto Comandante chiou.

– Meu Senhor? – disse um membro do clã. – Perdoe a interrupção, mas podemos ter um problema *maior* do que os alquimistas.

– *Você está louco?* – Sete gritou. – *O que poderia ser maior?!*

Os membros do clã rapidamente se separaram para os dois lados do telhado para que o Imperador da Honra pudesse ver por si mesmo. Enquanto os membros do clã estavam fixados na batalha na praça da cidade, o interior do leste se transformou em um inferno em chamas. O céu estava coberto de fumaça preta espessa, os incêndios florestais estavam se espalhando rapidamente e, pelo que o Imperador da Honra podia ver, parecia que as chamas estavam indo *direto para eles*.

– Que diabo é *isso*?! – ele rosnou.

• • ★ • •

Brystal, Lucy, Cavallero e Gobriella sobrevoaram o Oceano do Nordeste a bordo das costas de Gatinha. Cavallero guiou a dragoa para o sudoeste em direção aos reinos e territórios e ela voou o mais rápido que suas asas conseguiam. O continente finalmente apareceu no horizonte, e a dragoa voou acima da fronteira entre os Reinos do Norte e do Leste enquanto descia em direção à cidade de Mão de Ferro.

– Devemos pousar em cerca de vinte minutos! – Cavallero disse aos outros.

Eles estavam tão altos no céu que os designados podiam ver centenas de quilômetros em cada direção. Enquanto Brystal esquadrinhava as frias Montanhas do Norte à sua direita, de repente ela *guinchou* – não por algo que viu, mas sim por algo que *não* viu.

– O que há de errado? – Lucy perguntou. – Você viu uma assombração na asa?

– Não! – ela disse. – *Olhe!*

Brystal apontou para as Montanhas do Norte em pânico.

– Eu não vejo nada – constatou Lucy.

– Exatamente! – disse Brystal. – A aurora boreal sumiu!

As meninas ficaram horrorizadas, mas seus amigos não entenderam.

– O que há de tão especial na *AURORA BOREAL*? – perguntou Gobriella.

– As luzes do norte marcam a presença da Rainha da Neve! – Lucy explicou. – Enquanto elas estiverem no céu, isso significa que a Rainha da Neve está presa nas Montanhas do Norte!

– E se as luzes do norte *NÃO* estão no céu? – perguntou Gobriella.

– Isso significa que ela *escapou*! – disse Brystal.

Cavallero deu outra olhada analítica.

– Desculpe, mas quem é a *Rainha da Neve*?

Lucy revirou os olhos.

– Rapaz, você realmente precisa sair mais! – ela disse.

Todos a bordo do dragão de repente ficaram quietos. A atenção deles foi atraída para algo surgindo bem à frente no horizonte sul. Uma nuvem gigantesca de fumaça preta e espessa estava subindo do campo, flutuando pela lua cheia como uma montanha flutuante.

– Nunca vi tanta fumaça na minha vida! – disse Cavallero. – E eu vivo em um vulcão com dragões!

– Isso não é um incêndio normal! – disse Brystal. – O Bafo do Diabo voltou!

– Ai, não... *Áureo*! – disse Lucy. – Ele vai ser culpado por isso também!

– Mudança de planos – Brystal disse aos outros. – O Livro da Feitiçaria pode esperar mais um dia! Temos que parar o fogo antes que se espalhe pelo mundo! *Siga essa fumaça!*

Imortália liderava triunfantemente os demônios através do campo e em direção a Via das Colinas. Às duas horas da manhã, eles finalmente chegaram aos arredores da capital, e Imortália parou a procissão de fogo no topo de uma colina alta. De lá, Imortália podia ver toda a cidade abaixo dela. Ela ficou emocionada ao descobrir que o Exército da Honra Eterna estava envolvido em uma batalha acalorada com o Instituto da Alquimia.

– Ora, ora, ora... *isso* que é sorte – Imortália disse aos demônios. – Nós podemos nos livrar do Império da Honra e do Instituto da Alquimia com uma cajadada só.

Uma risada perversa saiu da boca da Imortal. *Este* era o momento pelo qual estava esperando há *séculos* – ela *finalmente* iria se vingar atacando uma das maiores cidades do mundo –, e nada estava em seu caminho, exceto alguns acres de terras agrícolas.

– *Demônios! Queimem essa cidade até não sobrar nada!* – ela exigiu.

Os demônios foram magicamente compelidos a seguir seus comandos e se dirigiram para a cidade. No entanto, logo após eles começarem a se aproximar, todos os demônios pararam no meio do caminho – algo muito estranho pairava no céu acima deles. Um bloco gigante de gelo apareceu através da névoa esfumaçada enquanto voava para o campo. O gelo estava pendurado em quatro vassouras voadoras. Cada uma das vassouras era dirigida por uma bruxa e transportava uma passageira fada.

– Que diabos é *aquilo*? – Imortália perguntou.

– Coloquem ela ali! – Smeralda instruiu suas amigas.

As bruxas gentilmente colocaram o bloco de gelo no campo entre os demônios e Via das Colinas. Uma vez que o gelo estava no chão, as bruxas e fadas saltaram das vassouras e ficaram em fila atrás dele. Da colina, Imortália podia ver a silhueta de algo *monstruoso* dentro do gelo. Depois de um vislumbre da alta coroa de flocos de neve da criatura, ela sabia *exatamente* quem era.

– Não é que elas são *inteligentes*? – Imortália murmurou. – Elas ressuscitaram a Rainha da Neve para me deter, mas vão precisar de mais do que um pouco de *gelo* para extinguir *minhas* chamas. *Demônios! Vaporizem essa bruxa frígida!*

Os demônios correram em direção ao bloco de gelo e as fadas e bruxas recuaram. Os demônios formaram um círculo apertado ao redor do gelo e pressionaram seus corpos flamejantes contra ele. O vapor subiu no céu noturno enquanto o gelo derretia em ritmo acelerado.

– Aqui vamos nós! – Smeralda disse a suas amigas. – Lembrem-se de mantê-la focada no fogo! E não a deixem chegar perto da cidade!

De repente, todo o campo foi coberto por um clarão branco ofuscante. Os demônios que cercavam o gelo foram esparramados pelo chão. Quando a luz desapareceu, o bloco de gelo sumiu e a Rainha da Neve estava *acordada*. A bruxa soltou um gemido horrendo enquanto esticava seu corpo rígido pela primeira vez em dois anos. Ela cerrou os dentes podres, cheirou o ar enfumaçado e rosnou com raiva como um animal recém-libertado de uma jaula.

– *Não fiquem aí parados!* – Imortália gritou. – *Demônios! Destruam-na!*

Embora a Rainha da Neve fosse cega, ela podia sentir o calor emitido pelos corpos dos demônios. A bruxa estendeu a mão direita e um cetro de gelo novinho em folha cresceu de sua palma. A Rainha da Neve atingiu o chão com o cetro e enviou uma poderosa geada em todas as direções. A brisa fria derrubou as fadas e bruxas e os demônios. A geada se espalhou pelo campo e instantaneamente extinguiu todos os incêndios no Império. Apenas os próprios demônios foram deixados em chamas.

As fadas e bruxas se ajudaram a levantar do chão e olharam aterrorizadas para a Rainha da Neve.

– Ela parece mais *poderosa* do que era antes – disse Tangerin.

– Está *mais irritada* – Smeralda observou.

Uma vez que os demônios estavam de pé novamente, eles atacaram a bruxa mais uma vez. A Rainha da Neve apontou o cetro para o chão, criando grossas paredes de gelo em seu caminho. Os demônios bateram nas barreiras de gelo, mas os seus corpos estavam tão quentes que o gelo não ficou de pé por muito tempo. As fadas e bruxas ficaram aliviadas enquanto observavam a Rainha da Neve duelar com os demônios.

– Está funcionando – disse Horizona.

– Ela parou os incêndios *e* os está mantendo longe da cidade! – a Sra. Vee disse.

– Vamos torcer para que continue assim – disse Smeralda.

As fadas e bruxas sentiram um vento forte quando algo grande desceu do céu. Elas olharam para cima e ficaram chocadas ao ver um enorme dragão voando acima de suas cabeças – mas ainda mais alarmante foi ver as quatro pessoas que estavam *montando* o dragão.

– *Brystal!* – as fadas arfaram.

– *Lucy!* – as bruxas gritaram.

– *Vocês estão vivas!* – as meninas aplaudiram juntas.

Gatinha pousou no campo atrás das fadas e bruxas. Brystal, Lucy, Cavallero e Gobriella desceram rapidamente das costas da dragoa. As fadas e bruxas estavam tão animadas para ver Brystal e Lucy que derrubaram as meninas no chão. No entanto, a feliz reunião foi interrompida quando as recém-chegadas avistaram a Rainha da Neve.

– Alguém pode me dizer o que *ela* está fazendo aqui? – Brystal perguntou.

– Você primeiro! – disse Tangerin. – De onde veio aquele *dragão*?

– É uma longa história… conversamos mais tarde – prometeu Lucy.

– Você conseguiu o Livro da Feitiçaria? – perguntou Smeralda.

– Não, alguém já pegou! – disse Brystal.

– Quem? – Horizona perguntou.

Lucy olhou para longe e apontou dramaticamente para a colina.

– Bom, *foi ela*! – ela anunciou.

– Esperem, *a Princesa Proxima* está com o Livro da Feitiçaria? – a Sra. Vee perguntou.

– Essa não é a Princesa Proxima – Brystal explicou a elas. – Essa é a Rainha Imortália… *ela é a Imortal*! Ela pegou o Livro da Feitiçaria do Templo do Conhecimento séculos atrás!

– Então *aquele* é o livro que ela estava lendo! – disse Pi. – O Livro da Feitiçaria deve conter um feitiço que controla o povo do fogo!

– Esperem, *povo do fogo*? – Lucy perguntou.

Pi apontou para os demônios lutando contra a Rainha da Neve. Lucy e Brystal sentiram como se o ar tivesse sido arrancado de seus pulmões.

– O fogo está se movendo como *pessoas*! – disse Lucy.

– Muito incrível, hein? – Malhadia enfatizou.

– Esta é a p-p-prova de que Áureo é inocente! – disse Belha.

– Vimos Proxima convocar o fogo no campo! – afirmou Smeralda. – Tínhamos medo de que o fogo destruísse todo o Império. Então fomos para as Montanhas do Norte e trouxemos de volta a Rainha da Neve.

– E Madame Tempora deixou que fizessem isso? – Brystal perguntou.

– Você está de brincadeira? Ela incentivou! – disse Tangerin.

– E, até o momento, tudo bem! – Horizona observou.

Brystal ficou impressionada com todas as informações que suas amigas estavam lhe dando. Os olhos dela percorreram o campo – da

Rainha da Neve ao povo do fogo e ao Livro da Feitiçaria apertado nos braços de Imortália – enquanto ela planejava seu próximo movimento.

– Vamos focar no que é mais importante... nós temos que tirar o Livro da Feitiçaria de Imortália – disse Brystal. – Há um feitiço dentro do livro que pode parar a Rainha da Neve e os incêndios!

– Então talvez fosse bom nos apressarmos – disse Lucy. – *Parece que alguém está prestes a fazer isso antes de nós!*

As fadas e bruxas olharam para a colina onde Imortália estava. Para a surpresa de todas, uma carruagem puxada por quatro enormes lebrílopes surgiu atrás dela. Os coelhos com chifres eram guiados por um jovem de armadura quadriculada em preto e branco, enquanto outro jovem estava atrás dele. Antes que Imortália os ouvisse chegando, a carruagem passou por ela e o segundo jovem arrancou o Livro da Feitiçaria de suas mãos.

As fadas e bruxas ficaram radiantes quando reconheceram o passageiro.

– Áureo! – elas aplaudiram.

– Ele está bem! – disse Tangerin.

– E ele está com o livro! – acrescentou Horizona.

– Esperem, por que *ele* quer o livro? – questionou Smeralda.

– Quem se importa?! Pato-real dado não se olha o bico! – disse Lucy.

A Imortal ficou furiosa enquanto via o elfo e a fada fugirem.

– *Nããããão!* – ela uivou. – *Demônios! Atrás deles! Tragam de volta meu livro!*

Sob seu comando, os demônios abandonaram o duelo com a Rainha da Neve e perseguiram a carruagem. As silhuetas dos demônios mudaram da forma de *pessoas* para a forma de *tigres*. Os felinos de fogo correram atrás dos meninos. Elfik guiou os lebrílopes em voltas erráticas para evitar serem atingidos pelas patas flamejantes dos demônios.

– Eles precisam da nossa ajuda! – Brystal disse às amigas. – *Malhadia, Brotinho, Belha e Pi!* Peguem suas vassouras e tentem pegar o livro de Áureo! Cavallero e eu seguiremos atrás de vocês! *Smeralda, Tangerin,*

Horizona e Sra. Vee! Certifiquem-se de que a Rainha da Neve não saia do campo! *Lucy e Gobriella!* Fiquem de olho na Imortal!

Sem um momento a perder, todos se separaram para seguir as instruções de Brystal. As fadas se alinharam atrás da Rainha da Neve, Lucy e Gobriella correram pelo campo em direção a Imortália, e as bruxas subiram em suas vassouras e voaram para ajudar Áureo. Quando as bruxas chegaram, os demônios estavam se aproximando da carruagem e se preparando para atacar.

– Ei, Áureo! – Malhadia o chamou. – Aqui em cima!

Áureo ficou surpreso ao ver as bruxas seguindo-o do ar.

– O que vocês estão fazendo aqui? – ele perguntou.

– Estamos tentando ajudá-lo! – declarou Brotinho.

– Atire-nos o Livro da Feitiçaria antes que o fogo pegue você! – disse Pi.

– Esperem… *este* é o Livro da Feitiçaria? – ele perguntou.

– Apenas n-nos passe o maldito l-li-livro! – disse Belha.

Segundos antes de os demônios estarem prestes a atacar a carruagem, Áureo jogou o Livro da Feitiçaria o mais alto que pôde. Pi voou pelo ar e pegou o livro com seu rabo de gambá.

– *Não deixem que eles fujam!* – Imortália gritou da colina. – *Demônios! Voem!*

Os demônios mudaram de forma novamente, e os felinos ardentes se transformaram em um bando de *falcões flamejantes*! Os pássaros em chamas voaram atrás de Pi, perseguindo-a pelo céu. Quando os pássaros se concentraram nela, Pi rapidamente jogou o Livro da Feitiçaria para Belha. Os falcões mudaram de curso abruptamente, mas Belha jogou o livro para Brotinho antes que eles chegassem perto demais. Brotinho secretamente entregou o livro para Malhadia enquanto ela passava, e os demônios o perderam de vista.

As bruxas trocaram o Livro da Feitiçaria – *de Belha para Brotinho, de Brotinho para Pi, de Pi de volta para Belha, de Belha para Malhadia* – e os demônios ficaram confusos. Eventualmente, eles perceberam o que estava acontecendo e seguiram o livro enquanto voltava para Malhadia. Os falcões cercaram Malhadia no ar e a impediram de passá-lo para as outras bruxas.

– *Malhadia! À sua esquerda!*

Gatinha fez um giro no ar, e soprou os demônios pelo céu com o vento poderoso que suas enormes asas criaram. Malhadia viu Brystal e Cavallero cavalgando nas costas de Gatinha e ela jogou o Livro da Feitiçaria para eles. A dragoa subiu mais alto e mais alto, mas os demônios a seguiram implacavelmente. Brystal tentou acertar os falcões com sua varinha, mas havia muitos para lutar sozinha.

– Brystal! Aqui embaixo! – Áureo gritou do chão. – Eu sei como parar os demônios!

– *Demônios?* – Brystal perguntou.

– É uma longa história! – ele disse. – Jogue o livro para mim!

Brystal deixou o Livro da Feitiçaria cair em direção à terra. Áureo mergulhou no chão e o pegou em seus braços. Os demônios imediatamente fizeram uma curva acentuada e dispararam atrás do livro. Quando os falcões voaram direto para ele, Áureo rapidamente virou as páginas, mas o livro inteiro estava escrito em um idioma que ele não entendia.

– Qual página tem o juramento? – Áureo gritou.

– Há *alguma* palavra que você reconheça? – Elfik perguntou a ele.

– Não! – Áureo disse. – O que eu faço?

Enquanto os meninos procuravam freneticamente no livro, eles notaram que cada passagem incluía um esboço. Havia imagens de esqueletos e bebês recém-nascidos, uma lua cheia e um sol brilhante, flores e ervas daninhas, e todos os animais e insetos existentes.

– Ignore as palavras e concentre-se nas ilustrações – disse Elfik. – Elas devem dar uma dica sobre o que cada passagem significa!

Áureo encontrou uma ilustração de um trono cercado por fogo. Ele mostrou a Elfik e os meninos se entreolharam com a mesma expressão de olhos arregalados – *tinha que ser isso*! Acima deles, os demônios estavam descendo cada vez mais rápido. Áureo respirou fundo e leu a passagem do Livro da Feitiçaria, rezando para que fosse o juramento do Rei dos Demônios.

– *Demonous karta, demonous marta! Demonous infintay en demonous traynata!*

Áureo e Elfik se abraçaram, esperando serem atingidos por milhares de falcões flamejantes de uma só vez. No entanto, em vez de pousarem em cima dos meninos, os demônios pousaram em um círculo *ao redor* deles – e, quando cada demônio atingiu o chão, eles assumiram a forma de *pessoas* novamente. Áureo escorregou dos braços de Elfik e flutuou no ar. Seus olhos começaram a brilhar, uma coroa de ouro apareceu, pairando sobre sua cabeça como uma auréola de anjo, e uma longa capa de fogo cresceu nas costas dele como as asas de uma fênix.

– *Está funcionando!* – Elfik aplaudiu. – *Você conseguiu, Áureo!*

Os demônios foram finalmente libertados do feitiço da Imortal e se ajoelharam diante de seu novo líder. Gatinha pousou ao lado dos demônios, e Brystal e Cavallero olharam para Áureo com espanto.

– O que está acontecendo com ele? – Brystal perguntou. – Por que o fogo está se curvando para ele?

– Porque ele é o novo Rei dos Demônios! – Elfik disse.

Cavallero olhou surpreso.

– Desculpe, ele disse *Rei dos Demônios*?

– Desta vez estou tão confusa quanto você – disse Brystal.

Áureo pousou suavemente no chão e olhou para a coroa e capa dele com admiração.

– Como estou? – ele perguntou.

– Como se você tivesse *nascido* para isso – disse Elfik com um sorriso.

Antes que Brystal tivesse a chance de fazer mais perguntas, Imortália apareceu do nada e passou correndo por ela. A Imortal arrancou o Livro da Feitiçaria das mãos de Áureo e depois saiu correndo na direção oposta.

– Não vou deixar você estragarem isso para mim! – Imortália gritou por cima do ombro. – Eu esperei muito tempo para deixar vocês tirarem isso de…

– Não tão rápido, sua *VELHA MÁ*!

Gobriella e Lucy pularam na frente de Imortália e ela bateu no corpo musculoso da goblin como se fosse uma parede de tijolos. Quando Imortália caiu para trás, Lucy bateu no chão com o punho e um sumidouro apareceu atrás dela. A Imortal rolou no buraco e atingiu o fundo com um *baque*. Imortália gemeu e grunhiu enquanto tentava sair, mas os lados do buraco eram muito íngremes – *ela estava presa*.

– *Vocês vão pagar por isso!* – Imortália gritou.

– Sim, sim, sim... nos envie uma conta – disse Lucy.

Gobriella enfiou a mão no buraco e puxou o Livro da Feitiçaria das mãos de Imortália com facilidade.

– Atenção, *FADA MADRINHA*! – a goblin disse, e jogou para ela.

Brystal não podia acreditar que ela estava segurando o Livro da Feitiçaria. Tudo o que as fadas precisavam para derrotar o Exército da Honra Eterna estava finalmente em suas mãos. Ela folheou suas antigas páginas de pergaminho e, assim como com Áureo, as ilustrações a ajudaram a adivinhar a que se destinava cada passagem. Ela presumiu que o esboço de uma flor murcha era um feitiço para desarmar; o esboço de uma caveira era um feitiço para destruir; e o esboço de um bebê recém-nascido era um feitiço para ressuscitar.

Infelizmente, Brystal estava tão devastada quanto aliviada. Agora que o Livro da Feitiçaria estava em sua posse, seus amigos esperavam que ela matasse a Imortal, e Brystal seria forçada a decepcioná-los.

– O que você está esperando? – Lucy perguntou. – A Imortal está bem na sua frente! Acabe logo com ela enquanto você tem a chance!

Brystal virou-se para Lucy com lágrimas nos olhos e balançou a cabeça lentamente.

– Eu *não posso* – ela confessou.

Lucy ficou pasma.

– *O quê?* – ela perguntou. – Mas você *tem* que fazer isso ou vai morrer!

– Eu prefiro morrer a passar o resto da minha vida me sentindo uma assassina – disse Brystal.

– Você não pode estar falando sério! – Lucy explodiu. – Esta mulher simplesmente tentou fritar o mundo inteiro! Ela não merece viver! *Você merece!*

– Mas eu não quero viver com a culpa de tirar outra vida – disse Brystal. – Por favor, entenda.

As meninas foram desviadas pelos sons de gritos. Elas olharam através do campo e foram lembradas de que apenas *metade* da batalha havia acabado.

Smeralda, Tangerin, Horizona e a Sra. Vee estavam tentando desesperadamente impedir que a Rainha da Neve entrasse em Via das Colinas, mas a bruxa era muito poderosa. Smeralda a havia cercado em altos pilares de esmeralda, mas a Rainha da Neve os demoliu com rajadas geladas de seu cetro. Tangerin tentou grudar a bruxa na grama, mas a Rainha da Neve congelou os zangões da fada antes que eles chegassem perto o suficiente para encharcá-la com mel. Horizona atingiu a bruxa com gêiseres de água, mas a água congelou ao contato e quebrou no chão. A Sra. Vee atirou na cabeça da bruxa um conjunto inteiro de pires, o que *irritou* a Rainha da Neve, mas não serviu de nada para atrasá-la.

A Rainha da Neve acenou com seu cetro e congelou as fadas em blocos gigantes de gelo. Uma gargalhada rouca irrompeu do fundo da garganta da bruxa quando ela entrou em Via das Colinas e desapareceu da vista de Brystal.

– *Demônios! Descongelem meus amigos!* – Áureo ordenou. – *E, por favor, se apressem!*

Enquanto os demônios corriam para salvar as fadas, Brystal e Lucy sabiam que sua discussão sobre a Imortal teria que esperar.

– Temos que parar a Rainha da Neve! – Brystal gritou.

– Isso não significa que *esta* conversa acabou! – declarou Lucy.

– Gobriella, fique aqui e certifique-se de que Imortália não se mova – disse Brystal. – Cavallero, eu preciso que você e Gatinha me levem para a cidade. *E rápido!*

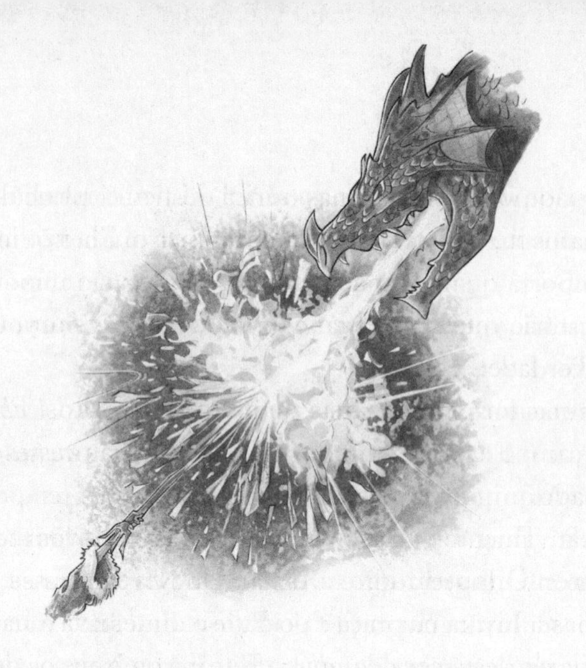

Capítulo Vinte e Quatro

Ardente despedida

A sorte do Imperador da Honra estava começando a mudar. Fora da cidade, os incêndios foram milagrosamente extintos por uma geada inesperada e, dentro da cidade, o Exército da Honra Eterna finalmente ganhava terreno na batalha contra os alquimistas. Não importava quantas vezes os soldados mortos fossem derrubados por bolas vermelhas, ou presos por enormes glóbulos brancos, ou eletrocutados por raios – os esqueletos *sempre* se levantavam.

Finalmente, os robôs, ímãs, micro-organismos, tempestades, artefatos e insetos estavam acabando, e os alquimistas, ficando sem meios de se defender. Os esqueletos bloquearam as entradas de todos os treze departamentos, prendendo os alquimistas dentro de suas instalações.

– Acabou, Dr. Estatos – Sete gritou do telhado do Palácio da Honra. – Renda-se agora e prometo dar a você e seus colegas uma *rápida* execução

– Você pode *nos* destruir, mas nunca destruirá o que defendemos! – o Dr. Estatos lhe respondeu. – Não importa quanto ódio você espalhe, não importa quantas mentiras você conte, não importa quantos livros de história você reescreva, *a ciência é a verdade* e você não pode derrotar a verdade!

– Vamos ver se não posso – Sete zombou. – *Guardas! Acabem com eles!*

Assim que o Exército da Honra Eterna estava prestes a invadir o Instituto da Alquimia, um frio forte soprou no ar. A temperatura caiu tão significativamente que as mandíbulas dos soldados mortos começaram a bater. O Imperador e a Irmandade da Honra estremeceram enquanto procuravam na praça da cidade o que estava causando o frio.

– Por que o ar está *congelando*? – Sete perguntou a seus homens.

– Eu não sei, meu senhor – disse o Alto Comandante. – Devem ser *eles*.

Ele apontou para os alquimistas, mas os cientistas estavam tão confusos quanto os membros do clã.

– Dr. Tornatos, isso é coisa sua? – o Dr. Estatos perguntou.

– Não olhe para mim – disse o meteorologista. – Minhas nevascas estão todas sem gelo.

Algum tempo depois, os membros do clã e os cientistas tiveram sua resposta – e, pela primeira vez em toda a noite, eles estavam unidos pelo medo. A Rainha da Neve esgueirou-se por um beco e emergiu na praça da cidade, congelando os paralelepípedos sob seus pés enquanto caminhava.

– *A Rainha da Neve*! – o Alto Comandante ofegou. – *Ela voltou!*

– *Guardas! Destruam aquela bruxa!* – Sete ordenou.

O Exército da Honra Eterna deixou o Instituto da Alquimia e cercou a Rainha da Neve. A bruxa podia ouvir os esqueletos se aproximando, podia sentir o cheiro de seus ossos em decomposição, mas não podia *perceber* seus corpos frios tão facilmente quanto podia sentir os demônios. Os soldados mortos carregaram suas bestas e dispararam uma rodada de flechas de pedra de sangue na Rainha da Neve. A bruxa se protegeu com uma parede de gelo, mas as flechas atravessaram sua magia e penetraram sua pele congelada. A Rainha da Neve gritou de agonia com as flechas cravadas nos ombros e pernas.

– *Muito bem!* – Sete comemorou. – *Agora mirem no coração dela!*

A Rainha da Neve apontou seu cetro para o som da voz do Imperador da Honra. Uma explosão gelada irrompeu da ponta de seu cetro e congelou Sete e todos os membros do clã que estavam no telhado. Os homens gemeram enquanto tentavam romper o gelo que cobria seus corpos, mas era tão grosso que não conseguiam mover um músculo.

O Exército da Honra Eterna recarregou suas bestas e disparou flechas novamente, desta vez perfurando as costas e o ventre da bruxa. A Rainha da Neve gemeu enquanto o sangue preto jorrava de suas feridas e escorria por seu corpo. A bruxa acenou com seu cetro em um círculo gigante, congelando os esqueletos próximos, mas ainda havia centenas mais para lidar.

Gatinha desceu do céu, carregando Cavallero e Brystal a bordo de suas costas. Brystal arfou quando viu os soldados mortos atirando flechas na bruxa. Se os esqueletos matassem a Rainha da Neve, Madame Tempora seria massacrada no processo.

– Me deixe o mais perto possível da Rainha da Neve! – Brystal disse a Cavallero.

Ele agarrou as rédeas da dragoa e guiou Gatinha em direção ao centro da praça da cidade. Gatinha pousou ao lado da Rainha da Neve, sacudindo o Instituto da Alquimia com o impacto. Os alquimistas ficaram pasmos ao ver a criatura.

– Senhor, a Fada Madrinha voltou com um *dragão*! – o Dr. Rochatos gritou.

O Dr. Estatos estava mais interessado no *livro* que Brystal estava segurando.

– Meu Deus – disse ele. – Ela conseguiu… ela trouxe o *Livro da Feitiçaria*!

– O que devemos fazer, senhor? – a Dra. Climatos perguntou.

– Não há nada que *possamos* fazer – disse o Dr. Estatos. – Depende *dela* agora.

O Exército da Honra Eterna continuou atirando flechas de pedra de sangue na Rainha da Neve. Brystal abriu o Livro da Feitiçaria e virou a página com o esboço do crânio. Ela apontou a varinha para os esqueletos e recitou a passagem o mais alto que pôde.

– *Eliminous pardomous, mortalmay pardomous!*

Um silêncio assustador caiu sobre a praça da cidade. A princípio, Brystal temeu ter lido a passagem errada, mas então, como se a vida estivesse sendo sugada dos esqueletos, uma espessa fumaça preta foi expelida do corpo de cada soldado. A fumaça subiu no céu, girando como um ciclone de feras caóticas, e então desapareceu na luz da lua cheia. Um por um, os soldados largaram suas armas e desmoronaram em uma pilha de ossos – e, desta vez, o Exército da Honra Eterna não se levantou.

– *MMMMMMMRRRRRRRRRMMM!* – Sete rosnou.

O precioso exército do Imperador da Honra foi destruído bem na frente de seus olhos e não havia *nada* que ele pudesse fazer para impedir. Sete ficou tão furioso que a temperatura corporal dele disparou e o gelo que o continha começou a derreter. Embora sua boca estivesse coberta, os seus gritos furiosos ecoaram pela praça da cidade.

– Acabou, Sete – disse Brystal. – *Você perdeu.*

Lucy, Áureo e Elfik correram para a praça da cidade e as fadas e bruxas os seguiram. O grupo ficou chocado com toda a destruição em toda a praça da cidade – especialmente o instituto danificado. No entanto, sua inquietação rapidamente se transformou em euforia quando notaram as *pilhas de ossos* ao redor deles.

– *Eles foram derrotados!* – Smeralda disse com lágrimas nos olhos. – *O Exército da Honra Eterna finalmente foi derrotado!*

As fadas e bruxas aplaudiram e se abraçaram. Brystal queria participar da comemoração de seus amigos, mas a Rainha da Neve ainda estava à solta. Ela abriu o Livro da Feitiçaria na página com a flor murcha e começou a ler a passagem ao lado, ansiosa para acabar com o reinado de terror da Rainha da Neve de uma vez por todas.

– *Inferness infanata, inferness dull...*

– *BRYSTAL! CUIDADO!* – Lucy gritou.

Antes que pudesse se virar, ela foi atingida por um golpe poderoso. A Rainha da Neve jogou Brystal, Cavallero e Gatinha pela praça da cidade com uma explosão gelada. A dragoa atravessou a parede de vidro do Departamento de Botânica e caiu entre as plantas. Brystal e Cavallero atingiram a lateral do Departamento de Astrologia e foram mantidos no lugar por uma camada de gelo. O Livro da Feitiçaria estava congelado na parede acima da cabeça de Brystal, apenas alguns metros fora de alcance. Brystal lutou contra o gelo que a prendia, mas Cavallero não se moveu; o golpe o deixara inconsciente.

– Cavallero? Você está bem? – ela perguntou, mas ele não respondeu.

A Rainha da Neve puxou as flechas do corpo e, em seguida, avançou em direção a Brystal com seu cetro levantado. Assim que a bruxa estava prestes a acertar Brystal com outro golpe poderoso, a Rainha da Neve foi atingida em seu ombro ferido com uma bola de fogo.

– *Deixe Brystal em paz!* – Áureo gritou.

A Rainha da Neve virou a cabeça em direção ao som da voz de Áureo. A bruxa apontou seu cetro na direção dele e uma explosão massiva irrompeu da ponta. Áureo levantou as mãos e protegeu a si mesmo e seus amigos com um escudo de fogo. No entanto, a rajada de gelo da Rainha da Neve permaneceu firme, e Áureo lutou para manter seu escudo erguido.

– Ela é muito poderosa... eu não posso segurá-la para sempre! – Áureo gritou.

– Não fique aí parado! Peça ajuda aos seus novos amigos! – Lucy disse.

– Ah, boa ideia! *Demônios! Podem me dar uma mãozinha?*

Seu comando convocou os demônios para a praça da cidade e as pessoas em chamas cresceram do chão ao seu redor. Os demônios pressionaram seus corpos flamejantes no escudo de Áureo, o que fortaleceu a barreira – mas infelizmente, mesmo com a ajuda dos demônios, eles não conseguiram impedir a magia da Rainha da Neve.

Brystal lutou contra o gelo que a prendia ao Departamento de Astrologia, e a camada começou a rachar. Finalmente, o gelo lascou e Brystal se contorceu debaixo dele. Ela apontou a varinha para o Livro da Feitiçaria – com a intenção de libertá-lo do gelo –, mas o som de *pisadas* a pegou desprevenida. Gatinha emergiu do Departamento de Botânica, coberta da cabeça aos pés de arranhões e folhas. A dragoa rugiu furiosamente enquanto ela rastejava em direção à Rainha da Neve e fumaça escapava de suas narinas. A bruxa estava tão concentrada em destruir Áureo que não percebeu a criatura gigante se esgueirando atrás dela. Gatinha respirou fundo e um gêiser de fogo irrompeu de sua boca.

– *Nãããããããoooo!* – Brystal gritou.

Ela apontou sua varinha para a Rainha da Neve e criou uma bolha protetora ao redor da bruxa. Gatinha não entendeu por que seu fogo não estava atingindo a bruxa e tentou novamente. A dragoa respirou fundo e um gêiser ainda mais forte saiu de sua boca.

– Cavallero! Acorde! – disse Brystal. – Você tem que dizer a Gatinha para recuar!

Cavallero gemeu enquanto voltava à consciência, mas seus olhos permaneceram fechados.

A baforada do dragão era tão forte que era difícil para Brystal ficar de pé, ainda mais manter sua varinha na posição. Quanto mais o tempo passava, mais fraca a bolha de Brystal se tornava – porém, a Rainha da Neve ficava mais forte. Sua explosão gelada prendeu os demônios, as fadas e as bruxas contra o Palácio da Honra. *Eles estavam encurralados*!

– Brystal, abaixe sua varinha.

A voz calma pegou Brystal de surpresa. Ela olhou por cima do ombro e viu que Madame Tempora apareceu ao lado dela.

– Eu não posso! – ela disse. – Se eu abaixar minha varinha, o dragão vai matar a Rainha da Neve!

– Eu sei – disse a fada. – *Eu quero* que a Rainha da Neve morra.

– *Mas... mas... mas você vai morrer com ela!*

Madame Tempora assentiu sombriamente.

– É hora da história da Rainha da Neve terminar – disse ela. – E a minha com ela.

Brystal pensou que seus ouvidos a estavam enganando – ela não poderia ter ouvido a fada corretamente.

– Madame Tempora, você não pode morrer! – ela disse. – Eu só tenho mais sete dias de vida! As fadas vão precisar de você quando eu me for!

– Elas não vão precisar de mim, porque você não vai a lugar nenhum – declarou a fada.

– *Sim, eu vou! Eu fiz um acordo com a Morte!*

– Sim, mas eu *também* fiz um acordo com a Morte – Madame Tempora explicou. – Quando você me disse que não iria matar a Imortal, eu não podia simplesmente ficar parada esperando você morrer. Eu fiz uma oferta a ela. Eu a convenci de que enquanto a Rainha da Neve permanecesse no gelo, ela e eu *também* seríamos Imortais. Ter mais de uma Imortal no mundo não caiu bem para a Morte, e ela concordou em poupar *você* em troca de *nós*. Então, comecei a descongelar a Rainha da Neve levemente, até que ela começou a sufocar lentamente no gelo. Pouco antes de ela e eu morrermos, suas amigas chegaram e pediram minha ajuda. Agora, aqui estamos, e só depende de você terminar o trabalho.

Brystal estava tão sobrecarregada que começou a perder o controle de sua varinha.

– Não! – ela disse. – Eu nunca poderia te machucar!

– Brystal, não há tempo para discutir – disse Madame Tempora. – Seus amigos estão com problemas. A Rainha da Neve é muito mais poderosa do que era antes, ela tem dois anos de raiva acumulados dentro de si e desta vez eu não posso ajudar a lutar contra ela. Esta pode ser sua única chance de destruí-la para sempre.

Brystal balançou a cabeça enquanto as lágrimas escorriam pelo seu rosto.

– Por favor, não me faça fazer isso! – ela chorou – Eu não quero te matar!

– Você não está me matando, você está me libertando – disse a fada. – Todo dia que passei naquela caverna era um pesadelo e um lembrete constante do monstro que criei. Estou cansada de viver com a *culpa* e estou cansada de viver com a *vergonha*. Mas você poderia me salvar desse sofrimento... você poderia me salvar de uma eternidade de dor.

As fadas e bruxas gritaram quando o escudo de Áureo se dobrou sob a explosão constante da Rainha da Neve. Em apenas alguns momentos, todas elas seriam obliteradas. *Brystal sabia o que tinha que fazer.*

– Eu nunca vou me perdoar por isso! – ela disse aos prantos.

– Não há nada para ser perdoado – disse Madame Tempora. – Acabar com a Rainha da Neve é a única maneira de salvar você *e* seus amigos. Basta abaixar sua varinha e tudo isso acabará. Abaixe sua varinha e eu finalmente estarei em paz.

Brystal estava soluçando tanto que seu corpo inteiro estava tremendo.

– *Eu te amo, Madame Tempora!*

– *Eu também te amo.*

Foi preciso cada gota de força no corpo de Brystal para manter sua varinha erguida, mas cada gota de força de vontade para abaixá-la. A varinha gradualmente desceu, a bolha desapareceu ao redor da Rainha da Neve e a bruxa foi consumida pelo sopro da dragoa. Enquanto a Rainha da Neve queimava viva, seus gritos de gelar o sangue ecoavam por quilômetros. Contudo, enquanto a bruxa era incinerada, Madame Tempora nunca pareceu tão serena. A fada sorriu com gratidão e exalou pacificamente quando toda a culpa, vergonha e a dor foi retirada de seu espírito.

Madame Tempora passou seus momentos finais observando Brystal e as fadas com um olhar amoroso e um sorriso orgulhoso.

– Vocês são meus maiores sonhos tornados realidade – disse ela.

Como um lindo arco-íris após uma longa tempestade, Madame Tempora lentamente desapareceu de vista, e quando o dragão terminou o ataque de fogo, nem um único traço da fada ou da Rainha da Neve permaneceu. Brystal caiu de joelhos e chorou incontrolavelmente. As fadas e bruxas se reuniram ao redor de Brystal, mas elas não podiam impedir que sua própria dor viesse à tona enquanto a confortavam.

· • ★ • ·

Após a morte da Rainha da Neve, Áureo e Horizona trabalharam juntos usando correntes de água quente para derreter todo o gelo que cobria Via das Colinas. Ao nascer do sol, toda a cidade havia sido descongelada, incluindo o Imperador da Honra e a Irmandade da Honra. Smeralda, Tangerin, Brotinho e a Sra. Vee gostaram de colocar os membros do clã em algemas feitas de esmeralda, mel, cipós e toalhas de mesa. Uma vez que os membros do clã foram presos, o Dr. Estatos e os Magibôs marcharam com os homens pela praça da cidade em ruínas e os trancaram na prisão que costumavam administrar.

Enquanto os membros do clã eram levados sob custódia, os alquimistas limpavam seu instituto danificado e examinavam os feridos. O Dr. Anatomatos verificou a concussão de Cavallero e o fez contar os dedos e andar em linha reta. O Dr. Animatos enfaixou os cortes que cobriam o corpo de Gatinha e furtivamente conseguiu tirar uma amostra do sangue do dragão quando ela não estava olhando.

As bruxas varreram todos os restos mortais do Exército da Honra Eterna em uma pilha gigante – e Malhadia até embolsou alguns crânios para sua coleção particular.

Todo mundo estava fazendo sua parte para limpar tudo depois da batalha, mas Brystal não se movera desde que a Rainha da Neve foi morta. Ela ficou sentada no chão, olhando silenciosamente para o local onde a bruxa havia sido incinerada. Brystal rezou com todo o seu coração para que parte de Madame Tempora tivesse sobrevivido à morte da Rainha da Neve – ela esperava, a qualquer momento, ver a fada renascer das cinzas –, mas ela nunca voltou.

– Bem, esta semana foi um pedregulho no sapato – disse Lucy. – Eu não sei você, mas eu estou tirando umas férias muito necessárias depois de tudo isso.

Lucy sentou-se no chão ao lado de Brystal, mas a amiga não olhou para ela.

– Você fez a coisa certa, você sabe – disse ela.

– Eu fiz? – Brystal perguntou.

– Claro – disse Lucy. – Você salvou nossas vidas. Se você não tivesse baixado sua varinha, a Rainha da Neve teria nos matado… e só Deus sabe o que ela teria feito depois disso.

– Então por que *me* sinto uma assassina? – Brystal perguntou.

Lucy colocou o braço sobre os ombros de Brystal.

– Porque você é uma boa pessoa, e pessoas boas podem encontrar culpa em uma salada se olharem com atenção. – Lucy brincou. – Eu sei que é difícil processar agora, mas Madame Tempora *se sacrificou* para salvá-la… essa é a verdade. Esta foi a escolha dela, não sua. E se eu tiver que a lembrar disso a cada hora de cada dia pelo resto da minha vida, eu farei.

– Obrigada, Lucy – disse ela.

– De nada – respondeu ela. – E só para você saber, de todas as pessoas que conheço que foram forçadas a deixar um dragão cuspidor de fogo incinerar o corpo magicamente separado de sua ex-mentora, você é a que está lidando com isso melhor.

Um pequeno sorriso surgiu no rosto de Brystal.

– Suponho que você esteja certa – disse ela. – Madame Tempora me deu um presente… seria um insulto à memória dela se eu o desperdiçasse com culpa.

– Isso aí, garota – incentivou Lucy, e deu um tapinha nas costas dela. – Graças a Madame Tempora, nossas aventuras estão *apenas* começando. E sempre teremos que agradecer a ela.

Do nada, a praça da cidade começou a ribombar com a intensidade de um terremoto. O chão rachou e se separou quando a abertura de um túnel apareceu no meio da cidade. As fadas e bruxas se reuniram ao redor do túnel misterioso e espiaram dentro. Parecia se estender por quilômetros no subsolo sem fim à vista.

Os demônios caminharam pela capital e se alinharam na entrada do túnel. Quando um demônio passou por Áureo, ele acenou com a mão sobre a parede do Palácio da Honra e queimou uma mensagem nos tijolos:

HORA DE IR PARA CASA.

– Acho que essa é a minha deixa – Áureo disse aos outros.

– Eu não posso acreditar que somos amigos do herdeiro do *Trono do Demônio* – declarou Tangerin.

– Quem imaginaria? – indagou Horizona.

– Meu pai sempre disse que um garoto como eu acabaria queimando com demônios, mas ele nunca disse que eu iria *governá-los* – disse Áureo.

– Tem certeza que você tem que viver com eles? – Smeralda perguntou. – Quero dizer, você não poderia governar os Demônios *remotamente*?

Áureo sorriu enquanto observava os demônios descerem pelo túnel.

– Na verdade, estou ansioso por isso – disse ele. – Olhe para eles, Sme. Encontrei *outro* mundo que me ama e me aceita como sou. Não é muita sorte? A única diferença é que este precisa de mim. E acho que parte de mim sempre precisou deles também.

– Nós vamos sentir tanto a sua falta – afirmou Brystal.

– Divirta-se sendo um rei, amigo – recomendou Lucy.

– Não se esqueça de escrever! – a Sra. Vee disse. – Eu quero saber o que os demônios vestem, o que eles comem, e se existem demônios solteiros disponíveis para minha idade! *HA-HA!*

– Não se preocupem, eu vou contar tudo para vocês quando eu voltar para visitar – ele declarou. – Eu prometo.

Áureo deu em cada uma de suas amigas um forte abraço de adeus. Quando se despediu das fadas e bruxas, notou Elfik amuado perto do túnel.

– Acho que isso é um adeus – disse o elfo.

Os meninos trocaram um sorriso agridoce, sem saber o que dizer.

– Não *tem* que ser – declarou Áureo. – Você pode vir comigo.

Elfik riu como se estivesse brincando.

– Estou falando sério – enfatizou Áureo. – Nós poderíamos governar os demônios juntos. Quem sabe? Talvez eu precise de ajuda lá embaixo.

– Você quer que eu vá com você? *Para o centro da terra?* – o elfo perguntou.

– Quero dizer, a menos que você *queira* voltar para a Terra dos Elfos.

– Claro que não! Mas eu não vou *queimar* lá?

Áureo ofereceu a mão a Elfik com um sorriso doce.

– Eu controlo os fogos agora – disse ele. – Eu posso proteger você.

Elfik sorriu de orelha a orelha enquanto considerava a oferta, mas não demorou muito para decidir. O elfo pegou a mão da fada ansiosamente e eles seguiram os demônios até seu novo lar no centro da terra. As fadas e bruxas acenaram enquanto Áureo e Elfik caminhavam cada vez mais fundo no subsolo. Uma vez que eles estavam fora de vista, o túnel afundou na terra e desapareceu.

Depois que os meninos foram embora, as fadas e bruxas olharam ao redor da praça da cidade devastada e do Instituto da Alquimia danificado e suspiraram coletivamente.

– Que *bagunça* – disse Lucy. – Parece que um grupo de celebridades infantis deu uma festa.

– Vai levar *meses* para limpar este lugar – disse Brystal.

Cavallero e Gatinha se viraram com sorrisos iguais, pensando a mesma coisa.

– Na verdade, talvez *nós* possamos ajudar com isso – sugeriu ele.

Capítulo Vinte e Cinco

Uma ciência negligenciada

Embora a Guardiã Suprema estivesse furiosa com seu filho por entrar no Templo do Conhecimento contra sua vontade – e lívida por ele ter levado um dragão para fora das Covas dos Dragões sem permissão –, ela estava muito orgulhosa de saber que os esforços desobedientes de seu filho ajudaram a salvar o mundo. Cavallero e Brystal contaram a ela sobre o dano que o Exército da Honra Eterna havia infligido em Via das Colinas e no Instituto da Alquimia e convenceram a Guardiã Suprema a emprestar-lhes um grande dragão albino. Seis dias depois, após o dragão ter consumido a cidade e o *campus* em suas chamas restauradoras, a capital estava como nova, e o instituto retornou à sua localização habitual sobre o Mar do Sul.

Como agradecimento por salvá-los do Exército da Honra Eterna, o Dr. Estatos convidou Brystal para tomar chá no Instituto da Alquimia. O alquimista estava particularmente animado para exibir o mais novo residente de seu Departamento de Biologia. Brystal olhou para dentro da cela ao lado de Carole, a gripe comum, e encontrou o Imperador da Honra desonrado fazendo beicinho no chão.

– Estamos chamando-o de *vírus do ódio* – disse o Dr. Estatos. – Achamos que o Departamento de Biologia era o lugar mais apropriado para mantê-lo. Dessa forma, podemos garantir que ele não se espalhe, assim como todos os outros micro-organismos contagiosos.

– É perfeito – declarou Brystal. – Onde você decidiu manter a Imortália?

– Ela está no Departamento de Antropologia com as outras relíquias – respondeu o Dr. Estatos. – O Dr. Animatos está muito animado por ter um livro de história viva em sua posse.

– É uma vitória para todos – disse Brystal.

Sete revirou os olhos com o entusiasmo dela e soltou um gemido irritado.

– O que você fez com meu Império? – ele reclamou.

– Temo que não seja mais o *seu* Império – disse Brystal com um sorriso atrevido. – O trono está sendo passado para o seu herdeiro.

– *Herdeiro?* – Sete zombou. – Não tenho herdeiro!

– Claro que você tem – disse Brystal. – Lembra da sua prima Penny Charmosina?

O rosto de Sete ficou vermelho brilhante.

– *Penny* Cara-de-Rato vai ser Imperatriz do meu Império da Honra? – ele zombou.

– Ai, céus, não – disse Brystal com uma risada. – Penny será a *Rainha do Reino Charmosino.* Ela decidiu mudar o Império de volta para um Reino e, considerando o que seus pobres cidadãos passaram, ela também está mudando seu nome para algo mais *alegre.*

– Mas isso significa que seu irmão desengonçado vai ser…

– O Rei Consorte, eu sei! Isso não é empolgante? O pobre Barrie está uma pilha de nervos desde que descobriu. Na verdade, a coroação de Penny é esta tarde. É melhor eu ir andando antes que me atrase.

– Eu vou acompanhá-la até a saída – ofereceu-se o Dr. Estatos.

O alquimista escoltou Brystal para fora do Departamento de Biologia, deixando Sete sozinho com suas queixas. Enquanto o Dr. Estatos e Brystal seguiam pelo caminho flutuante através do instituto, Brystal enfiou a mão em uma bolsa sobre o ombro e removeu o Livro da Feitiçaria.

– Antes de ir, eu queria deixar isso com você – disse ela.

O Dr. Estatos ficou surpreso com a oferta.

– Tem certeza de que quer que *fiquemos* com ele? – ele perguntou.

– Eu acho que é melhor ficar com vocês – disse Brystal. – Há feitiços nessas páginas a que ninguém deveria *ter* acesso. Não podemos permitir que o Livro da Feitiçaria caia em mãos erradas... e há muito menos mãos *aqui* do que nas demais terras.

O Dr. Estatos pareceu tocado pelo gesto de confiança.

– Nós vamos guardá-lo com nossas vidas – prometeu ele. – Antes de sair, gostaria de pedir desculpas a você e seus amigos.

– Pelo quê? – ela perguntou.

– Estávamos errados em culpar o Sr. dos Fenos pelos incêndios, assim como nossos ancestrais estavam errados em culpar os dragões no passado – disse ele. – Também erramos ao fechar os olhos à tirania e ignorar ditadores como o Imperador da Honra. Se tivéssemos interferido antes, poderíamos ter evitado o ataque ao nosso instituto. Foi um alerta infeliz, mas necessário para nós. Felizmente, tudo que aconteceu forçou a mim e meus colegas a reconhecer uma ciência que temos negligenciado... uma ciência que, com o devido cuidado e atenção, garantirá que tomemos melhores decisões no futuro.

– Qual ciência? – Brystal perguntou.

– A ciência dos *erros* – disse o Dr. Estatos. – Um erro pode te ensinar tanto quanto qualquer experimento. E talvez o maior erro que os alquimistas cometeram ao longo dos séculos seja esquecer de incluir a *compaixão* em nossa análise. A humanidade pode ter suas falhas, mas nos distanciarmos do mundo não tem sido tão benéfico quanto pensávamos. De muitas maneiras, esquecemos o que significa *ser* humano. Mas gostaríamos de mudar isso.

– Fico feliz em ouvir isso – disse Brystal. – Embora eu não tenha certeza se posso culpá-lo por suas opiniões sobre a humanidade. Pelo menos, por enquanto.

– Hein? – perguntou o alquimista.

– Quando estávamos no Templo do Conhecimento, vimos algo no cofre dos feiticeiros que foi perturbador – explicou ela. – Era chamado de Alas da Humanidade. Havia cinco corredores, e cada um continha uma representação viva de todos os sonhos, pesadelos, ideias, amor e ódio atuais que a humanidade está experimentando. E, infelizmente, as Alas dos Pesadelos e do Ódio eram as mais cheias.

– Infelizmente, não estou surpreso – disse ele.

– Bem, foi um choque para mim – ressaltou Brystal. – Isso me assombra desde que partimos. É por isso que decidi dedicar o resto da minha vida a mudar isso.

O alquimista riu.

– Você planeja *mudar a humanidade*? Tudo sozinha?

– Não sozinha – disse ela. – Antes de sairmos do templo, o feiticeiro que conhecemos foi inflexível para que tirássemos algo do cofre. E como o Livro da Feitiçaria não estava mais lá, decidi pegar a única coisa que sabia que poderia ajudar a mudar a humanidade para melhor.

Os olhos do Dr. Estatos se arregalaram de curiosidade.

– O que você pegou? – ele perguntou.

– A Ala dos Sonhos – disse Brystal. – Eu vi como o mundo pode mudar facilmente com apenas um pequeno toque de bondade. A humanidade não é uma espécie cruel, e não está destinada à autodestruição. Simplesmente não tiveram bons exemplos suficientes para se espelhar. Ela precisa de alguém que defenda suas ideias, precisa de alguém para encorajar suas ambições e precisa de alguém para nutrir suas vulnerabilidades. E espero que, com a Ala dos Sonhos, possamos espalhar tanta alegria e luz que pessoas como o Imperador da Honra nunca mais surgirão.

– Esse é um objetivo e tanto para estabelecer para você mesma – declarou o Dr. Estatos.

– Mesmo que eu não consiga, talvez eu inspire as pessoas que conseguirão – disse ela.

– Admiro sua devoção, mas sou muito cético – confessou o alquimista. – Acho que é por isso que você é a Fada Madrinha e eu não.

– Nem todo mundo pode salvar tudo, Dr. Estatos – observou Brystal. – Você se preocupa com o planeta e eu me preocupo com o povo que vive nele.

– *Esse sim* é um objetivo que posso apoiar – disse ele.

A Fada Madrinha e o alquimista apertaram as mãos e se despediram. Brystal seguiu o caminho flutuante enquanto serpenteava pelo Instituto da Alquimia e se dirigia para a pista de pouso na frente do *campus*. Lá, Cavallero e Gatinha estavam esperando para levar Brystal para casa.

Tique... taque... tique... taque.

Brystal de repente parou no meio do caminho em um *silêncio*. Tudo o que ela ouvia era a brisa do oceano assobiando pelas torres e pináculos do instituto, *mas seu relógio de bolso havia parado de bater*. Foi um choque. Ela abriu o relógio e ficou surpresa ao ver que as engrenagens finalmente pararam de girar, e, ainda assim, Brystal ainda estava de pé. *O sacrifício de Madame Tempora havia funcionado.*

Um sorriso enorme cresceu no rosto de Brystal, e seus olhos se encheram de lágrimas de felicidade.

– Por que você está sorrindo? – perguntou Cavallero.

– Acabei de perceber que tenho o resto da minha vida pela frente – disse ela.

Cavallero ajudou Brystal a montar em Gatinha e a dragoa subiu ao céu. Logo o Instituto da Alquimia desapareceu de vista e tudo o que eles podiam ver por quilômetros e quilômetros ao redor era o oceano cintilante e o mar de nuvens brancas e fofas. Brystal sorriu brilhantemente enquanto admirava a beleza que a rodeava.

– Você está bem aí atrás? – perguntou Cavallero.

– Estou ótima! – ela respondeu.

No entanto, Brystal estava muito melhor do que *ótima*. Enquanto ela voava pelo céu deslumbrante, apreciando o vento soprando em seu cabelo e a luz do sol aquecendo sua pele, foi consumida por um *estimulante* sentimento de felicidade, entusiasmo e ansiedade ao mesmo tempo. Era uma sensação familiar, mas ela nunca esteve tão grata por senti-la.

Brystal estava *viva*.

Agradecimentos

Gostaria de agradecer a todos da minha equipe, especialmente Rob Weisbach, Derek Kroeger, Alla Plotkin, Rachel Karten e Heather Manzutto.

Também gostaria de agradecer às pessoas incríveis da Little, Brown Books for Young Readers, incluindo Alvina Ling, Megan Tingley, Siena Koncsol, Stefanie Hoffman, Shawn Foster, Jackie Engel, Emilie Polster, Janelle DeLuise, Hannah Koerner, Ruqayyah Daud, Jen Graham, Sasha Illingworth, Ching Chan, Lindsay Walter-Greaney, Andrea Colvin, Jake Regier, Virginia Lawther, Chandra Wohleber, Regina Castillo e Rosanne Lauer.

Por fim, gostaria de agradecer a Brandon Dorman por sua incrível arte e Jerry Maybrook por sua excelente orientação durante a gravação do audiolivro.